Assando bolos em Kigali

Gaile Parkin

Assando bolos em Kigali

tradução:
Helena Londres

EDITORA
GLOBO

Copyright © da tradução 2009 by Editora Globo
Copyright © 2009 by Gaile Parkin

Todos os direitos reservados. Nenhuma parte desta edição pode ser utilizada ou reproduzida — em qualquer meio ou forma, seja mecânico ou eletrônico, por fotocópia, gravação etc. — nem apropriada ou estocada em sistemas de bancos de dados sem a expressa autorização da editora.

Publicado primeiramente por Atlantic Books, uma divisão de Grove Atlantic Ltd.

Texto fixado conforme as regras do Novo Acordo Ortográfico da Língua Portuguesa (Decreto Legislativo nº 54, de 1995)

Título original: Baking cakes in Kigali
Preparação: Vivien Hermes
Revisão: Silvana Marli de Souza Fernandes
Design de capa: Ghost
Ilustração de capa: Petra Borner/Dutch Uncle
Diagramação: Crayon Editorial

1ª edição, 2009

CIP-BRASIL. CATALOGAÇÃO-NA-FONTE
SINDICATO NACIONAL DOS EDITORES DE LIVRO, RJ

P263a

Parkin, Gaile
   Assando bolos em Kigali / Gaile Parkin ; tradução Helena Londres. - São Paulo : Globo, 2009.

   Tradução de : Baking cakes in Kigali
   ISBN 978-85-250-4698-7

   1. Romance zambiano (Inglês). I. Londres, Helena, 1941-. II. Título.

09-2347.   CDD: 828.996894
                                          CDU: 821.111(689.4)-3

19.05.09   21.05.09   012725

Direitos da edição em língua portuguesa
adquiridos por Editora Globo S.A.
Av. Jaguaré, 1485 — 05346-902 — São Paulo - SP
www.globolivros.com.br

Sumário

Uma festa de bodas 7
Um batizado 29
Uma bolsa de estudos 44
Um aniversário 66
Uma independência 86
Uma volta para casa 110
Uma inspiração 130
Um noivado 153
Uma despedida 177
Uma fuga 200
Uma recepção de boas-vindas 221
Uma crisma 246
Um crescimento 271
Um casamento 296

I

Uma festa de bodas

Assim como um balde de água reduz uma fogueira a cinzas – algumas crepitações de descrença, um sibilo de raiva e o frio ainda mais penetrante por ter vencido tão rapidamente o calor intenso –, a fotografia que ela agora examinava extinguiu toda sua animação.

"Exatamente assim?", perguntou ela à visita, tentando disfarçar qualquer indício de pesar ou condenação na voz.

"*Exatamente* assim", foi a resposta. E o gelo úmido do desapontamento se infiltrou em seu coração.

Angel tinha se vestido com esmero para a ocasião, pois sentia grande expectativa pelos benefícios que ela poderia lhe trazer. Ao completar o modelito com pequenas argolas de ouro nos lóbulos das orelhas, saiu de seu quarto para a sala, varrendo outra vez o aposento com o olhar para verificar se tudo estava pronto para sua convidada especial. A bagunça das crianças fora guardada no quarto delas e o piso de ladrilho tinha sido esfregado até brilhar. A estrutura de madeira do sofá de três lugares e do par de cadeiras tinha sido cuidadosamente polida, e cada uma das almofadas – enfronhadas em um resistente tecido estampado de marrom e laranja – fora recheada à capacidade máxima com um quadrado de espuma de borracha. Sobre a mesa de centro, ela tinha colocado um reluzente prato de bolinhos de chocolate, cada um glaçado com uma das quatro cores: azul, verde, preto e amarelo.

De repente, um grito atravessou a porta aberta que limita a sala e a pequena varanda: era o sinal que aguardava da vizinha Amina, que estava em pé na varanda de sua casa, logo acima da de Angel, à espreita do veículo caro que tomava o caminho colina acima na direção do complexo residencial em que moravam.

Numa renovada onda de excitação, Angel voltou ao quarto e, escondendo-se atrás da cortina à esquerda da janela, observou, através das mal ajustadas venezianas, o chique Range Rover preto de vidros escuros virar à direita na estrada de terra e parar diante da primeira das duas entradas do prédio. Viu um chofer elegantemente uniformizado sair do carro: segurando aberta a porta do passageiro, ele gritou para os dois seguranças que descansavam nos pés de uma acácia-mimosa, do outro lado da rua. O mais alto deles respondeu ao chamado, levantando-se lentamente e sacudindo a terra vermelha das calças.

A senhora Margaret Wanyika emergiu do veículo com a aparência perfeita de mulher de embaixador: elegante e bem cuidada. Seu corpo alto e esbelto envergava um tailleur azul-marinho, bem à moda ocidental, com uma saia à altura do joelho e uma blusa de seda branca. O cabelo acariciava-lhe a nuca num coque bem feito. Enquanto estava em pé ao lado do carro, falando ao celular, seus olhos examinaram o prédio à frente.

Angel se afastou da janela e passou para a sala, imaginando, durante o trajeto, qual seria a impressão que causava em sua visita. O bloco de apartamentos, situado na esquina de uma rua asfaltada com uma rua de terra, sobressaía. Ficava em uma das áreas mais nobres da cidade, com seus quatro andares predominantes sobre a vizinhança de grandes casas ajardinadas e muros altos. Ali, os motoristas gritavam do lado de fora dos portões fortificados para que os empregados abrissem e deixassem entrar seus suntuosos veículos. Só se sabia que era um prédio recém-construído porque não estava lá no ano anterior: tinha sido erguido no estilo em moda, que parecia sugerir – sem qualquer necessidade de tempo ou desgaste – estar prestes a se desintegrar e desabar.

Numa agitação incontida, Angel ansiava pela batida familiar do guarda à porta de seu apartamento. Assim que a escutou, abriu a porta e convidou a distinta mulher para entrar. Sorriu encantada e declarou efusivamente ser uma grande honra receber uma visita tão importante em sua casa.

Mas, agora, sentada na sala e olhando fixamente para a fotografia que tinha nas mãos, toda a excitação repentinamente se esvaziou e desapareceu.

"Como você sabe, Angel", estava dizendo a mulher do embaixador, "é tradição comemorar as bodas de prata com um bolo exatamente igual ao bolo de casamento original. Amos e eu achamos muito importante seguir nossas tradições, especialmente por estarmos longe de casa."

"É verdade, senhora embaixatriz", concordou Angel, que também estava longe de casa. No entanto, ao examinar a fotografia, ela tinha dúvidas sobre a alegação do casal quanto às tradições que tinham adotado ao escolher aquele bolo vinte e cinco anos antes. Não parecia de modo algum um bolo tradicional de sua cidade natal, Bukoba, na Tanzânia ocidental, ou de Dar es Salaam, no leste. O bolo da foto era tradicional dos *wazungus*, da gente branca. Era completamente branco: branco, com enfeites brancos decorando o branco. Pequenas flores brancas com folhas brancas circundavam a beirada da superfície superior, e três pilares brancos no topo do bolo mantinham suspenso outro bolo branco, que era uma réplica do de baixo. Sem dúvida, era o bolo mais sem graça que Angel já vira. Claro, o senhor e a senhora Wanyika tinham se casado numa época em que o estilo dos *wazungu* ainda era considerado chique – até mesmo de prestígio. Mas, agora, no ano 2000, todo mundo passou a reconhecer que os *wazungus* não eram aquelas autoridades em estilo e gosto. Talvez, se ela mostrasse à senhora Wanyika as fotos dos bolos de casamento que fizera para outras pessoas, ela conseguisse convencê-la da beleza que as cores podiam dar a um bolo...

Depois de deixar a fotografia de lado, Angel tirou os óculos e, procurando dentro do decote de sua elegante blusa um lenço de papel que mantinha guardado no sutiã, começou a limpar as lentes minuciosamente. Era uma mania sua: ela sempre fazia isso quando sentia que alguém poderia se beneficiar ao encarar as coisas com outro olhar.

"Senhora embaixatriz, não tenho palavras para descrever a beleza deste bolo...", começou ela.

"Sim, é verdade!", declarou a mulher, não deixando espaço para o que Angel ia dizer em seguida. "E, na festa, bem ao lado do nosso bolo de bodas, vamos montar uma grande foto em que Amos e eu aparecemos cortando nosso bolo de casamento há vinte e cinco anos. Então é muito importante que os dois bolos sejam *exatamente* idênticos."

Angel colocou os óculos novamente. Percebeu que dificilmente ajudaria a senhora Wanyika a ver que seu estimado bolo de casamento tinha sido feio e vulgar.

"Não se preocupe, senhora embaixatriz, farei seu bolo de bodas exatamente igual", disse ela com um largo sorriso, tentando disfarçar o suspiro de desapontamento que mal conseguia conter. "Será tão lindo quanto seu bolo de casamento."

A senhora Wanyika bateu alegremente as mãos, meticulosamente manicuradas. "Eu sabia que podia confiar numa concidadã da Tanzânia, Angel! As pessoas em Kigali falam maravilhas de seus bolos."

"Obrigada, senhora embaixatriz. Agora, eu poderia pedir que a senhora preenchesse um pedido enquanto eu ponho o leite no fogão para outra xícara de chá?"

Então entregou à visita uma folha de papel com o cabeçalho "Formulário de pedido de bolo", que sua amiga Sophie tinha feito no computador, e da qual o marido de Angel, Pius, fizera fotocópias na universidade. O formulário pedia detalhes sobre como entrar em contato com o cliente, a data e a hora da entrega e se Angel teria de entregar o bolo ou se o cliente viria buscá-lo. Havia um bom espaço para escrever tudo o que ficaria combinado a respeito da encomenda e um quadro para o preço total e o depósito. No rodapé da folha ficava uma linha pontilhada em que o cliente assinava, concordando que o restante do preço deveria ser pago na ocasião da entrega. Além disso, a informação de que o depósito não seria devolvido caso a encomenda fosse cancelada. Angel ficava muito orgulhosa com o fato de seu "Formulário de pedido de bolo" ser redigido em quatro línguas – swahili, inglês, francês e kinyarwanda –, embora soubesse que, desses quatro idiomas, ela mesma só dominasse os dois primeiros.

Concluída a negociação, as duas se sentaram para tomar um chá feito à moda da Tanzânia, com leite fervido, bastante açúcar e cardamomo.

"Então, como é a vida aqui comparada à vida em casa?", perguntou a senhora Wanyika ao bebericar delicadamente o chá, servido em uma das melhores xícaras de Angel. A visitante continuou a conversa em inglês – a *segunda* língua oficial do país delas –, apesar das tentativas de Angel de conduzir a conversa em swahili.

"Oh, não é muito diferente, senhora embaixatriz, mas claro que não é a mesma coisa. Como a senhora sabe, alguns dos costumes daqui e da África Central são um pouco diferentes dos nossos na África Oriental, embora Ruanda e Tanzânia sejam vizinhas. Confesso que o francês é difícil, porém muita gente aqui também fala swahili. Ainda temos sorte porque, neste complexo residencial, a maior parte das pessoas fala inglês. *Eh*, mas a senhora é muito magra, senhora embaixatriz. Por favor, coma outro bolinho."

Angel empurrou o prato em direção à visita, que não teceu comentários a respeito das cores dos bolinhos – as mesmas da bandeira da Tanzânia – e que até então só comera um: aquele enfeitado com glacê amarelo, que, na bandeira, representava a riqueza mineral do país.

"Não, obrigada, Angel. Está uma verdadeira delícia, mas estou tentando emagrecer. Youssou me fez um vestido para a festa das bodas e está um pouquinho apertado..."

"*Eh*, esse Youssou!", penalizou-se Angel, sacudindo a cabeça. Ela tivera suas próprias experiências infelizes com o aclamado alfaiate senegalês de La Couture Universelle d'Afrique, em Nyamirambo, um bairro muçulmano. "Ele consegue copiar qualquer vestido de qualquer imagem de uma revista, e seus bordados são ótimos, mas, *eh*, ele acha que as mulheres do Senegal devem ser todas magras como um palito. Não importa quantas medidas o Youssou tire da cliente: o vestido que ele faz sempre será para alguém mais magro."

Esse era um ponto um tanto sensível para Angel, que costumava ser mais magra. Ela nunca foi um palito, nem quando menina, porém, nos últimos anos, tinha começado a engordar sem parar – particularmente na região das nádegas e coxas –, de modo que cada vez mais suas roupas pareciam ter sido feitas por um Youssou cegueta. A doutora Rejoice tinha explicado a ela que ganhar peso era mais que esperado em uma mulher que estava experimentando "a modificação", contudo isso não fizera Angel se sentir melhor. Mas, como trabalhava em casa, podia passar a maior parte do tempo com uma camiseta folgada por cima de uma saia feita de *kanga*, amarrada na cintura. Era uma vestimenta que ficava confortável em qualquer pessoa.

"E como é a vida neste complexo?", perguntou a embaixatriz.

"Aqui estamos em segurança", disse Angel. "E, embora todos nós sejamos de fora de Ruanda, formamos uma boa comunidade. *Eh!* Somos gente do mundo inteiro! Somália, Inglaterra, Estados Unidos, Egito, Japão..."

"Estão todos trabalhando no KIST?", interrompeu a senhora Wanyika antes que Angel conseguisse completar o mapa de expatriados. O Instituto de Ciência e Tecnologia de Kigali (KIST, na sigla em inglês) era uma universidade nova, recentemente estabelecida na capital, que atraía um grande número de acadêmicos de outros países.

"Não, só o meu marido. O KIST não acomoda o pessoal comum, mas Pius é um consultor especial, então consta do contrato dele o direito a acomodações especiais. Os outros aqui vêm principalmente de agências de auxílio e organizações não governamentais. A senhora sabe como é quando uma guerra termina, senhora embaixatriz: os dólares começam a cair como chuva do céu e todo mundo de fora corre para pegá-los." Angel fez uma pequena pausa antes de acrescentar: "para ajudar na reconstrução, claro".

"Claro", concordou a embaixatriz, que se mexeu um tanto desconfortável entre as almofadas laranja e marrom sobre o sofá.

Angel sabia que o salário do embaixador Wanyika fora consideravelmente aumentado com um bônus compensatório pelos perigos e pelas privações de um posto num país dilacerado pelo conflito. Ela notou que a senhora Wanyika procurava mudar de assunto e viu o desconforto ceder lugar ao alívio quando os olhos de sua visita encontraram as quatro fotografias emolduradas no alto da parede, ao lado do sofá.

"Quem são estes, Angel?" Ela se levantou para olhar melhor.

Angel deixou de lado a xícara e também se levantou. "Esta é Grace", disse ao indicar a primeira fotografia. "Ela é a filha mais velha do nosso filho Joseph. Tem onze anos. Estes dois são Benedict e

Moses, também de Joseph. Moses é o caçula, tem apenas seis anos." Angel passou para a terceira foto enquanto a senhora Wanyika produzia ensaiadas exclamações de admiração. "Estes são Faith e Daniel, ambos de nossa filha Vinas." Já apontando para a última fotografia, Angel explicou: "Estes são Joseph e Vinas. Joseph faleceu há quase três anos e perdemos Vinas no ano passado". Ela se sentou outra vez, um tanto relaxada, fazendo com que a madeira por baixo da almofada de sua cadeira estalasse perigosamente. Juntou as mãos no colo.

"*Eh*, Angel!", murmurou a senhora Wanyika. Sentada, ela estendeu a mão bem hidratada por cima da mesa de centro, encostando, num gesto de consolo, no joelho de Angel. "Enterrar os filhos é algo terrível."

O suspiro de Angel foi profundo. "Terrível, senhora embaixatriz. Perder dois filhos é um choque muito grande. Joseph recebeu um tiro de assaltantes em sua casa em Mwanza..."

"Ui ui ui..." A senhora Wanyika fechou os olhos, sacudiu a cabeça e apertou levemente o joelho de Angel.

"E Vinas...", Angel colocou a mão em cima da mão da visita que repousava sobre seu joelho. "Vinas se esforçou demais depois que o marido a deixou. Isso a estressou a ponto de sua pressão arterial levá-la embora."

"Oh, isso pode acontecer, Angel." Aliviando a pressão no joelho de Angel, a senhora Wanyika girou a mão para encontrar a mão da conterrânea, palma contra palma, e a segurou forte. "Meu tio, depois que perdeu a mulher, se dedicou aos negócios a tal ponto que um ataque cardíaco o levou. *Eh! Estresse?* Aham." Meneando a cabeça, ela estalou a língua contra a parte posterior da reluzente fileira de dentes superiores.

"Aham", concordou Angel. "Mas Pius e eu não estamos sozinhos numa situação dessas, senhora embaixatriz. É assim para tantos avós de hoje em dia. Nossos filhos nos são tomados e nos transformamos em país para nossos netos." Encolheu ligeiramente os ombros. "Pode ser uma bala. Pode ser pressão arterial. Porém, na maior parte dos casos, é o vírus."

A senhora Wanyika soltou a mão de Angel e estendeu o braço para o chá. "Mas é claro, como tanzanianos", afirmou ela, o tom repentinamente oficial, esvaziado de compaixão, "esse é um problema que nós não temos."

As sobrancelhas de Angel se juntaram por cima da ponte do nariz. "Desculpe-me, senhora embaixatriz, mas a senhora está me deixando confusa. Parece que a senhora está me dizendo que não temos o vírus em casa, na Tanzânia. Mas todo mundo sabe..."

"Angel!", a voz da senhora Wanyika a interrompeu num sussurro. "Não vamos deixar as pessoas acreditarem que temos esse problema em nosso país. Por favor!"

Angel olhou duro para sua visita. Depois tirou os óculos e começou a limpar as lentes com o lenço de papel. "Senhora embaixatriz", recomeçou, "a senhora acha que há vírus em Uganda?"

"Em Uganda? Bem, sim, é claro. Até o governo de Uganda disse que há."

"E no Quênia?", continuou Angel. "A senhora acredita que o vírus exista lá também?"

"Creio que sim, ouvi dizer que sim."

"E na Zâmbia? Em Maláui? Moçambique?" Angel depositou os óculos e o lenço de papel sobre a mesa de centro, contando nos dedos os países.

"Sim", admitiu a senhora Wanyika. "Há em todos esses países também."

"E na República Democrática do Congo?"

"Ah, sabe-se muito bem que o vírus também está lá."

"E certamente a senhora já ouviu falar do vírus em Burundi e também aqui, em Ruanda?"

"Bem, sim..."

"Então, senhora embaixatriz, se a senhora sabe que o vírus se alastrou por todos os países a nosso redor, há outras pessoas que também o sabem – não é segredo. E se as pessoas sabem do vírus em todos os países vizinhos da Tanzânia, por que pensariam que a Tanzânia está imune? Será que elas acreditam que há alguma coisa especial em nossas fronteiras, algo que o impeça de entrar?" Angel parou, preocupada. Temia ter ido longe demais com suas palavras, ofendendo a ilustre visita. Ela voltou a pôr os óculos e olhou para a embaixatriz. Para seu alívio, a senhora Wanyika parecia mais contrita que zangada.

"Não, você tem razão, Angel. Só que Amos é sempre muito cuidadoso em não admitir que temos o problema dessa doença na Tanzânia. É o trabalho dele."

"Isso é fácil de compreender", garantiu Angel. "E, claro, como mulher do embaixador, a senhora deve fazer o mesmo, especialmente quando fala com pessoas que não são de nosso país. Mas somos as duas de lá, e as duas sabemos que pode acontecer com qualquer família e levar qualquer pessoa próxima."

"Sim, claro. Embora... não *qualquer* família", replicou a senhora Wanyika. "Não a nossa. E não a sua, Angel, tenho certeza."

No entanto, a mulher do embaixador estava enganada. Se a bala dos assaltantes não tivesse atingido a cabeça de Joseph quando ele voltava para casa naquela noite, depois de visitar a mulher, que estava morrendo no Hospital Bugando, Angel estaria contando uma história muito diferente sobre a morte dele. Ou, talvez, não sobre a morte: Joseph estava em forma, saudável, corria diariamente e jogava futebol todos os fins de semana, provavelmente estaria vivo ainda hoje. Mas Angel sabia que era melhor não dizer isso à visita, que não ficaria à vontade e poderia até mesmo rasgar o seu estimado "Formulário de pedido de bolo". Assim, resolveu mudar de assunto.

"Sabe, Pius e eu tivemos o cuidado de ter apenas dois filhos, para que pudéssemos educá-los bem. Naquela época, o planejamento familiar ainda era uma novidade. Nós fomos pioneiros. Nossa vida agora já deveria estar bem mais calma. Pius poderia estar mais tranquilo, já nos últimos anos de trabalho antes de conseguir a aposentadoria, contudo, em vez disso, trabalha ainda mais. Nossos filhos deveriam estar se preparando para tomar conta de nós, mas, de súbito, nos vemos cuidando de seus cinco filhos. *Cinco!* Grace e Faith são boas meninas. Mas os meninos! Ahn-ahn." Angel sacudiu a cabeça.

"Oh, meninos! Ahn-ahn", concordou a senhora Wanyika, que, como Angel bem sabia, havia criado três filhos. As duas acenaram com a cabeça em acordo.

"Ahn-ahn", disse Angel outra vez.

"Oh, ahn-ahn-ahn. Meninos!", assentiu a senhora Wanyika.

As duas mulheres ficaram durante um tempo em silêncio enquanto pensavam na dificuldade de criar meninos.

Então a senhora Wanyika acalentou: "Deus realmente nos deu uma cruz para carregar, Angel. Mas não nos deu Ele também uma bênção? Não é o riso de uma criança o teto de uma casa?".

"Claro!", concordou rapidamente Angel. "Só que não teremos condições de propiciar para essas crianças o mesmo que propiciamos a nossos primeiros filhos. Mas, de todas as maneiras, precisamos tentar dar a eles uma vida boa. É por isso que resolvemos nos mudar da Tanzânia para Ruanda. Há o dinheiro de auxílio para a universidade e eles estão pagando a Pius muito mais como consultor especial do que ele recebia na universidade em Dar. Tudo bem, Ruanda passou por uma situação terrível. Terrível, senhora embaixatriz, ruim, ruim, ruim. Muitos dos corações aqui estão cheios de dor. Muitos dos olhos viram coisas terríveis. Terríveis! Mas muitos desses mesmos corações têm agora coragem suficiente para ter esperança, e muitos desses mesmos olhos começaram a olhar para o futuro, em vez de se prender ao passado. A vida continua todos os dias. E, para nós, as vantagens de termos vindo para cá são muito maiores que as desvantagens. Meu negócio de bolos está indo bem porque quase não há lojas dedicadas a isso aqui. Um negócio de bolos não prospera num lugar em que as pessoas não tenham nada a comemorar."

"Oh, todo mundo fala de seus bolos! Pode-se ir a qualquer festividade e o bolo é da Angel. Ou, se o bolo não for da Angel, alguém estará falando de alguma outra comemoração em que o bolo *era* da Angel."

Angel sorriu, alisando o cabelo num gesto recatadamente prosa. Um dos poucos luxos que ela se permitia eram visitas regulares ao salão de cabeleireiro para relaxar o cabelo e mantê-lo com um corte apropriado para sua idade.

"Bem, o trabalho todo com meu negócio de bolos me mantém jovem, senhora embaixatriz. E tenho de me manter jovem para as crianças. A senhora sabe, muita gente aqui nem sequer sabe que já sou avó. Todo mundo só me chama de Mama-Grace, como se Grace fosse a minha primogênita, não minha neta."

"Mas agora você é a mãe da Grace, Angel. Quem mais seria a Mama-Grace a não ser você? Quem seria o Baba-Grace se não seu marido?"

Angel estava prestes a concordar quando a porta da frente se abriu e uma mulher baixa, gordinha, com o comportamento humilde de uma empregada, entrou discretamente na sala.

"Ah, Titi", disse Angel, falando com ela em swahili. "As meninas não estão com você?"

"Não, tia", respondeu Titi. "Na entrada do prédio, encontramos com tia Sophie, que nos convidou para ir à casa dela. Tia

Sophie me deu dinheiro para ir comprar Fanta na loja da Leocadie, mas pediu que eu viesse aqui antes para dizer à tia que as meninas estão com ela."

"*Sawa*. Está bem", concordou Angel. "Titi, cumprimente a esposa de nosso embaixador da Tanzânia, a senhora Wanyika."

Titi se aproximou da distinta mulher e, com uma pequena reverência, apertou-lhe a mão de maneira respeitosa, sem olhá-la nos olhos. "*Shikamoo*."

"*Marahaba*, Titi", disse a senhora Wanyika graciosamente. Num gesto de reconhecimento ao cumprimento respeitoso de Titi, a embaixatriz respondeu, usando a *primeira* língua de seu país: "*Habari?* Como vai você?".

"*Nzuri, Bibi*, estou bem", respondeu Titi, ainda desviando o olhar dos olhos da senhora Wanyika.

"*Sawa*, Titi, vá e compre a Fanta para tia Sophie", instruiu Angel. "Cumprimente Leocadie por mim. Diga a ela que irei comprar ovos amanhã."

"*Sawa*, tia", disse Titi e se dirigiu para a porta.

"E deixe a porta aberta, Titi. Vamos ver se conseguimos um pouco de ar aqui dentro." Angel estava sentindo muito calor. Ela abanou o rosto com o "Formulário de pedido de bolo" que a senhora Wanyika tinha acabado de preencher. "Trouxemos Titi conosco", explicou, voltando a falar em inglês, em deferência à escolha da visita. "Foi nosso filho Joseph quem primeiro a empregou, então, quando... Quando as crianças vieram morar conosco, Titi veio com elas. Ela não é uma pessoa instruída, mas limpa e cozinha bem e é muito boa com as crianças."

"Fico contente por você ter alguém para ajudá-la, Angel", disse a senhora Wanyika. "Mas todos vocês cabem neste apartamento?!"

"Cabemos, senhora embaixatriz! As crianças e Titi ficam com o quarto principal. É grande. Um professor de carpintaria do KIST fez três beliches para elas e ainda há lugar para um armário. Pius e eu estamos bem no quarto menor. E as crianças não ficam o tempo todo dentro de casa: o complexo tem um pátio para elas brincarem quando não estão na escola."

"E como é a escola aqui?", perguntou a senhora Wanyika.

"É uma boa escola, porém muito cara para cinco crianças! *Eh*, mas o que podemos fazer? As crianças não falam francês, então têm de ir para uma escola inglesa. Uma boa vantagem é que a escola manda um micro-ônibus buscar todas as crianças desta vizinhança, assim não nos preocupamos com o transporte. Neste momento, os meninos estão visitando uns amigos da escola que moram no fim da rua, senão a senhora poderia conhecê-los. Titi levou as meninas ao correio para enviar cartas para as amigas em Dar e agora foram visitar Sophie. É uma pena. Eu gostaria que a senhora pudesse conhecê-las, senhora embaixatriz."

"Vou conhecê-las algum dia, Angel. Mas quem é essa Sophie que elas estão visitando?"

"Uma vizinha do andar de cima. Ela é uma boa amiga da nossa família. Divide o apartamento com outra senhora, chamada Catherine. As duas são voluntárias."

"Voluntárias?", inquiriu a senhora Wanyika, erguendo uma sobrancelha cuidadosamente traçada a lápis.

"É. Há algumas pessoas que vieram ajudar Ruanda sem receber muitos dólares." Angel deu um sorriso ligeiramente constrangido, sabendo que nem o marido dela nem o marido de sua visita pertenciam a essa categoria.

Mais uma vez a visita se mexeu desconfortavelmente no sofá. "E o que fazem essas voluntárias?"

"Elas são professoras. Catherine é educadora para o Ministério de Gênero e Mulheres, e Sophie ensina inglês naquela escola secundária só para meninas."

"Entendo", disse a embaixatriz. "Então essas voluntárias estão ajudando mulheres e meninas. Isso é muito bom."

"Sim", concordou Angel. "Na verdade, elas me contaram que são feministas."

"Feministas?", indagou a senhora Wanyika, e sua outra sobrancelha pulou para se unir à primeira, que ainda não tinha se recuperado totalmente da ideia de voluntárias. "*Feministas?*", repetiu.

Angel ficou confusa com a reação de sua visita. "Senhora embaixatriz, há algo errado com uma feminista?"

"Angel, você não tem medo de que elas convertam suas filhas?"

"*Convertam?* Senhora embaixatriz, a senhora está falando de feministas como se elas fossem algum tipo de... De *missionárias*."

"Você sabe o que as feministas *são*, Angel? Elas não gostam de homens. Elas... Er..." A senhora Wanyika baixou a voz num sussurro conspiratório, inclinando-se para mais perto de Angel. "Elas fazem sexo com outras senhoras!"

Angel tirou os óculos e começou a limpar as lentes com seu lenço de papel. Deu um suspiro profundo antes de falar. "Senhora embaixatriz, vejo que alguém a confundiu nessa questão e, na verdade, é mesmo muito fácil fazer confusão, porque é mesmo algo muito delicado. Acredito que uma senhora que faz sexo com outras senhoras não é chamada de feminista. Acho que é chamada de lésbica."

"Oh!", exclamou a senhora Wanyika, registrando alívio e embaraço ao mesmo tempo. "Certo. Sim, já ouvi falar de lésbicas."

"É muito fácil a gente se confundir, porque essas ideias são tão modernas para nós na África!", emendou Angel, atenta ao embaraço de sua visita e ansiosa por atenuar o erro dela.

"É verdade", concordou a embaixatriz. "Essas ideias são modernas demais aqui. Amos sempre trabalhou na África, com exceção de quando estivemos na Malásia. Mas essas ideias também são muito modernas para a Malásia."

"Eu mesma só tenho conhecimento dessas ideias porque passei algum tempo na Alemanha com meu marido, quando ele esteve lá estudando", confidenciou Angel. "As mulheres na Europa têm muitas ideias modernas."

"Acredito. E não é verdade que ideias demais afastam a sabedoria? Angel, estou aliviada por não haver perigo para suas meninas! Eu fiquei confusa ao pensar que suas vizinhas eram lésbicas. Elas são simplesmente voluntárias."

Ficou claro para Angel que a senhora Wanyika achava a ideia do voluntariado – por mais desconcertante que fosse para ela – menos alarmante que a ideia de feminismo. Procurou um novo rumo para a conversa e, olhando para a mesa de centro entre elas, exclamou: "*Eh!* No que eu estava pensando, senhora embaixatriz? Sua xícara está vazia e fria! Deixe-me fazer mais um chá!".

A senhora Wanyika começou a protestar quando Angel apanhou xícaras e pires. Neste exato momento, alguém chamou da porta.

"*Hodi!* Podemos entrar?"

"*Karibuni!* Sejam bem-vindas!", saudou Angel, quando uma jovem e uma menina entraram no apartamento. A linda *kanga* da mulher, de estampas vivas em tons de laranja, amarelo intenso e turquesa, envolvia o corpo inteiro, inclusive a cabeça, de maneira que só o rosto, as mãos e os pés ficavam visíveis. A menina, de tez mais clara que a mulher, usava um vestido vermelho e amarelo de manga curta que terminava no meio das canelas e um lenço cor de laranja vivo enrolado pela cabeça e pelo pescoço. Angel sempre achou que tanto a mãe como a filha eram magras o suficiente para fazer com que uma pluma parecesse ter excesso de peso. Ela apresentou as visitas umas às outras em swahili.

"Senhora embaixatriz, estas são minhas amigas do apartamento de cima. Amina e Safiya, esta é a senhora Wanyika, esposa do embaixador da Tanzânia aqui em Ruanda."

Todas se apertaram as mãos e trocaram cumprimentos. Então, a senhora Wanyika disse: "Amina, você está falando swahili, mas não acho que você venha de nenhum país que eu conheça. Onde é sua pátria?".

O sorriso de Amina era lindo, um lampejo de branco reluzente contra o moreno de sua pele. "Sou somali, *Bibi*, da capital, Mogadício."

"Ah, Mogadício! É onde aqueles helicópteros norte-americanos foram derrubados, não? Quantos norte-americanos morreram, Amina? Dezoito?"

"Por aí, *Bibi*. E uns mil somalis foram mortos também. Mas não conto a muita gente por aqui que venho de lá. Uns dizem que os norte-americanos se recusaram a vir ajudar Ruanda por causa do que aconteceu em Mogadício. Os ruandeses poderiam me culpar pelo fato de os norte-americanos não virem para cá ou os norte-americanos poderiam me odiar pelo fato de seus soldados terem morrido em meu país."

"Essas coisas são muito complicadas", concluiu a senhora Wanyika. A maneira como ela disse isso – sem parecer pensar a respeito ou sem estimular maiores discussões – fez Angel desconfiar de que sua resposta possuía um tom diplomático, muito comum em conversas sobre questões políticas.

Amina sorriu. "É, *Bibi*. Mas, na verdade, tenho duas nacionalidades. Meu marido tem cidadania italiana porque o pai dele era italiano. Desse modo, eu sou somali e italiana. Todos se espantam quando digo isso!"

As três mulheres riram, e Safiya sorriu timidamente com o riso delas.

"Deixe-me adivinhar. Seu marido está aqui com os italianos que estão construindo as estradas?"

"Está, *Bibi*, ele é o encarregado."

"E Safiya está na mesma escola que as crianças", completou Angel.

O sorriso de Safiya era tão brilhante quanto o da mãe. "Grace e Faith são minhas melhores amigas", declarou ela.

"*Eh*, mas por que estamos de pé? Vou fazer chá para todas nós!"

"Oh, Angel, é uma pena, mas não podemos ficar para o chá", disse Amina. "Estamos a caminho da Electrogaz para comprar energia. Só viemos aqui para dizer que conferimos seu medidor lá embaixo e vimos que sua energia também está quase acabando. Quer que compremos mais para você, já que estamos indo para lá?"

"Obrigada, Amina, é muito gentil de sua parte. Mas Baba-Grace já planejou ir comprar energia esta tarde, depois do expediente no KIST."

"*Sawa*, Angel. Senhora Wanyika, foi um prazer conhecê-la."

"Amina, eu também já estou saindo", disse a mulher do embaixador. "Infelizmente, não posso ficar mais para o chá, Angel. Amos e eu fomos convidados para um coquetel na embaixada sueca esta noite e preciso me aprontar. Meu motorista está esperando lá fora. Posso oferecer-lhe uma carona até a Electrogaz, Amina?"

Amina uniu as palmas das mãos em agradecimento. "Sim, obrigada, *Bibi*."

"Angel, meu motorista virá buscar o bolo na próxima sexta-feira à tarde. Gostei muito do nosso chá. Obrigada."

"É um prazer, senhora embaixatriz. Por favor, venha sempre que quiser. Na minha casa é hora do chá o tempo todo."

"Obrigada, Angel. E uma ou duas vezes por ano temos festas para tanzanianos e amigos da Tanzânia na embaixada. Vou me certificar de que você receba um convite."

"Obrigada, senhora embaixatriz. Estarei à espera."

Sozinha no apartamento, Angel se despiu da roupa elegante e apertada para vestir uma confortável camiseta e sua saia de *kanga*.

Depois, juntou a louça fina, disposta na mesa de centro, e a levou para a cozinha. Encheu a pia com água quente e sabão, pensando, enquanto isso, o que faria a respeito do bolo sem graça que teria de fazer para a mulher do embaixador. Não era um bolo que inspirasse as pessoas a encomendar outros bolos com ela – a não ser, claro, que houvesse alguns *wazungus* na festa da senhora Wanyika que não soubessem a diferença entre o bolo da foto e aqueles que Angel fazia a seu gosto. Ia ser um bolo que lhe faria esconder a cara de tanta vergonha. Sua esperança era que ninguém perguntasse quem o fizera. Ou, se tivessem vontade de perguntar, talvez pudessem ver na foto de casamento de Wanyika – aquela do casal cortando o bolo do casamento – que Angel tinha sido obrigada a simplesmente copiar o original, não importando quão feio ele era.

Com xícaras e pires lavados, ela passou a esfregar a panela do leite – achou razoável descontar sua decepção nessa atividade. Pius tinha avisado, logo cedo, que ela estava esperando demais da visita, porém Angel havia lhe garantido que ele estava enganado: a senhora Wanyika podia não ser uma pessoa tão importante como o embaixador Wanyika, mas era uma mulher que recebia e, como uma mulher que recebia, tinha o poder de depositar uma boa quantia de dinheiro no sutiã de Angel. A tarde poderia ter sido bem diferente: a senhora Wanyika poderia ter encomendado um lindo bolo colorido, com um desenho elaborado ou um feitio original. Ele seria o centro das atenções na festa do embaixador, e ninguém ali – certamente todas pessoas importantes – sairia sem saber que Angel Tungaraza era a única boleira a quem recorrer em Kigali para encomendar um bolo tão bonito para uma ocasião especial.

Ela pôs a panela no escorredor e olhou para o relógio. Pius não demoraria a chegar do trabalho e dali a pouco estaria na hora de preparar o jantar da família. Logo, logo, ela subiria para pegar as meninas no apartamento de Sophie e mandaria Titi ir buscar os meninos na casa dos amigos, adiante na mesma rua. Mas, antes de tudo isso, ainda teve tempo para ficar sozinha e curtir um de seus maiores prazeres, algo que certamente poderia amenizar o desapontamento que a tarde lhe causara.

Depois de secar as mãos, ela foi até o quarto e pegou de uma prateleira, no guarda-roupa, um saco de plástico branco, dentro do qual havia um pacote envolvido em plástico bolha. De volta à cozinha, pôs o pacote no balcão e seus dedos começaram a retirar as tiras de fita adesiva que o prendiam. Angel fez isso bem lentamente, prolongando o prazer, criando expectativa.

O pacote tinha vindo de Washington para ela por intermédio de um vizinho que viajava para lá regularmente, a fim de visitar a mulher e os filhos. Ken Akimoto ficava feliz em atuar como uma espécie de correio para Angel e a esposa dele não parecia se opor a fazer compras para ela. De fato, a gentil senhora Akimoto sempre incluía um cartão para Angel, em geral para agradecer a ela por ser amiga de Ken ou por assar bolos tão lindos para ele. E lá estava um desses cartões.

Pegando-o rapidamente de dentro do pacote, Angel girou e apoiou as costas no balcão para lê-lo. Ela conseguiu retirá-lo sem ver o que havia no pacote – o prazer era ainda maior com a demora. Desta vez, June escrevia para expressar sua admiração pelo bolo que Angel fizera para a festa de cinquenta anos de Ken – uma festa muito ruidosa, lembrou Angel, porque tinha como tema a época das discotecas.

"Que ideia ótima", escreveu June, depois de ter visto as fotos de Ken, "fazer, para um homem que adora karaoke, um bolo em formato de um microfone."

Angel se recordava do bolo com orgulho. Não foi um de seus bolos mais coloridos, claro, embora um bolo para uma festa de discoteca permitisse o uso das cores mais vivas e diferentes – afinal, ninguém daquela época era indiferente às cores, nem mesmos os *wazungus*. Porém, mais que uma simples festa de discoteca, aquela tinha sido uma festa para comemorar o aniversário de Ken, e ninguém que o conhece consegue pensar nele sem um microfone na mão, cantando ele mesmo ou oferecendo-o a um de seus convidados. Então Angel resolveu fazer o bolo com a forma de um microfone, em preto e cinza, com uma pequena caixa posicionada sobre ele, para parecer que pertencia a uma estação de TV especial, bem parecido com aqueles microfones usados nos grandes eventos. A caixa desse microfone – vermelha de um lado, verde do outro e azul em cima – trazia nos três lados o nome KEN em branco, acima de um grande número 50, também em branco. Depois, Ken contou que todo mundo na festa o tinha elogiado. E ali estava o elogio vindo também de Washington.

Angel leu duas vezes o cartão de June e sabia que agora chegara o momento de saborear, lentamente, o conteúdo do pacote. Ken o havia entregado naquela tarde, ao chegar em casa vindo do aeroporto, e ela resistira a abri-lo de imediato porque a senhora Wanyika estava prestes a chegar. Ao colocá-lo no armário, achou que adiaria a abertura do pacote até o dia seguinte, já que, certamente, a encomenda de um lindo bolo por parte da mulher do embaixador de seu país em Ruanda lhe daria prazer mais que suficiente para um dia. No entanto, diante das circunstâncias, Angel estava muito grata por ter o pacote para melhorar seu humor naquela tarde.

Voltou-se para o pacote e, com cuidado, para que nenhuma parte do conteúdo corresse o risco de cair do balcão direto para o chão da cozinha, ela retirou as dobras da embalagem de bolhas. Que tesouros estariam lá dentro?! Sim, lá estavam as cores que ela havia pedido: vermelho, rosa, amarelo, azul, verde, preto – tudo sob a forma de pó, nada parecido com os vidros de anilina líquida comestível disponíveis nos supermercados libaneses da cidade; aqueles não eram nem um pouco modernos.

Havia ainda uns blocos grandes de marzipã e, como sempre, June tinha incluído alguns itens novos para Angel experimentar. Desta vez, eram três tubos que pareciam canetas grossas. Ela apanhou um e o examinou: do rótulo, constavam as palavras *Gateau Graffito* e, logo abaixo, escrita em maiúsculas, a palavra *vermelho*. Ao pegar as outras duas canetas – uma marcada *verde,* e a outra, *preto* –, ela viu uma folha de papel impressa em letras pequenas, no fundo da embalagem. As instruções explicavam que as canetas estavam cheias de corante para cozinha e mostravam, numa ilustração, de que maneira elas poderiam ser usadas para escrever linhas finas ou grossas, dependendo de como fossem manuseadas. Além disso, o texto garantia que o conteúdo era kosher. *Eh,* agora seus bolos seriam mais lindos que nunca!

Essa convicção a emocionou e as lágrimas começaram a se acumular em seus olhos. Puxando a gola da camiseta com a mão esquerda, ela procurou com a direita o lenço de papel guardado no sutiã, logo ao lado do depósito para o bolo da senhora Wanyika. Enxugou os olhos. De repente, percebeu que sentia o rosto extremamente quente e passou a secar também a testa e a face, antes de pegar o cartão de June para usá-lo como abano.

Realmente, esse negócio de "modificação" não tinha nada de nobre.

2

UM BATIZADO

O PRÉDIO EM QUE A FAMÍLIA TUNGARAZA MORAVA era pegado à encosta da colina em cujo topo se espalhava o centro da cidade, de modo que os apartamentos no térreo, na frente do prédio – como o dos Tungarazas –, tinham um pavimento acima, nos fundos, à medida que a colina se afastava de forma acentuada na parte de trás. A mesa de trabalho de Angel ficava no canto da sala, nos fundos do apartamento, em frente de uma grande janela que dava uma boa visão do muro que rodeava o complexo. Dali, durante o trabalho, ela podia observar as movimentadas idas e vindas das pessoas e dos veículos que subiam e desciam a colina, enquanto mantinha um olho nas crianças que brincavam no pátio do complexo.

Hoje os meninos chutavam a bola de futebol ruidosamente, enquanto Faith e Safiya, silenciosa e pacientemente, faziam delicadas trancinhas no cabelo de Grace. Titi descera ao pátio para buscar a roupa lavada no varal e estava ali conversando com Eugenia, que fazia a limpeza para o egípcio no andar de cima.

O bolo sobre a mesa de Angel era para o jantar que Ken Akimoto ia dar naquela noite. Ken era de longe o melhor freguês: ele encomendava bolos a ela duas ou três vezes por mês. Ele adorava receber, e sabia-se que era muito bom em preparar pratos de seu Japão nativo, embora tivesse morado a maior parte de sua vida nos Estados Unidos.

Angel gostava de fazer bolos para ele porque Ken lhe dava liberdade para decorá-los exatamente como ela quisesse. Houve apenas uma ocasião em que ele encomendara um desenho específico: quando recebeu representantes do governo japonês que tinham vindo a Kigali avaliar se queriam patrocinar algo no KIST. Nessa ocasião, ele pediu um bolo que reproduzisse a bandeira japonesa, uma bandeira absolutamente sem graça: branca, com um grande círculo vermelho no meio. Angel achara, na época, que o bolo era muito feio – apesar de agora ela reconhecer que não era tão feio quanto o bolo de casamento de Wanyika –, mas os convidados de Ken aparentemente o acharam lindo o suficiente para fotografá-lo de diversos ângulos.

Hoje, no entanto, Angel tinha rédeas livres. Ela assara um simples pão de ló de baunilha redondo em duas camadas, com glacê carmesim entre elas. Depois, envolveu o bolo com um glacê azul-turquesa vibrante. No topo, criou um desenho solto em amarelo vivo, feito trança de cesto, cercado com estrelas amarelas alternadas com estrelas carmesins. Agora, ela dava o toque final com arabescos carmesins dos lados. Seria um bonito bolo: lindo, mas ao mesmo tempo masculino. Quando voltou a encher o saco de confeitar com o resto de glacê carmesim, ela escutou uma batida na porta da frente e uma voz masculina: *"Hodi!"*.

"Karibu!, respondeu, erguendo o olhar da mesa quando a porta se abriu e Bosco, o rapaz desengonçado que trabalhava como motorista de Ken Akimoto, entrou na sala. Ela limpou as mãos num pano e o saudou com um aperto de mão, no modo tradicional de Ruanda.

"Seja bem-vindo, Bosco", disse ela em swahili. "Mas espero que não tenha vindo buscar o bolo do senhor Akimoto. Como pode ver, ainda não está terminado."

"Oh, tia!", exclamou o rapaz, com a fisionomia magra e juvenil se abrindo num amplo sorriso. "O bolo está muito, muito lindo! As cores são muito, muito boas. O senhor Akimoto ficará muito, muito contente. *Eh!* Mas, tia, o que é isto?" Os olhos de Bosco tinham se desviado do bolo de Ken e sua expressão registrava desgosto.

Angel viu que ele notara o bolo que estava no canto da mesa, esperando para ser apanhado naquela tarde pelo motorista da senhora Wanyika.

"É um bolo de bodas para pessoas importantes", explicou Angel. E acrescentou rapidamente em sua defesa: "Esta é exatamente a aparência que eles pediram para o bolo".

"*Wazungu?*", indagou Bosco.

"Gosto de *wazungu*. Ideia de *wazungu*." Ela não queria dizer mais nada, pois não era profissional fofocar a respeito de seus clientes e, como uma mulher de negócios, era obrigada a manter o profissionalismo o tempo todo. "Porém, fico feliz por você gostar do bolo do senhor Akimoto, Bosco."

"Ele virá buscá-lo pessoalmente mais tarde, tia. Mas não estou aqui a pedido do senhor Akimoto. Vim conversar a respeito de uma questão pessoal. Bem, duas questões pessoais, tia."

"*Sawa*, Bosco. Por que você não vai até a cozinha e faz um pouco de chá para nós enquanto eu termino de decorar o bolo do senhor Akimoto? Aí nós nos sentamos e tomamos chá enquanto você me conta suas questões pessoais."

Bosco olhou com admiração para o bolo terminado. Então, ele e Angel se instalaram nas cadeiras, com suas xícaras de chá doce com leite.

"Tia, vim encomendar um bolo", começou ele.

"Veio à pessoa certa, Bosco. Será que você me traz notícias de seu casamento?"

Desde que voltara de Uganda, para onde sua família fugira muitos anos antes, Bosco tinha a ideia – primeiro um tanto vaga, mas agora com maior propósito – de se estabelecer e criar a própria família. No entanto, apesar de ter identificado uma pequena sucessão de mulheres a quem propor casamento, ainda não tivera sucesso em conseguir uma esposa.

"Não, tia", respondeu Bosco, abaixando os olhos e dando um risinho sem graça. "Ainda não. É a minha irmã, Florence. Ela deu à luz seu primogênito."

"Parabéns! Menino ou menina?"

"Uma menina, tia. Ela vai ser batizada no próximo fim de semana e Florence gostaria de um bolo para a festa. Eu disse a ela que você era a pessoa certa para fazer o melhor bolo."

"Obrigada, Bosco. Terei muito prazer em fazer o bolo para sua irmã. Farei um bom preço para ela."

"Oh não, tia", emendou o jovem rapidamente. "Você pode cobrar preço de *mzungu*. O senhor Akimoto vai pagar o bolo. Esse será o presente dele."

"*Eh!* Seu patrão é muito generoso!", declarou Angel.

Era verdade. Ken frequentemente oferecia seu motorista e a Pajero para os amigos – embora, para ser exato, tanto o veículo como o motorista não pertencessem a ele, mas a seu empregador, as Nações Unidas. A própria Angel já se beneficiara dessa generosidade diversas vezes, quando precisou entregar bolos a clientes que moravam em ruas nas quais nenhum *taxi-voiture* comum podia trafegar. E, claro, Ken também a ajudava com as compras que trazia dos Estados Unidos, quando tinha uma licença de uma semana a cada dois meses. Os suprimentos chegavam ao país na bagagem não revistada de Ken, com as grandes garrafas de molho de soja, os tubos de pasta *wasabi* e as folhas de algas processadas que trazia para si – e ele nunca aceitava qualquer pagamento por parte de Angel.

Contudo, apesar dessa generosidade constante, ela não sentia culpa por cobrar um preço exorbitante pelos bolos. Quando Sophie descobriu exatamente o valor do salário de Ken, contou a Angel completamente perturbada, num estado de raiva e irritação. Angel fizera chá para tentar acalmá-la, sugerindo que talvez essas grandes organizações precisassem pagar altos salários se quisessem atrair o tipo de gente adequada para certas funções. Em resposta, Sophie dissera que eram o tipo errado de gente, se não podiam fazer o trabalho por menos. Finalmente, tinham concluído que o desejo de fazer do mundo um lugar melhor não era uma coisa que dissesse respeito ao bolso de alguém. Não. Aquilo dizia a respeito do coração de uma pessoa.

Angel se levantou para buscar o álbum de fotografias em cima de sua mesa de trabalho e o trouxe para o visitante. "Deixe-me mostrar outros bolos de batizado que já fiz, Bosco. Talvez eles o ajudem a resolver exatamente como você quer o bolo."

Bosco observou cuidadosamente cada fotografia. "*Eh*, tia, estes são todos muito, muito lindos! Como vou conseguir escolher um?"

Angel riu. "Você não tem de escolher um – você pode criar um diferente. Estou apenas mostrando estes para que você tenha algumas ideias. Entretanto, sempre para um batizado, o nome do bebê deve ser escrito sobre o bolo."

Angel pensou em suas novas canetas *Gateau Graffito*. Certamente seria mais fácil escrever num bolo com aqueles tubos que com o volumoso saco de confeitar – embora as cores das três canetas que tinha não fossem adequadas para um bolo de bebê.

"Goodenough",* disse Bosco.

"*Goodenough*?", perguntou Angel. "O que é 'bom o suficiente'?"

"O nome do bebê, tia. Ela se chama Goodenough."

---

* Em português, corresponderia a "Bastantebom" ou "Bom o suficiente". (N. T.)

"Goodenough? *Goodenough*? Que tipo de nome é Goodenough?"

"É porque eles queriam muito um menino, mas nasceu uma menina. Não é o que queriam, porém já é bastante bom."

Angel tirou os óculos e começou a limpar as lentes com o canto da *kanga*. "Você acha que é um bom nome para uma menina, Bosco?"

"Não é um nome ruim, tia."

Angel ficou em silêncio por algum tempo enquanto limpava os óculos com afinco. Então ela retomou: "Sabe o quê, Bosco? Talvez não seja você quem deva escolher o bolo para Goodenough. Você é apenas o tio. Na verdade, é a mãe do bebê quem deve escolher o bolo para o batizado. Seria possível você levar meu álbum de fotografias para apresentar à Mama-Goodenough?".

O rosto de Bosco se iluminou. "Oh, tia, essa é uma ideia muito, muito boa! Eu não gostaria de escolher o bolo errado. Vou perguntar ao senhor Akimoto se posso ir de carro até lá na segunda-feira. Não podemos ir agora, pois tenho de buscá-lo em breve no escritório e levá-lo para casa. Ele precisa se preparar para a festa desta noite. Você sabe que ele gosta que eu o ajude a carregar a TV do quarto para a sala, ligar todos os fios para os alto-falantes e o microfone para a máquina que canta."

"*Eh*, teremos outra noite barulhenta, então!", comentou Angel, recolocando os óculos. O complexo inteiro ficava sabendo quando as festas de Ken Akimoto incluíam karaoke. À medida que a noite avançava e o álcool liberava cada vez mais as inibições, até os convidados que jamais receberiam permissão para cantar num microfone eram persuadidos a fazer exatamente isso. Mas ninguém se queixava. Os próprios vizinhos eram muitas vezes convidados, e os que não eram convidados normalmente tinham recebido um favor ou outro de Ken.

Angel apanhou o diário e a caneta na mesa de centro. "Na segunda-feira decidimos a respeito do bolo com Florence. Agora tenho de escrever o dia e a hora da festa do batizado no meu diário para não esquecer."

Ela fez o registro no diário enquanto Bosco lhe dava os detalhes. Era cuidadosa em registrar todas as encomendas para que pudesse rastreá-las. Essa era a maneira profissional de agir e, além do mais, a doutora Rejoice tinha avisado que, algumas vezes, "a modificação" podia fazer com que uma mulher se esquecesse das coisas. Angel sabia que se esquecer de fazer o bolo de alguém seria uma vergonha da qual ela jamais se recuperaria.

"Agora, Bosco", disse ela, recolocando o diário e a caneta na mesa de centro, "o bolo de sua irmã é uma questão pessoal. Você disse que eram duas."

"É, tia", respondeu o rapaz. Aí ele soltou um *eh!* alto e desviou o olhar, desconsolado.

"Bosco?"

"*Eh!*"

"O que está havendo?"

Ele deu um suspiro profundo. "É Linda, tia."

"Ah, Linda...", repetiu Angel, logo se lembrando da jovem britânica monitora de direitos humanos que morava no complexo. Os homens a achavam muito bonita, porém Angel ficava pensando de onde vinha aquela opinião. Pelo que ela entendia, a beleza de uma mulher estava em seu rosto, mas Angel nunca vira nenhum homem olhar para o rosto de Linda – havia sempre outras partes do corpo dela que apelavam com maior urgência para serem olhados. Realmente, aquela não era uma maneira educada de se vestir num país em que as mulheres eram recatadas. Até Jeanne d'Arc – a trabalhadora do sexo que ocasionalmente vinha atender clientes no complexo – não exibia o corpo daquele modo.

Bosco parecia envergonhado e ficou em silêncio. Angel fez o melhor que pôde para continuar a conversa. "Bosco, eu sei que você gostava da Linda. Entretanto, naquele dia em que você me levou com um bolo até aquela casa do outro lado do campo de golfe, você me disse que tinha parado de gostar dela."

"Foi, tia", ele respondeu e ficou outra vez calado.

"Na época, você me disse que podia perceber que havia um problema com Linda e a bebida."

"É, tia."

Silêncio.

"Então, o que está havendo agora, Bosco? Espero que você não vá me dizer que resolveu gostar dela outra vez."

O rapaz permaneceu em silêncio.

Enquanto tirava os óculos e começava a limpá-los outra vez, Angel continuou: "Você se esqueceu das histórias que você me contou a respeito dela? Não me esqueci da história do dia em que você a viu em frente à boate Cadillac e a cumprimentou. E que ela, depois de tudo que tinha bebido, não o reconheceu e ainda disse alguma coisa nada educada. Não me esqueci também da história da manhã em que você foi à casa do senhor Akimoto para ajudá-lo na arrumação depois de uma festa e encontrou Linda adormecida no carpete sujo com o vômito dela própria. Ela simplesmente se levantou e deixou você limpar aquilo. Bosco, por favor, diga-me que você não esqueceu essas histórias".

O jovem se levantou da cadeira e foi até a janela, de onde podia ver as crianças no pátio. Depois, ele se voltou para Angel e, passando o peso do corpo de uma perna para a outra, finalmente falou: "Tia, não esqueci essas histórias". E começou a andar de um lado para o outro. "Mas agora tenho outra história para contar à tia. É uma história que me dá dor no coração, mesmo que se tenham passado muitas semanas desde que resolvi não gostar de Linda."

"*Eh!* Minha cabeça está ficando confusa ao ver você andando para lá e para cá. Porém, percebo que você não quer se sentar. Venha até a cozinha e vamos fazer mais chá juntos."

Angel mais uma vez colocou os óculos e então levou Bosco até a cozinha. Era um aposento pequeno, que se tornava ainda menor pela presença de dois fornos: o elétrico, que pertencia ao apartamento, e o a gás, que os Tungarazas tinham trazido com eles da Tanzânia. O suprimento instável de eletricidade em Kigali poderia ter feito com que Angel perdesse um monte de encomendas, não fosse o forno a gás.

Bosco lavou as canecas nas quais tinham bebido chá e mediu duas canecas de água numa panela. Angel acrescentou algumas colheradas de leite em pó, bastante açúcar e sementes de cardamomo.

"Agora, Bosco, vou cuidar deste leite. Antes de ferver, você vai me contar sua nova história. Vai me contar sobre essa nova dor no seu coração antes que ela o devore como um verme dentro de uma manga."

"*Eh*, tia!", começou Bosco, e a história veio aos tropeços. "Acabo de ver Linda. O senhor Akimoto me mandou para o Hotel Umubano para pagar a mensalidade das aulas de tênis. Depois que fiz isso, vi Linda no estacionamento, porém ela não me viu. Ela estava com um homem e eles se beijavam. Era como um filme, tia. Estavam inclinados contra o carro dela, e ele tocava o corpo de Linda. *Eh!* Entrei na Pajero do senhor Akimoto e os observei. De início, não reconheci o homem porque só o vira de costas. Mas, depois que eles acabaram de se beijar, ele pôs Linda dentro do carro e foi para seu automóvel. Aí eu vi quem era. *Eh!*"

Angel ergueu o olhar do leite para Bosco. "Quem era?"

"Tia, era o CIA."

"*Eh?* O CIA?!"

Bosco fez que sim com a cabeça.

"O CIA daqui, deste complexo?"

O rapaz assentiu outra vez.

"Oh, isso é ruim."

"É muito, muito ruim, tia. O CIA!"

"Ahn-ahn", soltou Angel, sacudindo a cabeça.

"Ahn-ahn", concordou Bosco.

"Ele é casado e vive com a mulher ao lado de Linda!", constatou Angel. Rob e Jenna moravam no mesmo andar de Linda. Oficialmente, Rob trabalhava para uma agência de auxílio norte-americana, porém todo mundo sabia que ele, na verdade, trabalhava para a CIA.

"Ela podia estar comigo...", disse Bosco, parecendo miserável. "Sou jovem e tenho um emprego muito, muito bom. Já faz quatro anos que sou motorista para o pessoal da ONU. Entretanto, em vez disso, ela está com um homem que tem a idade do pai dela."

"Um homem casado, Bosco. Certamente a questão não é ele ser um homem mais velho, mas o fato de ser casado."

"Tia, muitos homens vêm aqui sem as esposas e arranjam namoradas. Há um que trabalha com o senhor Akimoto. Esse chegou até a construir uma casa para a namorada e eles moram juntos e têm um filho. Durante as férias, ele vai encontrar a mulher na Europa. O senhor Akimoto disse que a mulher dele não sabe a respeito da namorada e da criança. E ela nunca o visitará aqui, porque ele disse à esposa que vir para cá é muito perigoso."

"Já ouvi falar desse homem", comentou Angel. "E há o egípcio aqui de cima. Ele veio sozinho, sem a mulher, e teve muitas namoradas. Contudo, quando a esposa dele veio visitá-lo, alguém contou a ela, e agora ela está se divorciando dele."

"Não se pode ter um segredo em Kigali, tia. Aqui, os olhos não têm cortinas. Alguém vai contar à mulher do CIA, e então a mulher do CIA vai pegar a arma do CIA e dar um tiro em Linda."

Angel ficou chocada. "O CIA tem uma arma?"

"Tia, dá para ser CIA e não ter uma arma? *Eh!* O leite!" Bosco se lançou ao fogão e salvou o leite no momento em que ele ia derramar.

Ambos estavam ocupados enchendo as canecas quando Titi entrou com a cesta de roupa seca do varal que ficava no pátio. Queria começar a passar as peças. Angel e Bosco se mudaram para a sala e passaram a falar em inglês, que Titi não entendia bem. Os dois queriam falar mais sobre essa história, porém era algo que poderia se tornar perigoso se mais alguém ouvisse.

De toda forma, não puderam conversar muito a respeito, porque apareceu o motorista da senhora Wanyika para buscar o feio bolo branco. Ele entregou a Angel um espesso envelope recheado de francos ruandeses. Logo depois, Bosco olhou para o relógio e disse *eh!* diversas vezes. Ele correu para levar o senhor Akimoto em casa, a fim de que o patrão tivesse tempo para se preparar para o jantar.

* * *

NESTA NOITE, muito depois de as crianças e Titi terem ido dormir, bem depois de Angel e Pius também terem se retirado para o quarto e Pius ter caído no sono ao lado dela, Angel permaneceu acordada. Na maior parte das noites, agora, ela pelejava para dormir e muitas vezes acordava cedo, com calor e transpirando.

Nesta noite, o ar estava cheio de sons de música ao longe e cantos seguidos de vivas ruidosos e aplausos. Por sorte, o apartamento dos Tungarazas era do lado oposto ao apartamento de Ken, e os dois outros apartamentos do térreo que ficavam entre eles propiciavam algum grau de isolamento de som. Mesmo assim, trechos ocasionais de letras discerníveis ainda conseguiam chegar ao quarto onde Angel estava recostada em sua vigília. Ela sabia que Patrice e Kalisa, os guardas noturnos do complexo, como sempre, também davam uma festa na rua para os guardas da vizinhança, fora do apartamento de Ken. Cada qual tentava superar os outros em seus movimentos de dança, todos cantavam de boca fechada quando reconheciam determinadas canções.

Um fragmento de canção – *every step you take, every move you make* –, em parte cantada e em parte gritada por uma voz que podia ter sido a do CIA, agora flutuava pela noite.

Os pensamentos de Angel se voltaram para Pius, que respirava alto a seu lado. Será que ele algum dia iria tratá-la como o CIA tratava a mulher? Iria ele algum dia arrumar uma namorada dentro do mesmo prédio? Achava que não. Houvera épocas, no passado, em que ela suspeitara de outras mulheres – especialmente quando Pius fora estudar na Alemanha –, porém nunca nada de sério. E agora alguns cabelos grisalhos começavam a despontar na cabeça dele e a barriga ficava cada vez mais redonda acima da calça. Para ele, a cama tinha passado a ser um local apenas para dormir, com exceção, muito ocasionalmente, de uma noite de sábado, depois de ele ter bebido cerveja Primus e assistido ao futebol com os amigos.

Mas, *eh!*, essas jovens ruandesas eram muito lindas! E muitas procuravam velhos ricos que as sustentassem, ainda mais velhos ricos que as levassem para uma vida melhor em outros países. Claro que havia muitas moças bonitas onde Pius trabalhava. Quase um quarto do quadro de alunos era composto de meninas, e sabia-se muito bem por toda parte que lindas jovens alunas podiam ser uma perturbadora fonte de tentação para seus professores. Sua própria filha, Vinas, tinha atraído os olhares do doutor Winston Moshi quando ele a treinava para ser professora, e ela acabara se casando com ele. Contudo, Pius não tinha contato direto com as alunas.

Em relação aos mestres, havia apenas um punhado de professoras, todas bastante atraentes. Mas Angel tinha certeza de que Pius jamais se sentiria tentado, porque confessara ter medo delas.

"Eh!", declarou ele um dia, ao voltar para casa depois de uma reunião. "Aquelas senhoras professoras são *duronas*! Elas se unem e se recusam a serem contrariadas ou a terem sua opinião desconsiderada. Eu estou lhe dizendo, Angel: nem tudo o que tem garras é leão", desabafou, sacudindo a cabeça.

Isso deixava de fora as secretárias e as assistentes administrativas que tinham escritórios no mesmo prédio que o marido dela. Será que alguma delas o atrairia? De modo geral, ela achava que não. Todas as que ela conhecera estavam concentradas em suas famílias e em se aprimorar nas aulas noturnas todas as noites da semana. Angel ponderou bem. Pius sempre fora um homem sério, e agora ele suportava a responsabilidade de ser pai de cinco netos. *Cinco!* Com certeza não faria nenhuma bobagem ou nada de vergonhoso.

Além disso, ele ainda a amava profundamente, ela sabia disso. Está bem, eles pareciam se comunicar muito menos desde a perda de Vinas. Mas isso era de se esperar: além dos três filhos de Joseph, ela agora tinha os dois de Vinas para mantê-la ocupada em casa. Na verdade, Pius não tinha outra escolha a não ser se manter ocupado na universidade. Sob essas circunstâncias, era apenas natural que eles não conseguissem encontrar tempo para se sentar juntos e conversar do jeito como estavam acostumados.

Um coro barulhento vindo do apartamento de Ken – *get your money for nothing* – interrompeu essa linha de pensamento, e ela percebeu que seu rosto começava a irradiar calor. O corpo, protegido por dois cobertores contra o ar frio da noite na altitude elevada de Kigali, mantinha uma temperatura confortável, enquanto a cabeça e o pescoço, apoiados num travesseiro, agora começavam a transpirar. De uma pequena pilha no chão, ao lado da cama, Angel pegou uma das revistas *Hello!* que Sophie lhe emprestara e começou a se abanar. As pessoas que apareciam na *Hello!* eram bem conhecidas na Inglaterra, de acordo com Sophie, embora Angel dificilmente reconhecesse qualquer uma delas. Na maioria dos casos, a publicação tinha pago a elas para contarem sua história e serem fotografadas – algumas vezes, parece que as pessoas na revista recebiam um bocado de dinheiro se concordassem em contar sua história exclusivamente para a *Hello!*. Segundo Sophie, havia até versões locais da *Hello!* em outros países mundo afora.

Enquanto abanava o suor do rosto, Angel pensou numa versão ruandesa da revista. Poderia se chamar *Muraho!*, claro, mas quem apareceria nela? Talvez a atual miss França, nascida em Kigali, de mãe ruandesa e pai francês – ela ficaria bem na capa. E havia Cecile Kayirebwa, a cantora famosa no mundo todo. No entanto, nenhuma dessas ruandesas morava no país. Talvez a revista focalizasse as pessoas importantes que moravam ali (Angel nunca vira ninguém comum ou pobre na *Hello!*), gente como ministros e embaixadores. A senhora Wanyika com certeza aceitaria uma boa quantia para dar à *Muraho!* acesso exclusivo a sua festa de bodas de prata.

A mão de Angel subitamente congelou em sua ação de abanar, e ela teve um estremecimento involuntário. A história a respeito da festa dos Wanyika, sem dúvida, teria de incluir uma fotografia do bolo, e a senhora Wanyika definitivamente não perderia a oportunidade de chamar a atenção para o fato de ele ter sido feito por uma conterrânea da Tanzânia. O nome de Angel estaria ligado – nacionalmente! – ao mau gosto. Seu meio de vida ficaria arruinado!

Muitas vozes agudas – *night fever, night fever* – entraram no quarto através das venezianas. Angel recomeçou a se abanar, agora acalmando não apenas o calor do rosto, mas também a confusão na cabeça. *Eh!* Um profissional tinha de ser muito, muito cuidadoso com a má publicidade, especialmente num lugar onde uma história que você conta a alguém pode ser repetida no outro lado da cidade mesmo antes de você ter terminado de contá-la.

Depois de alguns instantes de abanação frenética, a mão diminuiu um pouco o ritmo com as ideias novas que lhe chegaram à cabeça. Talvez, um dia, houvesse um artigo especial sobre Angel Tungaraza na revista *Muraho!*. Seriam publicadas fotografias do álbum dela, de alguns de seus melhores bolos. A família inteira seria mostrada em seus melhores trajes, todos agrupados artisticamente na sala, exibindo seus mais amplos sorrisos para o fotógrafo profissional enviado pela revista. Haveria também imagens de Angel trabalhando em sua cozinha, batendo ovos numa tigela, e de sua mesa de trabalho com o saco de confeitar e as canetas *Gateau Graffito*.

O sono acabou envolvendo-a enquanto ela, ainda sorrindo, imaginava as agradáveis possibilidades oferecidas por essa nova ideia.

3

Uma bolsa de estudos

Nos fundos do apartamento dos Tungaraza e na parte de baixo do prédio, onde a colina se afastava, ficava o pequeno escritório de Prosper, cujas tarefas eram supervisionar os guardas de segurança do complexo, coletar os aluguéis e administrar a manutenção geral do prédio – papel que ele cumpria, é preciso dizer, com um empenho apenas emblemático. Desse modo, não foi nenhuma surpresa para Angel quando, ao descer a escada para o pátio e bater à porta de Prosper, fazendo barulho suficiente para acordar o dorminhoco mais pesado, ela não recebeu resposta.

Voltou pela escada para o térreo e saiu do prédio pelo portão da frente. Na esquina, encontrou Modeste e Gaspard, os guardas diurnos. Eles tinham acabado de comprar um abacaxi de uma mulher que agora ajeitava de volta na cabeça a cesta de abacaxis, bananas e abacates e começava a descer o morro.

Angel cumprimentou os guardas e, então, sem dar atenção a Gaspard, que só falava francês e kinyarwanda, dirigiu-se a Modeste em swahili.

"Modeste, onde está Prosper?"

"Ele não está aqui, madame."

"É, ele não está aqui. Será que você pode chamá-lo aqui para mim?"

"Posso, madame."

"Obrigada, Modeste. Diga-lhe que o estou esperando no escritório dele."

Modeste partiu morro acima, seu corpo alto e magro se movia num trote lento. Angel sabia aonde ele ia. Na maioria das vezes, Prosper podia ser encontrado duas ruas acima, num pequeno bar de beira de rua, mobiliado com duas mesas e algumas cadeiras de plástico. Se, por acaso, Angel passasse ali e ela e Prosper se cumprimentassem com um aceno, ela saberia que ele iria ao apartamento dela para lhe assegurar que seu único propósito naquele bar era advertir os clientes sobre os males da bebida. Ele insistiria em mostrar-lhe exatamente o versículo da *Bíblia* que andara lendo para os clientes no exato momento em que Angel acenara para ele. No entanto, as mãos dele tremeriam, seus olhos estariam vermelhos e suas palavras teriam cheiro de Primus.

Angel voltou pelas escadas e esperou no pátio, do lado de fora do escritório de Prosper. Não era um pátio bonito. O resto do entulho da construção ainda estava num canto, numa pilha parcialmente escondida atrás do trailer que havia transportado o forno a gás de Angel no reboque do micro-ônibus vermelho da família, na viagem de Dar es Salaam para Kigali.

O solo vermelho do pátio era nu. Sophie e Catherine uma vez sugeriram que os residentes do complexo se unissem para tentar tornar aquela área mais bonita, plantando grama e flores. Contudo, o que aquelas meninas da Inglaterra não entendiam era a característica mais importante de um pátio neste continente: um pátio sem plantas era um pátio sem cobras. Angel não tinha visto ainda uma cobra em Kigali, mas ela sabia que não ver alguma coisa com os próprios olhos não era prova de que ela não estivesse ali realmente. O pátio era um lugar seguro para as crianças brincarem, e isso era o que mais se devia levar em conta.

Espremidos sob o térreo do prédio, ao lado do escritório de Prosper, havia mais quatro quartos. Um deles acomodava os medidores de energia da Electrogaz de cada apartamento, aninhados num perigoso emaranhado de fios e cabos. Angel temia que aquilo pudesse matar uma pessoa mais rápido que o veneno de qualquer cobra.

Estranhamente (já que o apartamento deles era no térreo), o medidor que controlava o fornecimento de eletricidade dos Tungarazas era um dos mais altos na parede, e alcançá-lo para digitar os números do recibo da Electrogaz exigia o uso de uma escada, mantida no aposento exatamente para isso. De maneira nenhuma Angel permitia que Pius apoiasse a escada de metal no emaranhado de fios e subisse para recarregar seu fornecimento de energia, tarefa já difícil o suficiente sem a morte em potencial por descarga elétrica – eram necessárias três mãos: uma para segurar o papel com os números, outra para digitá-los e uma terceira para segurar uma lanterna, já que o quarto não tinha luz e a tinta no papel nunca era forte e clara. Angel não sabia como Modeste conseguia completar todas essas tarefas – muito menos completá-las e permanecer vivo –, mas ele tinha muito prazer em tentar pela recompensa de alguns francos.

Outro dos quartos sob o prédio abrigava os medidores de água que tinham sido instalados exatamente um mês antes, o que tornava possível uma conta de água para cada apartamento. O quarto seguinte não passava de um espaço vazio definido por três paredes e aberto na frente. Aparentemente, abrigaria o gerador a diesel para o complexo, que fora prometido, mas ainda não se materializara. Finalmente, enfiado embaixo do apartamento de Ken, no lado mais afastado do prédio, havia um quarto com instalações sanitárias para Prosper e os guardas.

Angel ouviu seu nome ser chamado de algum lugar acima de onde ela estava. Então viu Amina inclinada sobre o pequeno balcão de seu apartamento, exatamente acima do dela.

"Angel! O que você está fazendo aí?"
"Oi, Amina. Estou esperando Prosper."
"Prosper? Você mandou Modeste ir buscá-lo?"
"Mandei. Eles já devem estar chegando."
"Safiya está esperando as meninas para fazer o dever de casa."
"Elas já vão para aí, Amina. Estão em casa com Benedict enquanto eu estou aqui. Ele ainda está doente, com malária. Titi levou Moses e Daniel para brincar com os amigos mais adiante, na rua, de modo que as meninas têm de ficar com Benedict até eu terminar com Prosper."
"Ah, está bem. Venha ver televisão comigo esta noite. Vincenzo tem uma reunião até tarde."
"Obrigada, Amina. Eu irei se puder. *Eh*, lá vem Prosper!"

O homem descia com dificuldade os degraus que davam para o pátio.

"Madame Tungaraza!", exclamou ele ao estender a mão e apertar entusiasticamente a mão de Angel. "Desculpe tê-la atrasado. Havia alguns assuntos urgentes fora do complexo e eu tive de me encarregar deles."

Prosper lançou um olhar incerto para Angel enquanto destrancava a porta do escritório. "Madame, a senhora não precisava ter esperado por mim no pátio. Eu poderia ir até seu apartamento. Mas entre, entre."

"Obrigada, Prosper", respondeu Angel, seguindo-o no sombrio quartinho que acomodava uma mesa e uma cadeira de madeira, "mas em meu apartamento o negócio são bolos. Seu escritório é o lugar para assuntos do prédio. Não, não, Prosper, a cadeira é sua. Estou bem de pé. Devo me apressar porque tenho uma criança doente em casa."

Prosper se sentou atrás da mesa e tentou transmitir um ar de eficiência ao reorganizar o arquivo, o caderno, a caneta esferográfica e a *Bíblia*.

"Agora, Prosper", retomou Angel enquanto pegava dois pedaços de papel no lugar em que a *kanga* estava amarrada na cintura, desdobrando-os e os colocando sobre a mesa, "vim falar a respeito disso."

Prosper deu uma olhada nas folhas. "É, madame, são contas de água. É uma coisa nova. Eu mesmo pus uma carta sob cada porta há um mês para dizer que as contas de água iriam começar a chegar."

"Aham. Mas o que eu quero perguntar é como você está calculando estas contas de água?"

"Há medidores, madame. Os medidores nos dizem quanta água um apartamento usou. Eles são novos."

"Sim, eu sei a respeito desses medidores, Prosper. E sei também da história sobre o medidor do senhor Akimoto. Ele mesmo me contou sobre isso. Sei que ele veio até o senhor ontem e pediu para que lhe mostrasse o medidor dele no quarto aqui embaixo, que está sempre trancado. E sei que, quando o senhor mostrou a ele o medidor, a agulha estava rodando e rodando, embora não houvesse ninguém no apartamento do senhor Akimoto, nem ninguém estivesse usando água no apartamento dele naquela hora."

Os olhos de Prosper se desviaram dos de Angel. "Foi um engano, madame. Estávamos olhando o medidor errado."

Angel persistiu: "No entanto, aquele medidor tinha os mesmos números do apartamento do senhor Akimoto. Como você pode saber que não houve o mesmo tipo de erro com as nossas contas?".

"Madame, eu lhe garanto", defendeu-se Prosper, tentando agora firmar sua autoridade olhando Angel nos olhos. "Depois de termos percebido esse erro ontem, eu mesmo examinei cada conta e cada medidor. Não há outros erros."

"Então, Prosper, por favor, olhe para estas duas contas e me ajude a entendê-las." Angel passou para o outro lado da mesa e se colocou ao lado do síndico, a fim de não bloquear a luz que vinha da porta – porque o escritório não tinha luz elétrica nem janela – e para impedir que ele olhasse diretamente em seus olhos. O cheiro de Primus ameaçava sufocá-la. "Primeiro, esta é a conta da minha família. Veja aqui, Prosper, mostra quinze mil francos."

"Sim, estou vendo, está claro. Eu mesmo escrevi esse número aí."

"E esta aqui é a conta de Sophie e Catherine. Diz aqui trinta mil francos."

"Sim", concordou Prosper. "Tudo muito claro. O que a senhora quer que eu explique, madame?"

"Estou confusa", disse Angel, pondo as duas contas lado a lado sobre a mesa. "No meu apartamento somos oito. Oito! Todos tomamos banho, usamos o banheiro, cozinhamos para oito pessoas, lavamos roupas, lençóis e toalhas para oito pessoas. Contudo, neste outro apartamento, são apenas duas pessoas. Duas! Como duas pessoas podem usar o dobro de água de oito pessoas? Como duas pessoas têm de pagar duas vezes mais que oito pessoas?"

Prosper desviou a cadeira para o lado e, torcendo o corpo, deu um jeito de olhar para Angel. Na expressão do rosto dele estava implícito que ela era uma tola e não entendia nada. "Madame, claro que elas têm de pagar mais!"

Angel sustentou o olhar dele. "Por quê?"

Ele suspirou e sacudiu a cabeça. "Porque, madame, elas são *wazungus*."

"*Eh!*", exclamou Angel, olhando para Prosper como se ele a tivesse chocado profundamente. "Essas meninas não são *wazungus*, Prosper!"

"Madame?" Era a vez de Prosper se mostrar chocado e confuso. "Elas não são *wazungus*?"

"Não, Prosper. Elas são *voluntárias!*"

"*Voluntárias?*"

"É, voluntárias. Um voluntário não é um *mzungu*. Um voluntário não recebe um salário de *mzungu*. Um voluntário não pode pagar o mesmo que um *mzungu* paga. Essas meninas podem parecer *wazungus*, Prosper, mas não são."

"*Eh!*", soltou Prosper, pegando a conta do apartamento de Sophie e Catherine e a examinando com cuidado. Depois olhou para Angel, que ainda se avultava acima dele. "Elas não são *wazungus*?"

Angel negou com a cabeça.

O síndico pensou um pouco, para então perguntar: "Quanto a madame acha que uma voluntária pode pagar?".

"Acho que elas podem pagar cinco mil francos", sugeriu Angel, tendo combinado a quantia com Sophie e Catherine na noite anterior.

"Está bem", assentiu Prosper, que pegou a caneta e alterou o total na conta. "Eu não sabia, madame. Achei que fossem *wazungus*."

"Obrigada, Prosper." Angel enfiou a mão no sutiã e retirou várias cédulas. "Aqui está o pagamento da minha conta. Vou entregar esta outra a Sophie e Catherine. Acho que elas podem pagar cinco mil francos todos os meses. Por favor, explique isso ao medidor."

"Sim, madame. Veja, eu mesmo assinei aqui na sua conta para dizer que a senhora pagou."

Como o assunto com Prosper estava encerrado, Angel voltou pelas escadas, passou pela entrada do prédio e saiu para a rua. Modeste e Gaspard, a essa hora, já tinham terminado de comer o abacaxi e estavam sentados no chão, do outro lado da rua, com as costas apoiadas no tronco de uma acácia-mimosa. Eles responderam ao aceno de Angel quando ela desceu a rua de terra e se dirigiu para a loja de Leocadie, que ficava em um contêiner à margem da rua, a cerca de cem metros do complexo.

A caminho da loja, ela passou por outro tipo de contêiner, mais longo e baixo, de um tom verde-escuro, com um feitio mais achatado e quatro tampas articuladas no topo. Aquela era a caçamba para onde a vizinhança trazia seu lixo doméstico, na esperança – algumas vezes não satisfeita durante longos períodos – de que um caminhão aparecesse para levá-la e trazê-la de volta vazia.

Angel encontrou Leocadie sentada no interior escuro da loja, amamentando seu bebê. Baixa e sólida, com pequenos olhos fundos num rosto um tanto duro, ela não era uma moça atraente até sorrir, quando então ela se iluminava como se o medidor de eletricidade tivesse acabado de ser reabastecido – subitamente ficava muito bonita. Leocadie olhou para cima, agora que o corpo de Angel bloqueava a luz natural vinda da porta, e sorriu quando viu quem era.

"Mama-Grace! *Karibu*! Como vai?"

"Estou bem, obrigada, Leocadie. Como vai o pequeno Beckham?" O bebê já era chamado de Beckham muito antes de nascer, por causa dos chutes incessantes na barriga da mãe.

"Ele está bem, Mama-Grace. Mas está sempre com fome!"

"*Eh!* Há bebês que são assim. E como vai Modeste?" Modeste era o pai de Beckham. Angel sabia muito bem como ele estava, porque acabara de vê-lo. No entanto, não era isso o que ela perguntava.

"*Eh!*", começou Leocadie, enquanto transferia Beckham do seio esquerdo para o direito. "O bebê daquela outra mulher vai nascer daqui a um mês. Modeste disse que, se for uma menina, ele me escolherá. Ele disse que um homem tem de ficar com o filho. Porém, se for um menino, então ele não sabe. Vai tentar resolver."

Angel sacudiu a cabeça. "Espero que ele leve essa questão à família dele. Uma família sempre pode ajudar a pessoa a tomar a decisão certa."

"*Eh*, Mama-Grace, não há uma família para ajudá-lo. Todo mundo morreu. Agora só resta Modeste, ele precisa decidir sozinho."

"Isso é muito difícil", comentou Angel. Ela queria dizer que era muito difícil perder a família inteira, que era muito difícil tomar sozinho uma decisão que uma família deveria tomar e que era muito difícil esperar que um homem resolvesse entre você e outra mulher. "Vamos esperar e rezar, Leocadie."

"É tudo que podemos fazer, Mama-Grace."

"Bem, eu não posso ficar para conversar. Benedict ainda está com malária e tenho de voltar para casa para ficar com ele. Eu só vim comprar açúcar."

Então Angel entrou no contêiner e se serviu de um pequeno saco de açúcar sobre as prateleiras pouco carregadas que forravam as paredes. Era mais caro comprar de Leocadie que no mercado ou num dos pequenos supermercados na cidade. De toda forma, a loja era conveniente para itens que tivessem sido esquecidos nas compras semanais da família ou para coisas que tivessem acabado antes do que se esperava. A loja tinha apenas artigos essenciais: açúcar, leite em pó, chá, ovos, latas de extrato de tomate, sal, sabão, sabão em pó, papel higiênico. Um fio se enrolava discretamente no tronco do jacarandá ao lado do contêiner para se ligar a um cabo elétrico acima – era ele que fornecia a eletricidade para a pequena geladeira que mantinha geladas as garrafas de Primus e de refrigerantes.

Enquanto Leocadie tentava contar o troco de Angel sem perturbar Beckham, Faith apareceu sem fôlego na porta da loja para contar que uma senhora chegara para encomendar um bolo. Angel precisava voltar para casa imediatamente.

Angel encontrou a senhora sentada na sala. Ela encorajava Grace enquanto a menina se esforçava para falar as poucas palavras de francês que tinha aprendido na escola. A visita se levantou para apertar a mão de Angel.

"*Bonjour, madame. Comment ça va?*"

"*Bien, merci*", respondeu Angel.

"*Vous êtes madame Angel?*"

"*Oui, je suis Angel*. Mas, madame, acabamos de usar todo o francês que eu sei! *Unasema kiswahili?* A senhora fala swahili?"

"*Ndiyo*. Sim."

"Ótimo. Então vamos falar swahili e nos entenderemos. Por favor, sente-se. Meninas, Safiya espera por vocês lá em cima. Levem seu dever de casa."

As duas já estavam com os livros do dever de casa à mão. Disseram *au revoir* à visita e correram para fora do apartamento. Angel, então, se encarapitou na beirada do sofá e sorriu para a mulher, que sorriu de volta, do outro lado da mesa de centro. Ela tinha uma estatura mediana e tranças longas e delicadas que caíam frouxamente em torno de seu bonito rosto, adornado com um par de óculos de aros de ouro. Angel calculou que ela não poderia ter mais de trinta anos.

A mulher apresentou-se: "Madame Angel, meu nome é Odile. Sou amiga da doutora Rejoice. Foi ela quem me mandou aqui".

"Prazer em conhecê-la, Odile. Se é amiga da doutora Rejoice, é também minha amiga. Assim, não sejamos formais. Por favor, pode me chamar simplesmente de Angel – vamos esquecer o 'madame'."

"Está bem, Angel", concordou Odile com um grande sorriso.

Angel se levantou. "Odile, você é muito bem-vinda em minha casa. Mas posso pedir-lhe que me desculpe por um momento? Tenho aqui uma criança com malária e preciso dar uma olhada nela."

"*Eh!*" Odile também se levantou, seu rosto exibia preocupação. "Que sorte eu vir quando você tem uma criança doente, Angel, porque sou enfermeira."

"*Eh!* Enfermeira? Venha comigo, então, Odile. Vamos ver meu neto juntas. Acredito que agora a febre dele está quase terminada."

Angel levou Odile até o quarto das crianças, onde Benedict dormia na parte de baixo de um dos beliches. Em silêncio, cada qual pôs a mão na testa úmida do menino. Sentindo que a febre tinha finalmente cedido, sorriram uma para outra, aliviadas.

"Ele vai ficar bem", sussurrou Odile.

"Sim", assentiu Angel ao saírem do quarto, encostando a porta atrás de si. "Definitivamente, depois do fim de semana, ele estará de volta à escola."

Sentaram-se nos mesmos lugares que antes, em lados opostos da mesa de centro.

"Decerto você tem dado muito líquido para ele?"

"Claro. E, por sorte, ele tem tido sede, então não tenho de obrigá-lo a beber." Angel uniu as palmas das mãos. "*Eh!* Sinto-me abençoada por uma enfermeira ter vindo aqui hoje para me ajudar a examiná-lo."

Odile sorriu. "Na verdade, não vim aqui como enfermeira, Angel. Vim como uma cliente que quer encomendar um bolo."

"Então hoje sou duas vezes abençoada! Contudo, antes de começarmos a falar de negócios, deixe-me fazer um chá. Enquanto isso, você pode dar uma olhada no meu álbum de fotos e ver alguns bolos que já fiz. Há também um bolo em cima da mesa, ali, esperando para ser buscado."

Quando Angel voltou da cozinha com duas canecas fumegantes de chá com leite, desculpando-se por não ter uma fatia de bolo para a visita, Odile estava à mesa de trabalho, olhando para o bolo com admiração. Angel pôs as canecas em cima da mesa de centro e se uniu a ela.

"Este bolo é para um batizado", explicou. "A criança é filha da irmã do motorista de um vizinho."

"É verdadeiramente perfeito!", declarou Odile. O bolo retangular, de uma só camada, havia sido revestido de glacê cor-de-rosa claro. Nas laterais, o cor-de-rosa fora decorado com pontilhados brancos que pareciam renda. Tanto o canto superior esquerdo como o inferior direito do topo tinham sido adornados com rosas em tom de lilás e botões de rosa brancos, com as pontas em cor-de-rosa morango. Ao longo do centro do bolo, com início no canto inferior à esquerda e subindo para o canto de cima, no lado direito, estava escrito o nome do bebê em letra cursiva lilás: *Perfect*.

"Que nome maravilhoso para uma menina", elogiou Odile.

"É verdade", sorriu Angel. "Ajudei a mãe a escolhê-lo. Mas venha sentar-se, Odile. Você sabe, eu mesma pensei em ser enfermeira, porém, em vez disso, tornei-me mãe. O mundo agora está diferente. Hoje uma mulher pode ser enfermeira *e* mãe."

As duas mulheres se sentaram e deram um gole no chá.

"Seria você enfermeira *e* mãe, Odile?"

"Ah, não, não." Odile sacudiu a cabeça, depositando a caneca sobre a mesa. "Não, Angel, sou apenas enfermeira." A voz dela tinha ficado mais baixa e um pouco triste. Angel observou os olhos de Odile se fixarem além da caneca de chá e viu uma ruga vertical que começava a se aprofundar logo acima dos óculos da moça. Ficou claro que pensar a respeito de não ser enfermeira *e* mãe fazia a visita se sentir desconfortável.

"Diga-me, Odile", retomou Angel, com a voz mais alegre possível, "onde você trabalha como enfermeira?"

Para seu alívio, o sorriso de Odile voltou. "Trabalho no Centre Médico-Social, em Biryogo. Você conhece?"

"Não, não conheço esse lugar. Mas meu marido e eu já passamos por Biryogo. *Eh!* As pessoas naquela parte da cidade são muito pobres!" As habitações improvisadas, feitas de madeira, ferro corrugado, papelão e plástico, que as pessoas de Biryogo chamavam de casa não eram uma novidade para Angel. Esses lugares estavam nas periferias de grande parte das cidades do continente, propiciando abrigo para aqueles que nada tinham e que haviam ido para a cidade na esperança de algo. Em vez disso, apenas lutavam contra um tipo diferente de nada.

"Não é um lugar bonito para se trabalhar", concordou Odile. "Contudo, é onde Deus precisa de mim. O centro é para pessoas infectadas. Fazemos testes e damos aconselhamento. Instruímos as pessoas, especialmente as mulheres. Agora, por exemplo, estamos treinando profissionais do sexo em costura, para que elas possam ganhar dinheiro cosendo, e não com sexo."

"*Eh!* Isso é um ótimo trabalho", elogiou Angel, e seus pensamentos se dirigiram para Jeanne d'Arc, a profissional do sexo que eventualmente fazia negócios no complexo. Ela era uma garota muito legal, porém, sem dúvida, aquele não era um trabalho bom de se ter.

"Essa doença é uma coisa muito ruim", continuou Odile.

"*Eh!* Aham", concordou Angel, sacudindo a cabeça.

"Aham-aham", ecoou Odile, e também sacudiu a cabeça.

"Uma das meninas que você conheceu hoje, Odile, aquela com quem você estava falando em francês, Grace. Ela tem dois irmãos que também moram aqui comigo. A doença de que você está falando levou a mãe deles, e teria levado o pai também, só que assaltantes o mataram antes."

"*Eh!* Grace mencionou seus *frères*, ela me mostrou as fotos da família." Odile indicou as quatro fotografias emolduradas na parede. "Entretanto, achei que fossem todos seus filhos. Eu não sabia que você tinha adotado os órfãos."

"Na verdade, são meus netos. Meu filho é quem foi assassinado."

"Oh, sinto muito, Angel, eu não sabia."

"Obrigada, Odile. De fato, há cinco netos que agora são meus filhos. *Cinco!* Porque minha filha também faleceu."

"Oh, isso é muito triste." Odile sacudiu a cabeça. "Posso perguntar... Desculpe, Angel, como enfermeira estou curiosa a respeito do falecimento. Posso perguntar o que levou sua filha?"

"Claro que pode perguntar, Odile. Para dizer a verdade, não

me importo nem um pouco em falar dessas coisas com uma enfermeira. Foi o estresse que a matou."

"Estresse?"

"Pressão arterial. Ela se empenhou muito depois que o marido a deixou. Trabalhou até morrer. Todo mundo sabe que uma coisa dessas pode acontecer."

Odile hesitou por um momento antes de dizer: "Certamente não é impossível, Angel. Foi o coração?".

"Não, não. A cabeça." Angel apertou a palma da mão direita contra a têmpora.

"A cabeça?" Odile espelhou o gesto. "Algo como um derrame?"

"Uma dor de cabeça muito forte. Foi como a amiga dela explicou para nós. Realmente, não foi algo inesperado, porque, mesmo quando criança, Vinas às vezes tinha dores de cabeça, especialmente na época dos exames na escola, e daí por diante. Essa amiga disse que ela sofria fortes dores de cabeça, por trabalhar demais, e também por causa da pressão arterial."

"Sei...", disse Odile.

"E é claro que todo mundo sabe que o estresse e o aumento da pressão arterial podem acompanhar as dores de cabeça."

"Sim. Mas o que os médicos disseram exatamente, Angel?"

"Bem, não conversamos com um médico. Quando Pius e eu chegamos ao Hospital Mount Meru, Vinas já tinha falecido."

"Mount Meru? Em Arusha?"

"É. Vinas se apaixonou por Winston em Dar es Salaam, quando estava estudando para ser professora. Então, quando ela se formou, foi morar em Arusha com ele, porque a família dele residia lá. *Eh!* Ela o amava tanto, Odile! Quando ele a largou, implorei para que ela voltasse para nós em Dar, porém, a essa altura, minha filha era vice *Mwalimu Mkuu* na escola, a segunda na linha para a diretoria, e preferiu ficar lá. Isso exigiu demais dela mesma... *Eh!*"

Angel fechou os olhos e sacudiu a cabeça. "Eu não estava ao lado dela, Odile. Eu não vi o que ela estava fazendo consigo mesma."

"É muito triste."

"Não reconheci os sinais de estresse. As últimas poucas vezes em que a vi, notei que estava emagrecendo muito." Angel deu palmadinhas nos lados de suas coxas volumosas. "Mas eu não sabia que era perigoso ficar tão estressado. Simplesmente desejei que algum dia meu negócio de bolos ficasse tão grande e me mantivesse tão ocupada que eu conseguisse emagrecer daquele jeito."

Odile copiou o sorriso triste de Angel e elas tomaram o chá em silêncio, antes de a jovem falar outra vez: "Posso fazer outra pergunta, como enfermeira?".

"Sim, lógico."

"Estou pensando... Todos os seus netos estão bem?"

Angel percebeu imediatamente o que ela queria dizer e fez que sim com a cabeça. "Quando meu filho e a mulher descobriram que eram soropositivos, o médico deles em Mwanza disse que as crianças teriam também de passar por exames, só para se certificarem. Estávamos preocupados com Benedict", ela fez um gesto na direção da porta do quarto das crianças, onde o menino estava deitado. "Porque, às vezes, ele não parece tão forte quanto os outros meninos. Mesmo assim, os três deram negativo."

"Isso é bom. Tenho certeza de que cinco netos formam uma carga bastante pesada, mesmo com saúde."

"Na verdade, poderiam ser seis. *Seis!* Minha filha teve um terceiro bebê, porém ele não vingou e faleceu com poucos meses. Há bebês assim, Odile."

"É verdade."

Angel forçou um sorriso. "*Eh*, mas cinco já me mantêm ocupada o suficiente! As meninas que você conheceu são as mais velhas. Devo confessar a você, enfermeira, que recentemente comecei a temer por elas. Logo, as duas vão se tornar mocinhas, os meninos vão começar a notá-las. Acho que meu coração vai parar de bater se uma delas pegar o vírus."

"Angel, isso não vai acontecer", garantiu Odile. "Você conversou com elas a respeito disso, certo?"

"*Eh!* É difícil para uma pessoa da minha idade, Odile. Somos os que não falavam com os filhos sobre sexo. Foi assim que nossos próprios pais nos educaram. Agora, como falar de sexo com nossos netos?"

Odile ficou em silêncio enquanto acabava de beber o chá. Depois disse: "Talvez eu possa ajudar, Angel. No centro, temos um pequeno restaurante. Ele dá emprego para mulheres soropositivas. Elas não estão doentes, contudo não conseguem encontrar outro emprego porque os empregadores as discriminam quando sabem que estão infectadas. Então, elas cozinham e servem no nosso restaurante, e isso ensina à comunidade que a comida feita por uma soropositiva é segura. Além disso, traz um pouquinho de dinheiro para nosso centro. Agora, estou pensando que talvez as meninas pudessem almoçar comigo em nosso restaurante um dia desses. Posso conversar com elas a respeito do trabalho do centro e mostrar a elas as coisas que fazemos ali. Poderemos conversar sobre a doença e sobre sexo, responderei as perguntas delas. Você acha essa uma boa ideia?".

Os olhos de Angel começaram a se encher de lágrimas e ela levou a mão ao sutiã, em busca do lenço de papel. A ideia de Odile era realmente muito boa. "Tudo bem com o seu chefe?"

"Claro. Isso seria durante meu intervalo de almoço, de modo que não me afastaria de meus deveres. Você só precisa me avisar que dia vai levá-las. Estou de licença esta semana, mas estarei de volta na segunda-feira."

"Fico muito grata, Odile! Você está tirando um grande peso de meus ombros. Como poderei retribuir isso a você?"

Odile sorriu. "Você pode me fazer um bom preço pelo bolo."

"*Eh!* Ninguém receberá um preço melhor que você! Desculpe, Odile. Você veio apenas para encomendar um bolo, e eu acabei incomodando você como enfermeira. Essa não é a maneira profissional de eu me portar com um cliente!"

"Oh, não, Angel, não há nada a desculpar. De qualquer maneira, não sou simplesmente sua cliente, sou? Você já disse que somos amigas por sermos as duas amigas da doutora Rejoice."

"É verdade." Angel pôs de volta o lenço de papel dentro do sutiã e sorriu para Odile. "Então, fale a respeito do bolo que vou fazer para minha amiga."

"Na verdade, o bolo é para uma comemoração de meu irmão. A embaixada belga concedeu a ele uma bolsa para estudar na Bélgica." A jovem estava radiante de orgulho.

"*Eh!* Parabéns! O que ele vai estudar lá?"

"Obrigada, Angel. Ele se formou em medicina na Universidade Nacional de Butare e agora vai fazer mestrado em saúde pública."

"*Eh!* Ele é muito inteligente!"

"É, mas ele nega isso. Meu irmão diz que foi apenas o trabalho duro e a ajuda de Deus que o levaram tão longe."

"E você, Odile? Você também não é uma pessoa inteligente, para ser enfermeira?"

"Oh, não, Angel! Para mim também foi o trabalho duro e a ajuda de Deus." Então Odile silenciou por um instante antes de dizer: "Na verdade, meu irmão e eu somos, os dois, sobreviventes".

Angel sabia o que isso significava: ao contrário de muitos ruandeses que tinham crescido fora do país e voltado depois que o recente genocídio acabara, Odile e seu irmão tinham passado por tudo aquilo. Eles podiam ter perdido pessoas queridas, podiam ter testemunhado coisas terríveis... Porém, eles sobreviveram.

"Sinto muito, Odile", disse Angel, sabendo que essas palavras não eram suficientes, mas também sem saber o que poderia dizer.

Ela se mexeu desconfortável no sofá, sem ter como continuar. Talvez a melhor coisa, a mais profissional, fosse levar a conversa de volta ao tema muito mais fácil do bolo.

Contudo, antes de Angel dizer qualquer coisa, Odile continuou: "Sinto que tenho de contar isso, Angel, porque você já me falou um pouco de sua dor e de sua perda e porque já somos amigas por meio da doutora Rejoice". Angel acenou com a cabeça, confirmando. "Na verdade, tivemos sorte. Eles me mataram, Angel, mas eu não morri. Meu irmão me salvou, mesmo que não fosse totalmente qualificado. E, quando viram que ele poderia ser útil como médico, eles o pouparam, e meu irmão me protegeu."

Odile permaneceu em silêncio por alguns segundos antes de continuar. "Depois... Depois eu consegui um trabalho com os *Médecins Sans Frontières* [Médicos Sem Fronteiras], como intérprete do kinyarwanda para o francês. Eles viram que eu lidava bem com os pacientes e me encorajaram a estudar enfermagem. Até arranjaram patrocínio para mim!"

Angel sacudiu a cabeça e estalou a língua contra o céu da boca. "Você é forte, Odile. E seu irmão também é forte."

"Foi Deus que nos fez fortes, Angel." A jovem abriu um grande sorriso. "E meu irmão ficará ainda mais forte quando obtiver seu grau de mestre. Realmente, estou muito, muito orgulhosa dele! Quanto ao bolo, devo dizer que precisarei dele no domingo. É possível fazê-lo até lá?"

"Sem problemas. Podemos até entregá-lo em sua casa no domingo de manhã, em nosso caminho para a igreja."

"Isso seria ótimo. Obrigada."

"Você já tem uma imagem do bolo na cabeça?"

"De fato, já vi algo em seu álbum de fotografias", disse Odile, virando algumas páginas do álbum. "Talvez um bolo simples, como este. Não seremos muitos – talvez cinco ou seis amigos, além de meu irmão, da mulher dele e de seus dois filhos pequenos. Será que você pode escrever '*Félicitations, Emmanuel*' no bolo?"

"Lógico", afirmou Angel, tomando nota num "Formulário de pedido de bolo". "A mulher e os filhos de Emmanuel também irão com ele para a Bélgica?"

"Infelizmente, a bolsa não é suficiente para todos, então a família dele permanecerá aqui. Na verdade, eu moro na casa deles. Enquanto Emmanuel estiver fora, a esposa dele não ficará sozinha com as crianças."

"Você não é casada?"

"Ainda não." A enfermeira deu um sorrisinho tímido. "Mas, talvez, em algum dia próximo, Deus me mande um marido."

"Ele pelo menos já lhe mandou um noivo?"

"Na verdade, nem um namorado! Gosto de um homem de minha igreja, contudo ele não parece gostar de mim."

"Ele é muito bobo se não gostar de você!", declarou Angel. De fato, Odile era muito bonita e tinha um coração tão bom!

Então, a porta da frente se abriu e Daniel e Moses, os meninos mais novos, entraram ruidosamente no apartamento, seguidos por Titi. Angel fez as apresentações. Nesse meio tempo, Benedict apareceu na porta do quarto das crianças. Tinha a aparência magra e abatida de uma criança que, por fim, parara de alternar suores com tremedeiras e, muito em breve, e muito de repente, exigiria muita comida.

Angel e Odile fecharam negócio e caminharam juntas para a rua, a fim de esperar um *pikipiki* para levar Odile até em casa. Os mototáxis eram uma forma relativamente barata de transporte público; os ciclotáxis eram mais em conta, claro, porém a ladeira da colina era muito íngreme para os ciclistas subirem, assim como muito exasperante para que descessem com seus freios pouco confiáveis.

Enquanto esperavam, a Pajero de Ken Akimoto virou da rua asfaltada para a rua de terra e parou do lado de fora do complexo: Bosco viera buscar o bolo do batizado da sobrinha. Angel o apresentou a Odile e, em meio a muitos apertos de mão, ele insistiu para levá-la pessoalmente em casa.

Naquela noite, enquanto Grace e Faith ajudavam Titi a preparar a janta e os meninos estavam sentados no sofá vendo um vídeo, Angel estava no andar de cima, assistindo a *Oprah* com Amina. Safiya lia em seu quarto.

Angel e Pius só conseguiam pegar a estação nacional na tv. Satélite era caro demais e, de qualquer forma, a enorme parabólica teria ocupado o balcão inteiro do apartamento deles, e espaço já era um problema. Não havia parabólica no balcão de Amina, contudo havia uma no balcão do egípcio, bem acima do dela. O marido de Amina, Vincenzo, gostava de fazer a coisa certa, porém seu irmão mais novo, Kalif, era mais flexível. Uma vez em que Kalif tinha vindo de visita, Amina o convencera a ligar a tv deles à parabólica do egípcio. A operação exigira muitos subterfúgios, a escada do quarto de medidores de eletricidade, nervos de aço e, infelizmente, um nível de habilidade que o rapaz não possuía – o resultado foi uma imagem clara, mas sem som.

"O que você acha?", indagou Angel, relaxada numa cadeira idêntica às de seu apartamento. Ela se abanava com o caderno de lições de francês de Safiya.

"Acho que talvez aquela senhora esteja tomando drogas", sugeriu Amina.

"Não, não podem ser drogas", assegurou a primeira. "Olhe, agora ela está bebendo daquela garrafa que escondera mais cedo. Acho que ela é alcoólatra."

"Uma senhora pode ser alcoólatra?"

"Nos Estados Unidos uma senhora pode ser o que ela quiser", afirmou Angel, que às vezes assistira ao programa *Oprah* em Dar es Salaam. "E na Europa também. Nós duas conhecemos Linda, aqui em cima."

"*Eh!* Aquela Linda bebe bem! Você tem razão. Olhe, ela está bebendo e tenta esconder o copo dos filhos."

"E agora está no estúdio com a Oprah. *Eh*, ela está chorando muito! É uma pessoa muito infeliz."

"Você acha que aquele homem é o marido dela ou um médico?", perguntou Amina.

"Se for o marido, não a ama", declarou Angel. "Olhe como ele está sentado. Não quer ficar perto dela."

"Talvez seja irmão dela", sugeriu Amina. "Talvez ela tenha trazido vergonha para a família."

"Ou o *ex*-marido. Talvez ele a tenha largado porque ela bebe."

"Então, por que está ali sentado com ela agora? Não, depois que um homem vai embora, ele já foi. Gostei dos sapatos da Oprah hoje."

"Aham, são bonitos."

Um pouco depois, uma mudança repentina de canais para a CNN assinalou que o egípcio tinha chegado em casa, no andar de cima. Amina tinha sorte por Eugenia, a faxineira, preferir canais mais interessantes durante o dia. De toda maneira, era hora de Angel voltar para casa.

Ao descer as escadas, ela tinha consciência de uma leveza pouco familiar – não com seu corpo, claro (isso seria esperar demais), mas em seu espírito. Ela não conseguiu perceber isso até mais tarde, à noite, quando observou Grace e Faith adormecidas em seu beliche duplo. Foi então que ela reconheceu que parte de sua nova leveza era o alívio que Odile tinha trazido, ao lhe propiciar a solução para uma de suas maiores preocupações: essas meninas iriam aprender a respeito do vírus e se manter seguras contra ele.

No entanto, só depois de se sentar no sofá e assistir às últimas notícias com Pius – ao erguer os olhos da TV, como fizera tantas vezes, para a foto de seus filhos falecidos –, Angel compreendeu com toda força o que significava o resto da leveza. Em Odile, ela testemunhara a prova de que era possível suportar muita dor e, mesmo assim, sobreviver e ir em frente. Eles a tinham matado, Odile disse, porém ela não tinha morrido.

Angel começou a achar que ia ficar bem. Estendeu a mão para segurar a do marido e descansou a cabeça sobre o ombro dele.

4

Um aniversário

O doutor Yoosuf Binaisa desceu do micro-ônibus da universidade logo após Pius Tungaraza. Depois se voltou para Angel, que permaneceu resolutamente sentada nos fundos do veículo.

"Mama-Grace, tem certeza de que não quer se juntar a nós?"

"Muita certeza. Obrigada, doutor Binaisa. Por que acha que eu gostaria de entrar numa escola para olhar corpos?"

"Pode não haver defuntos", comentou o doutor Binaisa. "Talvez sejam apenas ossos. Estive no local de homenagem aos falecidos na igreja em Nyamata, e só havia ossos lá."

"Por que você quer que eu veja ossos?", indagou Angel.

"Você não quer entender o que aconteceu aqui, Mama-Grace? Foi por isso que Gasana fez este desvio: para que pudéssemos entender melhor este país. O seu e o meu país são vizinhos deste lugar – dormíamos pacificamente e em segurança em nossas casas durante aqueles cem dias, enquanto a violência dilacerava este país em pedaços, como uma galinha num prato. Você não acha que devemos olhar agora para o que não vimos naquela época?"

"Doutor Binaisa, eu não vou entrar ali", afirmou Angel, sacudindo a cabeça. "Não preciso ver ossos ou corpos para saber que morreu gente aqui. Isso é algo que dá para ver nos olhos dos vivos. Veja, Pius e Gasana estão esperando pelo doutor."

Com um encolher de ombros, o médico se virou e foi ter com os colegas, deixando Angel sozinha no micro-ônibus, que estava estacionado à sombra de algumas árvores. O próprio motorista conversava com um homem a poucos metros dali.

Movendo-se para a frente e para o lado, Angel se levantou do assento e saiu pela porta deslizante aberta do veículo. Sentiu o ar fresco no topo do morro, que estava mais silencioso que o normal. À direita dela, a colina se inclinava íngreme para baixo, na direção da pequena cidade de Gikongoro. Lá, os habitantes trabalhavam em suas escrivaninhas, regateavam no mercado e se movimentavam nas ruas, de onde podiam avistar não só o enevoado cume azul esverdeado mais adiante como também o cume onde Angel se encontrava, sob cuja sombra moravam. À esquerda dela, ficavam as salas de aula da escola técnica que, segundo Gasana, atraíra sessenta mil pessoas pela promessa de proteção. No entanto, elas foram sistematicamente cercadas e massacradas.

O corpo de Angel estremeceu involuntariamente. O passado não era um lugar seguro para se visitar neste país. Seria mais confortável pensar adiante, nesta noite, mas também sem chegar no amanhã, quando uma tarefa um tanto difícil a aguardava. Nesta noite, ela conseguiria ter o primeiro relance do lago Kivu. Eles ficariam no Hôtel du Lac, situado à margem, bem no ponto em que o rio Rusizi começava a emergir da ponta mais ao sul do lago, na cidade de Cyangugu.

Pius e o doutor Binaisa tinham uma reunião marcada para o dia seguinte, na grande prisão da cidade, onde a universidade ajudava num projeto. Gasana seria o intérprete, traduzindo para o inglês, o francês e também para o kinyarwanda. Pius explicara o projeto para as crianças durante o jantar da noite anterior, porém de um jeito um tanto impróprio, na opinião de Angel.

"Há gente demais na prisão", começara ele. "Ela foi construída para abrigar seiscentos prisioneiros, mas agora tem seis mil. Quantas vezes mais é isso, crianças?"

"Cem vezes, Baba?", Faith sugeriu, aproveitando a rara oportunidade de se testar, enquanto Grace, para quem a aritmética era muito mais fácil, se apressava a engolir uma garfada de arroz e feijão.

Pius olhou para Faith severamente. "Cem? Tem certeza?"

"Dez!", declarou Grace, já com a boca vazia.

"Dez!", concordou Pius com um sorriso. "Muito bem, Grace. Sim, então agora há dez vezes mais prisioneiros do que deveria. O que vocês acham que isso significa?"

"Não há espaço suficiente", respondeu rapidamente Faith, ansiosa por se redimir.

"Eles precisam de beliches, caso contrário não vão caber todos nos quartos de dormir", comentou Moses.

"Há banheiros suficientes para seis mil pessoas, tio?"

"Titi!", exclamou Pius. "Você é muito inteligente!" A surpresa e o orgulho de Titi iluminaram seu sorriso repentino. "Sim, Titi, a falta de banheiros é um problema enorme. Isso significa que as condições dentro da prisão se tornaram perigosamente anti-higiênicas, e não apenas para a própria prisão. Os dejetos humanos..."

"Pius!", reclamou Angel. "Estamos comendo! Será que esta é uma boa hora para falar dessas coisas?"

"Dejeto humano é tão natural quanto comer", reagiu ele. "As duas coisas têm certa ligação. Então, como eu estava dizendo, os dejetos humanos estão transbordando da prisão e escorrendo morro abaixo pelos campos, o que é perigoso e anti-higiênico para os vizinhos da prisão."

"Você vai consertar os banheiros, Baba?"

"Não seja bobo, Daniel", Grace reprimiu o primo. "Baba não é bombeiro hidráulico."

"Não, não sou encanador. Meu trabalho é ajudar a universidade a encontrar meios de ganhar dinheiro para que, um dia, ela seja capaz de se sustentar sozinha. As pessoas não vão ajudar este país para sempre."

"Mas, Baba, como os banheiros quebrados na prisão em Cyangugu ganham dinheiro para o KIST?"

"Essa é uma boa pergunta, Faith. Na verdade, uma grande organização internacional está ajudando a prisão, e outra organização está pagando uma consultoria ao KIST. O doutor Binaisa – vocês sabem, Baba-Zahara – ensina engenharia sanitária no KIST e está os orientando num projeto que tornará seguros os banheiros da prisão. O projeto conterá todos os dejetos humanos e impedirá que escorram morro abaixo. Aí, eles serão destruídos por seres minúsculos, conhecidos como micróbios. Esse processo produzirá duas coisas: número um, vai gerar um gás seguro para se usar nas cozinhas da prisão..."

"Como o gás para o forno da tia?"

"Exatamente, Titi. E, número dois, vai produzir um líquido seguro para ser usado como fertilizante nos campos da prisão."

"Esse é um bom projeto, Baba", declarou Benedict, que escutara a explicação de Pius com atenção muito maior que as outras crianças.

"A tia vai à prisão para ensiná-los a cozinhar com gás?"

"Não, Titi", disse Angel. "Esse projeto não tem nada a ver comigo. Estou indo porque uma amiga pediu que levasse uma mensagem por ela."

"O Baba não pode entregá-la?", perguntou Faith. "A Mama realmente precisa ir?"

"Claro que não tenho de ir", replicou Angel. "Mas quero ajudar minha amiga, porque devemos ajudar nossos amigos sempre que pudermos. E quero ir ver o lago Kivu, pois se diz que ele é o mais lindo de todos os Grandes Lagos aqui na África. Quero ver se é mais bonito que o lago Vitória de nosso país. Mas só ficaremos fora por uma noite. Vocês ficarão bem aqui com Titi. Lembrem-se de que Mama-Safiya vai verificar se os deveres de casa foram feitos."

Eles não tinham pensado em visitar esse local de homenagens fúnebres a caminho de Cyangugu, porém, quando Gasana sugeriu que o fizessem, os demais concordaram sem pestanejar. Agora, Angel os via saindo de uma para outra sala, sendo conduzidos por uma mulher que servia como uma espécie de guia. Alguns minutos depois, mais uma vez saíram de uma sala para a outra, e o processo se repetiu mais uma vez. Angel resolveu voltar ao micro-ônibus para esperá-los.

Quando finalmente voltaram ao veículo, trouxeram com eles um silêncio profundo e impenetrável. Sentaram-se sem dizer uma palavra. Pius e o doutor Binaisa se acomodaram na fileira de bancos à frente de Angel, e Gasana ficou logo à frente, ao lado do motorista. O silêncio permaneceu com eles durante todo o caminho de volta morro abaixo, até Gikongoro, e continuou durante boa parte do trajeto da estrada para Cyangugu. Mas os deixou quando pararam para comprar bananas e amendoins de uma mulher à beira da estrada, logo antes de entrar na floresta Nyungwe. Quando partiram outra vez, se deram conta, para grande alívio de todos, de que o silêncio tinha sido deixado à beira da estrada.

"*Eh!*", declarou Gasana. "Aquilo foi difícil de se ver!"

"Talvez não devêssemos ter ido lá", sugeriu o doutor Binaisa.

"Mas fomos, Binaisa", disse Pius. "Não vamos discutir se foi certo ou errado ir. Nenhuma conclusão a que chegarmos nos ajudará a desfazer o que vimos."

"O que vocês viram?", perguntou Angel. "O que o doutor Binaisa queria que eu visse e agora se arrepende de ter visto?"

"Desculpe-me, Mama-Grace", disse o doutor Binaisa. "Você tinha razão em não ir. *Eh!* Não eram ossos, Mama-Grace, mas muitos, muitos corpos."

"Brancos!", declarou Pius. "Gasana, por que eles estavam brancos?"

"Estão conservados em cal, doutor T.", explicou Gasana. "Aqueles corpos foram exumados de uma das covas coletivas há algum tempo. A cal deve evitar que se decomponham ainda mais."

"*Eh!*", exclamou Angel.

"E agora estão dispostos lá nas salas de aula", continuou Gasana, "para que as pessoas possam ver e se lembrar do que aconteceu ali."

"Será que as pessoas precisam ver esses corpos para se lembrar?", questionou Angel. "Será que não se lembram cada vez que falam com as pessoas e descobrem que seus entes queridos não estão mais aqui?"

"Tenho certeza de que isso é verdade, senhora T. Mas nossos filhos são jovens demais para se lembrar, assim como os filhos de nossos filhos. E muitos visitantes de outros países já estiveram lá para ver o que aconteceu. Muitos *wazungus* escreveram no livro de visitantes."

"Aliás, Tungaraza", retomou o doutor Binaisa, "por que você não quis escrever naquele livro?"

"*Eh!*" Pius sacudiu a cabeça. "Meus pensamentos estavam mortos com as pessoas naquelas salas. Não consegui acordá-los para formar uma sentença."

"Sei o que você quer dizer", continuou o doutor Binaisa. "Enquanto Gasana estava escrevendo, espiei por cima do ombro dele e vi que teria de escrever o meu nome e o nome de meu país de origem. Foi uma luta conseguir lembrar que sou o doutor Yoosuf Binaisa, de Uganda. *Eh*, Gasana, o que você escreveu? Parecia que era um ensaio completo sobre a história de Ruanda!"

Gasana riu. "Você acha que eu sei o que escrevi, doutor B.? Todos os sentimentos que estavam dentro de mim fluíram para aquela página. Eles foram diretamente de meu coração para a caneta, sem passar por minha cabeça. Acho que, se me mostrasse minhas próprias palavras amanhã, eu não as reconheceria."

"E você, Binaisa?", perguntou Pius. "O que conseguiu escrever?"

"Você não vai acreditar, Tungaraza, mas escrevi apenas duas palavras, as mesmas que muitos dos *wazungus* já tinham escrito. Estou com vergonha de dizer."

"*Nunca mais*?", sugeriu Gasana. "Vi essas palavras escritas muitas e muitas vezes no livro."

"Foi o que disseram ao fechar os campos de morte na Europa", comentou Angel. "Lembra, Pius? Havia um monte de *nunca mais* naquele museu a que fomos na Alemanha."

"Se essas palavras tivessem significado algo na época, não haveria outros lugares como este que acabamos de visitar hoje, com um livro em que as pessoas escrevem *nunca mais* outra vez", disse Pius.

"Tem razão, Tungaraza, essas palavras que escrevi significam tão pouco quanto significaram há tantos anos. Sem dúvida, em algum momento no futuro, haverá outro massacre em algum lugar e, depois disso, alguém escreverá *nunca mais* em um livro – e mais uma vez não terá significado. *Eh*, pelo menos eu escrevi *alguma coisa*, Tungaraza. É melhor que você, que não escreveu uma palavra."

"Isso é verdade, Binaisa."

"*Eh,* Gasana, quando chegaremos a Cyangugu? Mama-Grace, você não quer ver esse lago que dizem ser mais bonito que o glorioso lago Vitória, compartilhado pelos dois países? Está pronta para se sentar às margens do lago e dividir uma bela tigela de *ugali*?"

"Estou pronta para uma xícara de chá", respondeu Angel, que enxugava o rosto quente com um lenço de papel e ansiava pela brisa refrescante do ar à beira do lago.

NA MANHÃ SEGUINTE, ela experimentou essa brisa ao tomar café da manhã com Pius e o doutor Binaisa. Eles estavam sentados na varanda do hotel, um largo pátio de concreto que se estendia do prédio até a margem do rio. O pátio tinha uma vista panorâmica de um parapeito de metal na altura da cintura, ao lado da mesa deles. Na margem oposta, a poucos metros, acima tanto do rio como da varanda, havia uma inclinação íngreme, revestida grosseiramente de grama silvestre e rochas.

Entre os comensais de Ruanda e a fronteira da República Democrática do Congo, um pescador solitário impelia com uma vara sua piroga feita de tronco de árvore escavado. Ele estava na direção das águas abertas do lago, bem no lugar em que os dois países se apertavam as mãos, logo do outro lado da ponte. Num acordo tácito – e no interesse do orgulho nacional –, os três não tinham levantado outra vez a questão da beleza relativa do lago Kivu e do lago Vitória.

Angel passara a noite inquieta, levantando-se diversas vezes para abrir a janela e deixar entrar um pouco de ar. Porém, logo a fechava, pois não conseguia suportar o zumbido dos mosquitos que entravam. E, à medida que a insônia persistia, a ansiedade quanto à tarefa que ela concordara em realizar no dia seguinte só crescia. Seria difícil para qualquer um, entretanto, para Angel, era ainda mais, em função do desconforto de precisar se concentrar no silêncio que tinha se introduzido entre ela e sua filha falecida.

Achava que ela mesma tinha plantado as sementes desse silêncio e as cobrira com terra. Pensava que tinha feito isso ao não conseguir expressar sua desaprovação na escolha que a filha fizera do homem que seria seu marido. Ela achava que Vinas podia arranjar coisa muito melhor que Winston. Vá lá, ele era um homem instruído, com um posto importante na faculdade em que sua filha estudava. Todavia, Angel havia escutado boatos que relatavam o costume do genro de namorar suas alunas. Esse era o tipo de hábito que fazia de um homem um marido pouco confiável. No entanto, Vinas estava apaixonada e feliz, então Angel se calara. Mesmo assim, apesar do silêncio, Vinas sentiu a desaprovação da mãe.

Ao contrário de Angel, Pius considerara Winston um bom partido para a filha: ele era um homem de letras, capaz de discutir com inteligência muitos temas importantes. Mais admirável ainda – era um homem dedicado a preparar estudantes para uma carreira de ensino, exatamente o que Pius tinha feito durante os anos antes de estudar na Alemanha.

Casaram-se em Arusha porque a mãe viúva de Winston tinha saúde frágil, o que impossibilitava a viagem a Dar es Salaam. Além disso, a irmã de Winston, Queen, insistira em organizar tudo, inclusive o bolo.

Angel fechou os olhos com um estremecimento. Deitada na cama do quarto do Hôtel du Lac, ela ainda se lembrava do bolo. Pensava que ele deveria combinar com a cor do vestido da noiva – que Queen tinha feito, muito bonito. Ela mesma tinha costurado para Vinas. Era de um tecido branco brilhante, salpicado com um estampado de grandes flores azuis e roxas.

No entanto, a vizinha que fez e confeitou o bolo simplesmente não era profissional. As flores em cima dele tinham sido feitas de um jeito inexperiente, e algumas das flores roxas tinham um tom diferente das outras, denunciando que ela não tinha misturado as cores em quantidade suficiente na primeira vez. Ficou claro que, na segunda vez, não conseguiu reproduzir a mesma cor com que tinha feito as primeiras flores, erro bastante comum entre amadores. O pior de tudo foi que o glacê sobre o qual as flores tinham sido arrumadas não era branco como o vestido de Vinas, mas amarelo pálido, cor de margarina – ou a vizinha não soubera usar as claras de ovo ou o preço cobrado por ela não tinha sido suficiente para cobrir o custo de tantos ovos. Será que as lágrimas de Angel, ao ver o bolo, tinham regado as sementes que plantara?

Tudo bem, pode ser que ela estivesse exagerando. Como Pius lhe disse várias vezes, talvez fosse mesmo normal uma menina se tornar menos próxima dos pais ao se casar, para poder se dedicar à própria família. Assim como era normal também uma moça se comunicar menos com os pais ao ter uma carreira para mantê-la e crescer nela. Contudo, o silêncio e a distância entre Vinas e a mãe, esses sim, talvez *não* fossem normais, e tudo isso pode ter sido culpa de Angel. Essa possibilidade zumbia em seus ouvidos como os mosquitos do lago Kivu.

A noite de Pius não foi muito melhor. Ele virava e revirava em seu sono, até que, de repente, sentou-se num sobressalto, com os olhos arregalados e temerosos, o pijama úmido de suor. Assustada, Angel perguntou a ele o que havia de errado, porém o marido não parecia estar realmente acordado ou, pelo menos, não acordado o suficiente para escutar e ver a mulher. Ele caíra de volta nos travesseiros, retomando seu revirar agitado.

NA HORA MARCADA, logo pela manhã, o motorista e Gasana chegaram ao hotel – os dois haviam passado a noite com parentes na cidade. Então todos partiram para percorrer as esburacadas estradas de Cyangugu até o topo do morro onde ficava a prisão. Enquanto Pius, Gasana e o doutor Binaisa iam para a reunião, Angel pediu ajuda ao motorista, que falava swahili, para servir-lhe de intérprete. Um guarda nos portões da prisão mandou alguém localizar a prisioneira que ela procurava.

Passou-se um bom tempo, e a ansiedade de Angel só fazia aumentar. Ela estava incerta sobre o que sentiria ao deparar face a face com uma pessoa acusada de genocídio – embora soubesse que, na verdade, provavelmente estava olhando para milhares deles naquele momento. Os internos caminhavam de um lado para o outro no pátio lotado. Alguns eram retirados do caos e conduzidos em filas pelos guardas morro abaixo para realizar trabalhos físicos em algum lugar da cidade. O uniforme da prisão – Angel não pôde deixar de perceber – era quase do mesmo tom de cor-de-rosa claro do bolo de batizado de Perfect.

Por fim, um rapaz magro, subnutrido, vestido de cor-de-rosa, saiu de trás de um guarda e disse-lhe algo em kinyarwanda.

"A pessoa que a senhora procura está aqui, madame", disse o guarda. "Este homem trouxe a prisioneira que a senhora quer ver."

O rapaz magro empurrou para frente a prisioneira, tão subnutrida quanto ele e com alguma coisa que Angel percebeu de familiar nos olhos – pequenos e profundos num rosto bastante endurecido –, embora eles olhassem através e além de Angel, sem se dar conta de sua presença.

Angel limpou a garganta antes de falar. "Você é Hagengimana Bernadette, a mãe de Leocadie?"

A mulher não respondeu. Na verdade, parecia sequer ter registrado que tinham falado com ela. O guarda também disse-lhe algo a que ela não deu atenção, e depois o prisioneiro que a encontrara tentou lhe falar, mas não obteve nenhuma resposta. Ele disse alguma coisa para o guarda, que sacudiu a cabeça e falou com o motorista, que logo traduziu para Angel.

"Este homem diz que sabe que esta mulher é Hagengimana Bernadette. Ele tem certeza disso porque a conheceu antes. Diz que ela não está bem desde que foi trazida para esta prisão. Ela está aqui sem estar aqui."

Angel sentiu que aquela era de fato a mãe de Leocadie, mesmo que fosse difícil imaginar o rosto a sua frente aberto num sorriso largo que o iluminaria inteiro, como o da filha. Os olhos eram réplicas profundas e vazias daqueles assentados no rosto de Leocadie. Por intermédio do motorista, ela perguntou ao guarda se alguém poderia ler a carta que trouxera da filha dela de Kigali, já que Leocadie tinha dito que a mãe não sabia ler.

"Eu mesmo a lerei para ela, madame", prontificou-se o guarda. Ele pegou o envelope da mão de Angel e o abriu. O envelope nada tinha de especial – papel comum branco, cercado de listas vermelhas e azuis, com as palavras *par avion* –, mas a única folha de papel lilás que o guarda retirou de dentro dele era grossa e cara, uma demonstração do afeto de Leocadie pela mãe. Angel sabia o que estava escrito na carta: que Leocadie estava bem, que tivera um menino chamado Beckham e que esperava que um dia a mãe pudesse conhecer e segurar o neto. Uma amiga tinha escrito exatamente o que Leocadie ditara.

Bernadette não demonstrou nenhuma reação às palavras da filha quando o guarda as leu em voz alta, nem esboçou qualquer sinal de tê-las escutado. Então ele dobrou a carta, colocou-a de novo no envelope e tentou convencer a mulher a pegá-lo. Ela não fez nenhum movimento para isso. Por fim, o guarda teve de pegar a mão dela, colocar ali o envelope e fechar os dedos dela ao redor da carta. O prisioneiro que a trouxera levou-a de novo embora. Ela não tinha caminhado mais de três metros de volta para a multidão de prisioneiros quando o envelope caiu no chão despercebido e foi pisoteado na terra vermelha.

Enquanto esperava com o motorista que os outros terminassem sua reunião, Angel pensou na mãe de Leocadie, que fora acusada – Leocadie não tinha especificado a natureza exata dessas acusações –, mas não julgada. Culpada ou não, algo a tinha deixado fora de si, e ela não voltou mais. Talvez fosse mais fácil ou mais seguro não voltar, pensou Angel. Mas o que diria a Leocadie? A verdade não seria facilmente ouvida – que a mãe não tinha escutado sequer uma palavra da carta e a rejeitara. Contudo, era possível que Leocadie não esperasse notícias boas de uma mulher alegadamente cúmplice de uma matança em massa.

Angel tentou pensar em coisas mais alegres. Não ficaria bem os outros perceberem seu desconforto. Eles a pressionariam por detalhes, mas ela não queria ser desleal à amiga, contando-lhes sobre o encontro. Eles voltaram ao veículo tão alegres que Angel achou que não notariam que ela estivera chorando. A reunião fora tão boa que, enquanto o micro-ônibus serpenteava pelas movimentadas ruas de Cyangugu em direção à estrada principal, rumo a Kigali, eles brincaram sobre se atribuiriam esse sucesso à excelente habilidade para negociação de Pius, à tradução muito boa de Gasana ou à paixão do doutor Binaisa por excremento humano.

Brincavam, revendo os principais momentos da reunião, quando emparelharam com um comboio armado da ONU, que rumava na mesma direção. Dois veículos 4 × 4 seguiam uma van aberta. Em seus dois longos bancos, estavam sentados seis soldados armados que podiam atender a problemas nos dois lados da estrada.

"Seguimos ou ultrapassamos?", perguntou o motorista.

"Vamos ultrapassar", disse o doutor Binaisa. "Tenho certeza de que não há perigo. Viemos por aqui ontem sem a proteção de soldados e ainda estamos vivos. Não há motivos para um comboio. A ONU gosta de pagar soldados só pelo prazer de gastar o orçamento deles."

"E, além disso," acrescentou Gasana, "se o pessoal deles pudesse viajar livremente por Ruanda, sem uma escolta armada, eles não teriam como justificar o pagamento pelo risco diário."

"Mas bem que poderíamos segui-los por algum tempo", sugeriu Pius. "Pessoalmente, não gosto de armas, porém, neste caso, eles estão aqui como proteção, mesmo que não haja do que ser protegido. Se nos juntarmos a este comboio, teremos proteção de graça."

"Isso é verdade", concordou Gasana. "Não se diz não a algo gratuito, vindo diretamente do orçamento da ONU. E, aparentemente, ainda há alguns rebeldes na floresta Nyungwe. Podemos ultrapassar depois que atravessarmos a floresta."

Era uma boa decisão – não porque os soldados fossem necessários, mas porque eles garantiram certo entretenimento. O soldado sentado à esquerda, mais próximo à traseira da van, dormia. Os ocupantes do veículo do KIST tinham uma boa visão dele cada vez que o veículo subia um morro. Quando isso acontecia, todos prendiam a respiração, convencidos de que, daquela vez, o soldado iria escorregar para fora do veículo. Assim que saíram da floresta, ultrapassaram o comboio.

"É uma linda floresta!", exclamou Angel. "Por que não a notamos quando passamos por aqui ontem?"

"*Eh!* Ontem nossa cabeça estava cheia de morte e violência", respondeu o doutor Binaisa. "Olhos ocupados com aquele tipo de passado não conseguem observar em volta e ver beleza."

"Isso é verdade", concordou Angel. "Eu não sei como aquela senhora que mostrou o lugar a vocês consegue olhar todos os dias para o que vê."

"Acho que ela olha, mas não enxerga", sugeriu Gasana. "De outro modo, como ela poderia viver a vida dela?" Ele deu de ombros. "Talvez nós todos sejamos assim de alguma maneira, até eu. Por exemplo, sei que muitos dos nossos padres católicos ajudaram a matar gente – *eh*, até o bispo daquela área onde estivemos ontem, a *préfecture* de Gikongoro, está sendo autuado por genocídio. No entanto, ainda assim sou católico e, apesar disso, vivo de acordo com os ensinamentos da Igreja que ajudou a nos matar."

"*Eh*, agora você entrou num assunto para a Mama-Grace!", declarou Pius. "Não vamos ouvir o fim disso até chegar em Kigali."

Angel lançou um olhar ao marido, que não precisou se virar para percebê-lo, porém não disse uma palavra.

"Tungaraza me contou que sua família frequenta diversas igrejas", disse o doutor Binaisa. "Vocês não são católicos?"

"Somos católicos", explicou Angel, "mas em Ruanda somos simplesmente cristãos. Me dá nos nervos ir a uma só igreja e escutar a só um padre. Como podemos saber o que está de fato no coração daquele padre depois de tantos terem mostrado que o amor e a paz não passam de palavras vazias? Então, vamos a uma igreja diferente a cada duas semanas. Nesse ínterim, ainda vamos à igreja católica local."

"Vocês não têm medo de cometer o erro de comparecer a um culto perigoso?", perguntou o doutor Binaisa. "Vocês todos poderiam acabar mortos como aquele pessoal da Restauração dos Dez Mandamentos no meu país. Aquela igreja matou quase mil pessoas só em Kampala."

Angel sacudiu a cabeça e sorriu. "Acho que reconheceria um culto perigoso, Baba-Zahara. Se um padre me diz que devo morrer ou que devo matar outras pessoas, saberei que ele não está falando em nome de Deus."

"*Eh*, não tenha tanta certeza!", avisou Gasana.

Angel ficou em silêncio enquanto pensava nessa provocação, que, por acaso, viera no momento exato em que um calor bem conhecido começava a se espalhar pela garganta e pelo rosto. A discussão de um tema sério numa hora dessas apenas aumentava ainda mais seu desconforto. Era melhor tornar a conversa mais leve.

"Sabem de uma coisa?", disse ao mergulhar a mão no decote para pegar um lenço de papel do sutiã. "Não consigo pensar, neste momento, naqueles cuja tarefa é proteger nossas almas – estou ocupada demais pensando naqueles que protegem nosso corpo.

Fico imaginando se aquele soldado ainda está dormindo na traseira daquela van." Isso provocou muito riso.

Ainda estavam de bom humor quando chegaram a Kigali, à tardinha. Como ficara combinado antes de saírem, o motorista deixou o doutor Binaisa no complexo dos Tungarazas para que ele e Angel pudessem tratar sobre um bolo de aniversário para Zahara, a filha dele. Depois de tumultuadas boas-vindas por parte das crianças, Pius desceu com elas e Titi para o pátio, a fim de que Angel tivesse privacidade para discutir negócios com o cliente.

Quando Angel saiu da cozinha com o chá, o doutor Binaisa estava ajoelhado sobre uma folha do *The New Times* que ele estendera no chão da sala, com a testa apoiada num anúncio de emprego para assistente administrativo na embaixada russa. Angel se sentou e esperou em silêncio até que ele terminasse suas preces.

"Sua igreja exige que se reze muito", comentou ela quando ele se sentou a sua frente. "Até de manhã cedo, por volta das cinco horas. Daqui, consigo escutar seu sacerdote chamá-lo para as preces na mesquita perto do correio. É uma distância muito grande para uma voz humana percorrer."

"Todos os fiéis devem escutar o chamado do *muezzin*, Mama-Grace. Mas vamos conversar sobre o bolo de aniversário de Zahara."

Angel estendeu a mão para pegar o álbum de fotografias. "Que tipo de bolo você imagina?"

O doutor Binaisa deu de ombros. "Só um bolo."

"Só um bolo? *Qualquer* bolo?"

"Qualquer bolo está bom. Simplesmente escreva o nome Zahara em cima."

Angel olhou para o doutor Binaisa enquanto ele bebia o chá. Tirou os óculos e começou a limpá-los com um lenço de papel retirado do sutiã.

"Baba-Zahara, um bolo apenas com o nome da criança é um bolo encomendado por um pai que não conhece o filho, um genitor sem capacidade de imaginação. Eu sei que você não é um pai desses – somente está cansado depois de uma longa viagem. Talvez eu possa orientá-lo, porque tenho muita prática com esse negócio de escolher bolos. Posso fazer algumas perguntas?"

O doutor Binaisa deu de ombros outra vez. "Faça."

"Vamos começar pelo início. Zahara prefere baunilha ou chocolate?"

"Oh, ela adora chocolate!"

"Vê? Já está me mostrando como conhece bem sua filha. Está bom, então o bolo será de chocolate. Agora, do que mais ela gosta? Talvez de algum animal? De algum brinquedo especial? De alguma coisa que ela tenha visto e sobre a qual fale com frequência?"

O doutor Binaisa pensou por algum tempo. "Sabe, desde que ela andou de avião pela primeira vez, ficou louca por aviões. Sempre que algum avião passa, ela corre para olhar. E ela adora visitar o aeroporto de Kanombe. Chegou a pendurar uma foto de um avião na parede do quarto."

"Acha que um avião é a coisa de que ela mais gosta?"

"Sem dúvida. Eu até disse para minha mulher que, quando nossa filha crescer, ela vai ser aeromoça."

Angel ainda não tinha colocado os óculos de volta. Limpou-os um pouco mais. "Talvez sua filha seja piloto", sugeriu.

O doutor Binaisa riu e deu uma palmada na coxa. "Você é muito engraçada, Mama-Grace!"

Ela perseverou. "Ou ainda uma engenheira aeronáutica. Afinal de contas, o pai dela é engenheiro. Um pai sempre fica muito orgulhoso quando o filho segue seus passos. É uma grande homenagem."

Ao colocar os óculos, ela observou o sorriso do doutor Binaisa desaparecer de seu rosto e os olhos caminharem de um lado para o outro, enquanto ele pensava na nova ideia.

"Mama-Grace, o que todo esse papo de avião tem a ver com o bolo?"

"Tudo, Baba-Zahara!" Ela abriu um amplo sorriso. "O bolo de aniversário de Zahara vai parecer um avião! Ela vai ficar tão contente pelo pai dela ter tido essa ideia!"

O doutor Binaisa sorriu de volta para Angel. "É, é uma ideia muito boa."

"Vou mostrar-lhe alguns bolos aqui do meu álbum para que você possa ter uma ideia de como ele vai ficar. Veja aqui: esta criança brincava o dia inteiro com um caminhãozinho basculante."

O doutor Binaisa examinou a fotografia. O bolo era um caminhão amarelo com janelas de vidro azul e enormes pneus pretos. A traseira do caminhão começava a se inclinar, e sua carga de confeitos de chocolate escorregava por trás. "*Eh!* Mama-Grace, é um bolo muito lindo!"

"Obrigada, Baba-Zahara." Angel sorriu e passou a mão pelo cabelo. "Mas farei o avião de Zahara ainda mais bonito. E veja este aqui. Foi para uma adolescente. A mãe dela disse que a jovem não parava de falar no celular."

"*Eh!*", ele exclamou ao admirar o bolo. Tinha o formato de um enorme telefone celular, azul-escuro nas laterais, com um painel azul mais claro no topo. Um quadrado cinza-claro era a pequena tela do telefone, com as palavras *Feliz Aniversário, Constance* como se fosse um mensagem de texto. Quadrados menores em cor-de-rosa traziam números e letras, exatamente como um celular de verdade. "Mama-Grace, isso parece de verdade! *Eh!* E olhe este aqui, é um microfone. Apesar de eu não conhecer uma estação de rádio, ele parece muito real!"

Angel sorriu, radiante. "Mas espere para ver o avião de Zahara. Todas as crianças na festa vão adorar. E, muitas semanas depois da festa, os pais dessas crianças falarão do bolo que o doutor Binaisa encomendou para a filha."

Ele sorriu ao imaginar isso.

"É claro, um bolo desse tipo exige muito tempo e muito trabalho. Não é um bolo barato, Baba-Zahara. Mas ninguém fala durante muito tempo de um bolo barato."

"Tem razão, com certeza, Mama-Grace", concordou o doutor Binaisa. "Então vamos planejar um bolo sobre o qual Kigali vai falar durante muitas, muitas semanas."

Nas primeiras horas da manhã seguinte, Angel acordou assustada ao ver Pius sentado na cama, com o fôlego preso na garganta. Ele lhe contou que tivera um sonho no qual se viu de volta naquela escola no topo do morro. Todas as portas das salas de aula estavam fechadas, mas ele parecia saber exatamente que sala procurar. Foi até ela e abriu a porta. Lá dentro, procurando desesperadamente entre os fantasmagóricos corpos na bancada de madeira, encontrou, enfim, o que buscava: uma pequena criança vestida com uma camiseta cáqui em decomposição, com detalhes em laranja. Sentou-se na bancada, ao lado daquele corpo, e o virou delicadamente para poder ver seu rosto.

"Angel, era Joseph! Era nosso filho!" Pius lutou para recuperar o fôlego. "Ele olhou para mim e disse: 'Eles me mataram, Baba'. Seu rosto estava branco, Angel! Eu tentei abraçá-lo, mas ele se afastou e disse: 'Não consigo encontrar Vinas'. Essas foram as palavras dele, que me deixaram apavorado. Eu tinha de encontrá-la! Corri de sala em sala naquela escola, chamando o nome dela, mas Vinas não estava lá..." Pius respirava como alguém que tinha acabado de correr até o alto de uma ladeira muito íngreme. "Vinas não estava lá."

"Pius, você precisa respirar", disse Angel. Pegou a mão direita do marido e a colocou entre sua garganta e os seios. Manteve-a ali, enquanto apertava a palma de sua mão direita no peito dele. "Respire comigo."

Aquele era o modo como eles acalmavam um ao outro ao longo dos anos de casamento. Um orientava o outro até que as respirações estivessem igualmente profundas e lentas, inspirando e expirando num uníssono que lhes fazia perder a noção de qual deles ditava o ritmo.

Por fim, ele conseguiu falar outra vez. "Ela não estava lá", repetiu, muito triste e cansado.

Deitaram-se outra vez, e Angel o abraçou apertado, sussurrando palavras acolhedoras em seu ouvido. Preocupada com a agonia de Pius ao pensar em Vinas perdida – ou mesmo com a ideia de Joseph e Vinas não estarem no mesmo local –, ela corria de sala em sala em sua própria mente, e não tinha qualquer esperança de voltar a dormir. Então a respiração dele a acalmou, e o marido adormeceu em seus braços.

Na manhã seguinte, logo no alvorecer, foi acordada pelo chamado do *muezzin*, vindo da mesquita de perto do correio. Ao seu lado na cama, Pius ainda dormia.

5

Uma independência

Ao descer os degraus que levavam para a loja chinesa na rua Karisimbi, no centro de Kigali, a doutora Rejoice Lilimani se desviou com sucesso de uma mulher que tinha o firme propósito de lhe vender cestas de fibra de bananeira trançadas a mão e de um homem que insistia para que ela comprasse um de seus pequenos gorilas da montanha esculpidos em pedra. Estava prestes a entrar na movimentada e escura loja, entupida de prateleiras com utensílios culinários e domésticos, quando alguém lhe chamou pelo nome.

Ela se voltou e olhou pela escada em direção à rua. Multidões de consumidores do sábado de manhã trançavam entre os carros estacionados na margem não pavimentada da via, enquanto, atrás deles, micro-ônibus lotados corriam na direção dos correios, a caminho da estação central na rua Mont Kabuye.

Vendo que ninguém lhe dava a menor atenção, exceto o homem com os gorilas de pedra, que começava a descer as escadas da loja na crença de que ela tivesse mudado de ideia, a médica virou-se e entrou na loja.

Escutou outra vez seu nome: "Doutora Rejoice!".

Saiu da loja e olhou para cima da escada outra vez. Ao fazer isso, o homem com os gorilas de pedra fez uma pausa na descida e a mirou outra vez, esperançoso.

"Quem está chamando a doutora Rejoice?", perguntou ela com um olhar intrigado, franzindo a sobrancelha.

"Sou eu", disse uma voz. "Estou aqui."

A médica notou um movimento à esquerda, onde montes de artigos de plástico de cores vivas – tigelas enormes, bacias, latas de lixo e cestos de roupa – forravam o patamar no fim da escada, do lado de fora da porta. Acima de uma lata de lixo roxa, uma mão acenou com um lenço de papel branco. A doutora Rejoice deu um passo para a frente e espiou atrás da lata de lixo, para o trecho de sombra no qual Angel estava sentada num minúsculo banquinho de madeira.

"Minha querida! Oi! O que você está fazendo sentada aqui?"

"Olá, doutora Rejoice", Angel sorriu, enxugando o rosto com o lenço de papel que atraíra a atenção da médica. "Você não me viu!"

"Como eu poderia adivinhar que você estava sentada atrás de uma lata de lixo roxa?", riu a doutora Rejoice. "Você está bem, querida?"

"Oh, vou bem, vou mesmo. Eu estava dentro da loja quando comecei sentir um calor. Era como se alguém tivesse jogado um cobertor por cima da minha cabeça. Então tive de sair. Eles me trouxeram um banquinho para eu sentar até me sentir melhor."

"Eu também pedirei a eles que me tragam um banquinho. Sento-me aqui alguns minutos com você." A doutora Rejoice entrou na loja e voltou pouco depois com um homem que carregava uma cadeira de plástico. Ele a depositou ao lado de Angel.

"*Murakoze cyane!*", agradeceu a médica em kinyarwanda ao sentar-se. Então se dirigiu a Angel: "Agora diga-me, querida. É só fogacho ou você está doente?".

"Oh, estou boa, de verdade, doutora Rejoice. É só fogacho. E estou feliz em vê-la, porque quero agradecer-lhe. Você me mandou uma nova cliente."

"Foi mesmo. E você fez um bolo delicioso para ela! Eu estava na festa para o irmão dela, Emmanuel."

"Odile é uma moça tão legal", continuou Angel. "Fiquei muito feliz em conhecê-la. Ela vai ensinar as minhas meninas sobre o vírus."

"Ela fará um excelente trabalho", garantiu a doutora Rejoice.

"Ela me encorajou a procurar saber mais a respeito disso também", afirmou Angel. "Vou passar algum tempo naquele lugar em que ela trabalha e conversar com as pessoas que vão lá. Meu filho teria ficado como eles, doutora Rejoice. Ele era soropositivo, mas aí foi morto com um tiro. Eu nunca o adverti a respeito disso quando ele era criança e, na época, eu nem sabia nada sobre o assunto. Nenhum de nós sabia. Só mais tarde, quando outros a nossa volta começaram a ficar doentes e a morrer, que ficamos sabendo o que era e que nome tinha. Então, quando Joseph trouxe os filhos de sua casa em Mwanza para morarem conosco em Dar e nos contou que a AIDS tinha chegado à casa dele, eu soube que o iríamos perder. Cortou meu coração como se fosse um cutelo, doutora Rejoice. Senti que, de algum modo, tinha falhado como mãe para ele, porque não o avisei."

"*Eh*, querida!"

"Meu coração vai parar de bater se eu falhar também com meus netos. Como avó, é meu dever ser sensata. No entanto, como posso ser sensata se não me instruir a respeito dessa doença, que está infectando as pessoas em todos os países de nosso continente?"

"Você é muito sensata em pensar dessa maneira, minha querida. Na próxima vez em que vier à clínica, vou lhe dar algumas informações para levar para casa e ler."

"Obrigada, doutora Rejoice. Sabe, nem vou esperar que uma das crianças fique doente. Vou à clínica buscar essas informações na segunda-feira."

"Deixarei tudo com a enfermeira na recepção, caso eu esteja ocupada quando for. Você sabe que loucura é aquilo lá! Espero que possamos arranjar outro médico logo – é demais esperar que só um médico trate todos os alunos *e* todo o pessoal *e* todos os dependentes. Agora, o que você veio comprar aqui, querida? Eu estou à procura de mais cobertores, porque alguns familiares estão vindo de Nairóbi à visita. Não quero que você entre lá e volte a se sentir como se alguém tivesse jogado um cobertor sobre sua cabeça. Quer que faça as compras para você?"

Angel riu. "Obrigada, doutora Rejoice, mas agora estou bem, estou mesmo. Vou entrar com você. Preciso comprar outra tigela para misturar meus bolos, pois minhas encomendas estão crescendo." Ela olhou para o relógio e começou a se levantar do banquinho, usando o braço da cadeira da doutora Rejoice como apoio.

"Meu marido foi fazer nossas compras semanais de mercado. Ele sempre dá um jeito de conseguir um preço melhor. Diz que eu não consigo me concentrar apenas no preço das batatas-doces porque olho para a vendedora e penso no trabalho que ela teve em limpar o terreno, plantar as sementes e colher as batatas-doces, e sei que ela tem filhos para alimentar. Meu marido diz que, uma vez que você olha para a vendedora, ela vai conseguir mais de você. Ele fala que você não tem de dar atenção à vendedora, mas ver somente aquilo que ela está vendendo."

"Ele parece um economista", comentou a doutora Rejoice com um sorriso. "Tem certeza de que não trabalha para o Banco Mundial?"

Angel riu mais uma vez. "*Eh!* Se ele trabalhasse lá, não precisaria negociar um preço justo: ele teria dinheiro para desperdiçar. Mas agora vamos entrar. Tenho de esperar por meu marido em frente ao açougue alemão, depois que ele tiver terminado as compras no mercado."

À TARDE, ANGEL ESTAVA ANSIOSA por um pouco de paz e solidão. Titi já levara os meninos para brincar com os amigos que moravam na rua, mais abaixo, e as meninas estavam ocupadas se vestindo para a festa de aniversário de Zahara. Pius fora ao escritório para enviar alguns e-mails, porém logo estaria de volta para levar as netas – e o bolo em formato de avião – para a festa. De lá, ele iria direto para a casa de um colega para assistir ao futebol na TV.

Angel tinha pegado emprestado, com a mulher de um dos colegas de Pius, um vídeo nigeriano. Em geral, esses vídeos eram inadequados para crianças, e ela fora avisada de que esse era especialmente cheio de feitiçaria, adultério, traição e vingança. Uma tarde sozinha no apartamento com um bom filme – era exatamente disso que ela precisava.

"Vocês estão prontas, meninas? Baba vai estar aqui sem demora e vocês sabem que ele não gosta de esperar."

Elas saíram do quarto, tão bonitas em seus vestidos de festa que as lágrimas começaram a arder no fundo dos olhos de Angel. Grace era alta, com braços e pernas longos e finos, que pareciam ter pouca coisa além de ossos. Seu pescoço magrinho mal parecia sustentar a cabeça. Apesar disso, ela era saudável e forte. Linhas de trancinhas contornavam seu cabelo comprido, hoje arrematadas com fitas azuis que combinavam com o vestido azul e branco. Angel notou que já havia uma distância maior entre a barra do vestido e o detalhe de renda das meias do que na última vez em que ela usara esse traje. Será que essa criança não ia parar de crescer?

Embora apenas um ano mais nova, Faith era muito mais baixa e redonda. Ela gostava de manter o cabelo curto, e isso fazia com que seu rosto parecesse um tanto rechonchudo. Enquanto Grace parecia uma menina prestes a florescer numa linda mulher, Faith ainda tinha uma aparência bem infantil. Seu vestido de festa lilás e cor-de-rosa se apertava em torno da barriga.

Fisicamente, ninguém poderia dizer que fossem irmãs. Contudo, embora mal se conhecessem antes de subitamente fazerem parte da mesma unidade familiar, um ano antes, elas tinham se tornado mais íntimas que muitas irmãs que Angel conhecia. Na verdade, todas as crianças se davam muito bem, o que era um alívio, já que teria sido muito complicado se houvesse problemas entre os dois grupos de irmãos.

Benedict preocupava um pouco, no entanto: ele ainda lutava para descobrir seu nicho nessa nova família. Era mais próximo, em idade, das meninas que dos meninos, que eram mais novos. E, apesar de achar grande parte das brincadeiras dos irmãos infantis, tampouco compartilhava dos interesses das irmãs, o que fazia dele uma criança um tanto solitária. Angel suspeitava que seus frequentes ataques de doença fossem, em parte, uma forma de chamar atenção. Não que ele fingisse estar doente (Angel tinha certeza disso e a doutora Rejoice sempre encarou os sintomas dele com seriedade), mas talvez fosse simplesmente mais suscetível aos germes por não se sentir emocionalmente forte.

"Eu gostaria que Safiya viesse conosco à festa", disse Faith. "Eu queria que ela visse o lindo bolo de Zahara."

"Ela vai ver a foto do bolo no álbum de fotografias da Mama mais tarde", respondeu Grace. "E talvez Mama-Zahara tire fotos da festa. Safiya poderá ver essas também."

"E talvez Safiya esteja neste exato momento tirando fotos de Kibuye para mostrar a vocês", sugeriu Angel, que estava, ela mesma, ansiosa por ver fotos da cidade à margem oriental do lago Kivu. Talvez o lago fosse menos lindo ali que em Cyangugu. Era um lugar popular para ir no fim de semana – como Safiya e sua família haviam feito –, somente a duas horas de carro, quase reto, a oeste de Kigali. Eram estradas muito boas, dissera Vincenzo.

Pius voltou do escritório trazendo consigo o doutor Binaisa, que fugira de casa para o campus, já que o afã e a excitação dos preparativos para a festa dificultavam sua concentração nos ensaios de seus alunos. Pius o encontrara lá algumas horas mais tarde e fazia sentido trazê-lo ao apartamento para buscar o bolo e depois levá-lo até sua casa, junto com as meninas.

Quando viu o bolo esperando sobre a mesa de trabalho de Angel, o doutor Binaisa soltou um assobio baixo. Acima do céu azul-escuro com nuvens brancas que decoravam a tábua de suporte, flutuava um magnífico avião cinzento, com asas e estabilizadores de cauda. Uma janela azul-clara na frente indicava a cabine do piloto, e os dois lados da fuselagem eram forrados de janelas de passageiros ovais no mesmo azul pálido. Pelo centro de cada asa corria uma faixa em diagonal de listas pretas, amarelas e vermelhas – as cores da bandeira de Uganda –, e, de cada lado do estabilizador de cauda vertical, havia as palavras *Air Zahara* escritas em vermelho com a caneta *Gateau Graffito*. Duas fileiras de velas, cinco de cada lado, se abriam atrás da cauda, num fluxo de fumaça feita de glacê branco.

"Quando as velas forem acesas, vai parecer que os motores do avião estão ligados", explicou Angel.

Durante um momento – mas só por um momento –, o médico ficou sem palavras.

"É um bolo muito bonito, Mama-Grace", conseguiu dizer. "Um bolo muito bonito mesmo. Sabe, no dia seguinte ao que eu fiz a encomenda, comecei a me sentir desconfortável quanto ao preço. Disse a mim mesmo que era muito dinheiro por um bolo para uma criança de apenas dez anos. Uma menina. Eu não discuti o valor com a minha esposa, claro, porque questões financeiras não são assunto de mulher. E não quis perguntar a ninguém o que achava do preço, porque não quis parecer bobo por ter concordado com um valor tão alto. Mas, agora que estou vendo o bolo, penso que Mama-Grace com certeza me cobrou pouco por todo esse trabalho."

"Se apenas uma pessoa vier me encomendar um bolo porque gostou deste que o doutor Binaisa encomendou para a filha, então não vou pensar que cobrei pouco", respondeu Angel.

"Vou me certificar de que muitos venham procurá-la, Mama-Grace", assegurou ele.

"Fico contente por você estar feliz, Baba-Zahara. Acho que este bolo será comentado por várias semanas."

"Não, Mama-Grace, você está enganada. Este bolo será comentado durante muitos *meses*. Mas estou preocupado. Acho que Zahara vai gostar tanto dele que não vai querer cortá-lo e comê-lo."

Angel riu. "Baba-Zahara tem de dizer a ela que é um bolo de chocolate. Comê-lo será a melhor parte."

Alguns minutos mais tarde, depois de verificar que o bolo entrara em segurança no micro-ônibus vermelho e acenar adeus para todos, Angel pôs o vídeo nigeriano no aparelho e se instalou numa cadeira, com os pés em cima da mesa de centro. Ela estava prestes a apertar a tecla *play* no controle remoto do videocassete quando alguém bateu à porta.

"*Karibu!*", gritou, tirando os pés de cima da mesa.

Ninguém entrou. Em vez disso, bateram outra vez.

"*Karibu!*", repetiu, agora mais alto. Mas a pessoa do outro lado da porta estava surda ou não compreendia o swahili mais banal. Angel se ergueu da cadeira e foi abrir a porta. Esperava que fosse um mendigo de passagem ou alguém querendo vender algo, embora fosse incomum uma pessoa dessas passar por Modeste e Gaspard. Talvez fosse um daqueles congoleses que estavam sempre tentando vender máscaras e estátuas de madeira para os *wazungus* do complexo. O egípcio comprava os itens deles com bastante frequência, então talvez Modeste tivesse deixado o vendedor subir até o apartamento dele. No entanto, Angel nunca tinha demonstrado interesse, de modo que não havia, de fato, qualquer motivo para que um deles batesse a sua porta, perturbando sua tranquila tarde de sábado. De qualquer maneira, ela esperava que a pessoa fosse embora logo.

Abriu a porta para dar de cara com uma mulher, alguém com quem muitas vezes trocara cumprimentos, mas que nunca havia batido a sua porta.

"Olá, Angel", disse Jenna, a mulher do CIA. "Espero não estar incomodando. Vi você dizer adeus a sua família do lado de fora, então achei que estaria sozinha e fosse uma boa hora para uma visita."

"Você não me está incomodando", mentiu Angel. "Você é bem-vinda, Jenna. Por favor, entre." Ela levou a visita até o sofá e fez um gesto para que se sentasse.

"Obrigada", disse Jenna, encarapitando-se na beirada do sofá e apertando as mãos no colo.

Angel olhou para sua visita. Era uma moça atraente, com cabelo escuro cortado curto e grandes olhos verdes. Suas calças elegantes, cor de creme, e a blusa branca de mangas compridas indicavam que essa mulher sabia se vestir respeitosamente em um país onde as mulheres eram recatadas. A única joia era uma delicada cruz de ouro pendurada de um cordão fino no pescoço.

"Esses apartamentos parecem todos iguais", comentou ela, com os olhos dardejando pela sala. "Todos temos os mesmos móveis e as mesmas cortinas."

"É", concordou Angel. "Algumas vezes, quando estou com Amina, depois de algum tempo me vejo pensando que é hora de ela ir embora para que eu possa entrar na cozinha e começar a trabalhar. Mas então me dou conta de que sou eu que tenho de ir embora, porque estamos no apartamento de Amina, não no meu."

Jenna riu. "Eu também já cometi o mesmo erro. Sentada no sofá, na casa de Ken ou de Linda, eu podia perfeitamente estar sentada no sofá de meu próprio apartamento."

Angel sentiu um súbito desconforto à menção de Linda, que Bosco vira beijando o marido de Jenna. Ela tinha de mudar de assunto imediatamente. "Fico feliz por você conseguir se sentir em casa em meu apartamento!", declarou sorrindo calorosamente. "Deixe-me fazer um chá para nós."

"Oh, não, Angel. Não quero incomodá-la por muito tempo. Só vim encomendar um bolo."

"Mas encomendar um bolo é uma coisa que leva tempo e cuidado", respondeu Angel. "Não é algo que se faça às pressas. Já que você está fazendo uma encomenda, não me incomoda nem um pouco. Deixe-me lhe dar o álbum de fotografias para você ir dando uma olhada enquanto eu faço o chá. Você pode ver aqui fotos de outros bolos que já fiz."

"Obrigada. Mas será que, em vez de chá, você tem café? Não somos grandes apreciadores de chá nos Estados Unidos."

"Não há problema. Meu marido às vezes prefere café. Vou fazer um café que vem da minha cidade natal, Bukoba, nas margens ocidentais do lago Vitória. É muito bom."

Quando Angel voltou à sala com uma caneca de café, outra de chá doce condimentado e um prato de bolinhos, Jenna apontou para algumas das fotos no álbum: "Já vi estes bolos. Já os comi também. Na casa de Ken".

"Ken é um de meus melhores clientes", comentou Angel. "Já quase perdi a conta dos bolos que fiz para os jantares dele. Você quer encomendar um bolo também para um jantar?"

"Oh, não, não sou uma boa cozinheira. Não haveria possibilidade de eu dar um jantar. Se Rob quer convidar alguém, levamos para jantar fora. Na verdade, estou aqui para encomendar um bolo em nome da comunidade norte-americana."

"*Eh*, essa é uma tarefa importante, falar em nome da comunidade norte-americana."

Jenna riu. "É, suponho que seja importante. Eu não tinha pensado nesses termos!"

"E por que a comunidade norte-americana quer um bolo?"

"É para as nossas comemorações do Dia da Independência. Queremos um bolo grande, decorado com a bandeira norte-americana."

"*Eh*, essa é uma boa bandeira!", alegrou-se Angel. "Tem vermelho, azul e branco, há listas e estrelas. Não é monótona como a bandeira japonesa. Você viu aquela foto? Eu fiz aquele bolo para Ken."

Jenna encontrou a página certa no álbum. "Eu estava pensando sobre aquele bolo. Ele parecia diferente dos demais. Agora vejo que é a bandeira japonesa. Ah, eu achei este aqui bonito."

Angel olhou para a foto que Jenna indicava. "Esta é a bandeira da África do Sul. Ela é muito bonita, tem seis cores. *Seis!* Este bolo foi para uma pessoa que trabalha no King Faycal. Houve uma época em que muitos sul-africanos trabalhavam naquele hospital, porém a maior parte deles, a essa altura, já foi embora. Dizem que aconteceu algum tipo de falcatrua ou qualquer outra coisa. Sabe, se tem algo de que gosto em Kigali é que se pode conhecer gente do mundo inteiro."

"Acho que sim", concordou Jenna. Depois, ela hesitou por um momento antes de acrescentar: "Mas não é assim para todo mundo".

Angel ficou confusa. "O que você quer dizer?"

"Bem, tenho certeza de que gente de todo lugar vem encomendar seus bolos, e seu marido provavelmente tem muitos colegas. Acho que qualquer um com um emprego aqui tem a possibilidade de conhecer gente de todo lado. Mas eu não tenho emprego."

"Que tipo de emprego você procura?"

A moça deu um risinho tenso. "Oh, eu não posso ter um emprego. Rob não gosta que eu saia do complexo sem ele. Não é seguro."

Angel estava prestes a dar um grande gole de chá. Lutou contra o engasgo que borrifaria a bebida de sua boca e, engolindo-o mal, começou a tossir. Jenna fez um muxoxo de preocupação. Por fim, Angel deu um jeito de acalmar a tosse com alguns goles de chá, contudo seu rosto tinha ficado muito quente e os óculos precisavam de uma limpeza.

"Você está bem, Angel? Devo buscar um pouco d'água?"

"Estou bem, de verdade." Angel enxugou o rosto com um lenço de papel antes de esfregar os óculos com a beirada da *kanga*. "Só que fiquei surpresa quando você disse que não é seguro aqui. Pessoalmente, acho muito seguro."

"Bem, Rob me disse para não sair sem ele", Jenna deu de ombros.

"E quando você sai *com* seu marido, para onde vão? Como você não fica conhecendo gente de toda parte nesses lugares que frequentam?"

"Ah, vamos ao American Club todas as sextas-feiras à noite. É lá que os cidadãos norte-americanos se encontram. Outras pessoas são bem-vindas, lógico, mas normalmente só tem um punhado de gente de outros lugares, principalmente da Inglaterra e do Canadá. Muitas vezes, vamos a jantares ou reuniões na casa de outros norte-americanos ou os levamos para jantar fora. Claro que há também as festas de Ken no complexo."

"E o que a mantém ocupada quando você não sai com seu marido?"

"Leio muito. Minha família manda para mim livros e revistas de casa. E tenho um laptop, então passo horas enviando e-mails para amigos e parentes em casa. Também faço parte do comitê de esposas que organiza eventos sociais para a comunidade norte-americana. Nós nos reunimos em meu apartamento para um café de quinze em quinze dias."

"Sabe, Jenna, sempre achei que chá e bolo fazem uma reunião acontecer mais tranquilamente e tenho certeza de que, para os norte-americanos, café e bolo funcionam também. Você pode encomendar um prato de bolinhos como este sempre que quiser. Posso até fazer bolinhos com sabor de café ou o glacê com sabor de café."

Jenna riu. "Vou me lembrar disso, Angel."

Angel continuou a esfregar delicadamente os óculos com a ponta da *kanga*. Eles ainda não estavam limpos. "Diga-me, Jenna, você gosta tanto assim de ficar em seu apartamento? Você nunca teve vontade de simplesmente sair sozinha?"

Jenna respirou fundo e deu um longo suspiro. "Algumas vezes. Algumas vezes parece que vou enlouquecer de tédio. Algumas vezes fico pensando que diabos estou fazendo aqui. Entretanto eu sabia, quando me casei com Rob, que o trabalho dele o levaria pelo mundo todo. Conversamos sobre isso, e ele deixou claro que queria que eu o acompanhasse em suas viagens. Não queria uma mulher que insistisse em permanecer nos Estados Unidos. Ele me disse que não seria fácil para mim. Rob já tinha se casado duas vezes, sabe? É bem mais velho que eu, ele conhece a vida e o mundo e sabe o que esperar. E eu não passo de uma moça de cidade pequena. Morei na casa de meus pais durante a faculdade inteira e aí me casei com Rob – é a primeira vez que saio dos Estados Unidos. Ele me avisou que não seria fácil. Não posso me queixar. E ele jamais permitiria que eu fizesse qualquer coisa que me colocasse em perigo, porque me ama de verdade. Então, se ele diz que não é seguro para eu sair, tenho de respeitar isso. Ele... Ele sabe muitas coisas."

Angel achava que era o mínimo que se esperava de um agente da CIA, que soubesse muitas coisas, porque saber muita coisa era o trabalho da CIA. Mas ela também achava que ele podia estar inventando um monte de coisas para fazer a mulher acreditar que não era seguro sair do complexo. Dessa maneira, Rob podia ter certeza de que ela jamais estaria no estacionamento do Hotel Umubano quando ele beijasse Linda.

"Está bem", retomou Angel. "Vamos imaginar por um momento que seu marido não a trouxe aqui para Kigali. Em vez disso, você foi com ele para outro lugar, qualquer outro lugar, e ele disse que lá é seguro e você poderia arranjar um emprego. Que emprego você procuraria?"

"Oh, não sei." Jenna pensou um pouco. "Eu me formei em línguas modernas: francês e espanhol. No entanto me casei com Rob assim que me formei, então nunca trabalhei – a não ser ensinando crianças na escola dominical."

"Talvez você gostaria de ensinar idiomas na escola?", sugeriu Angel.

"Oh, não, acho que não. Sei que parece doidice, mas, para ser sincera, não gosto muito de crianças. Antes de nos casarmos, Rob me disse que ter filhos não era para ele... Em seu tipo de trabalho... Quero dizer, com tanta viagem... Foi um alívio para mim, porque eu mesma não quero ter filhos. Entretanto, acho que eu poderia ser uma boa professora para adultos. Pensei em me oferecer para ensinar francês a algumas das esposas norte-americanas aqui, porém Rob achou que não era boa ideia. Ele falou que, se eu passasse a ser professora delas, não poderia ser amiga. Disse que elas passariam a ter todo tipo de expectativa a meu respeito como professora, que talvez eu não conseguisse satisfazê-las porque nunca ensinei antes e, então, elas se sentiriam sem jeito na minha presença – isso tornaria as coisas socialmente difíceis para mim. Ele falou que a segunda mulher dele tentara algo desse tipo e terminara em desastre. Ele não quer que eu cometa o mesmo erro."

Ainda sem certeza de que seus óculos estavam mesmo limpos, Angel continuou a se ocupar com eles usando o canto da *kanga*. "E o que *você* diz, Jenna?", perguntou com um sorriso. "Você me contou diversas coisas que seu marido disse, mas não é ele quem está sentado aqui comigo esta tarde. Você me falou que está aqui em nome da comunidade norte-americana, contudo não me contou que estaria aqui em nome de seu marido."

"Perdão?"

"Bem, imagine que eu esteja aqui sentada, contando a você que meu marido diz isso-isso-isso, meu marido acha isso-isso-isso, meu marido sabe isso-isso-isso. Então, você está sentada aqui me contando que *seu* marido isso-isso-isso. Assim, nossos maridos podem muito bem estar sentados aqui conversando, e não nós. Na verdade, não passaríamos de bocas para falar as palavras de nossos maridos."

Jenna pareceu surpresa e não disse nada por alguns instantes. Depois falou: "Acho que passo muito tempo repetindo o que Rob diz. Eu nunca tinha percebido isso antes".

Angel pôs os óculos de volta. "É por isso que estou lhe perguntando sobre a Jenna, porque é a Jenna que está me visitando agora, não o marido dela. O que a *Jenna* diz? O que está na cabeça da Jenna? O que está no coração da Jenna?"

A mulher abriu a boca para falar, contudo as palavras não vieram. Os olhos começaram a encher de lágrimas e a ficar tão vermelhos quanto os de Prosper depois de tomar Primus demais. Angel ficou alarmada: fazer uma cliente chorar certamente não era uma coisa boa – ela precisava tentar consertar o erro imediatamente.

"*Eh*, Jenna, eu não queria perturbar você, sinto muito. Deixe-me fazer mais uma xícara de café e podemos conversar sobre outras coisas. Você pode me contar sobre a festa do Dia da Independência que a comunidade norte-americana vai dar."

Jenna enxugou os olhos com um lenço de papel que retirara do bolso de sua elegante calça creme. "Desculpe, Angel. Não é por culpa sua que estou chorando, não é mesmo. É... Bem, é Rob. Você perguntou o que estava em minha mente, em meu coração, e... E eu sei que falo dele o tempo inteiro, mas... Mas..." Ela fungou ruidosamente, assoou o nariz, respirou fundo. "Angel, eu suspeito... Eu suspeito que meu marido..."

Jenna não terminou a frase, mas Angel podia ter terminado por ela: *suspeito que meu marido está tendo um caso*. Essa suspeita exigia um chá muito doce. "Jenna, vou deixá-la sentada aí para se acalmar enquanto faço um chá para nós duas. Eu sei que você prefere café, mas, realmente, quando alguém está perturbado, só o chá ajuda. Quando se está infeliz, o chá é como um abraço de mãe."

Angel foi para a cozinha e se dedicou a ferver um pouco de leite. Jenna ficou no sofá, assoando o nariz e respirando fundo. Ela estava visivelmente mais calma quando Angel voltou com as canecas de chá.

Jenna deu um gole. "Ei, isto é bom. Condimentado."

"É como fazemos o chá em casa."

Seguiu-se um curto silêncio, durante o qual Jenna saboreou a bebida e se preparou para falar. Angel dava mordidas num bolinho e se preparava para demonstrar surpresa com o que a vizinha estava prestes a revelar.

"Posso falar com você confidencialmente, Angel?"

"Jenna, você é minha cliente e eu sou uma profissional. Não espalho as histórias de meus clientes. Conte-me o que está em seu coração."

"Obrigada, Angel. É um grande alívio ter com quem falar sobre isso. Eu nem sequer sei se o que suspeito é verdade ou se estou apenas imaginando tudo. E sei que, se eu desse voz a minhas desconfianças para qualquer pessoa da comunidade norte-americana, as notícias se espalhariam como fogo morro acima. Deus sabe o que aconteceria..."

Angel pensou na arma que Bosco tinha certeza de que Rob possuía. "É sempre sensato confiar na pessoa certa", disse ela.

"É sim."

"Então, do que você desconfia, Jenna?" Angel largou a caneca de chá para não derramar quando fingisse estar surpresa.

Jenna deu um suspiro pesado. "Desconfio de que meu marido esteja escondendo algo de mim, Angel. Acho que ele anda mentindo sobre onde tem estado e o que anda fazendo. E, você sabe, ele sempre me disse que largou as mulheres anteriores porque as apanhou tendo casos, porém agora tenho certeza de que foram *elas* que *o* deixaram. Aposto que as duas descobriram aquilo de que eu agora desconfio."

Angel quis que a surpresa viesse logo, para terminar. Uma dor começava a bater discretamente à porta de sua cabeça, pedindo para entrar. Ela queria seu chá. "E do que você suspeita?"

"Você jura não contar para ninguém?"

"Juro."

"Oh, meu Deus, Angel... Acho que meu marido está trabalhando para a CIA."

Angel não precisou fingir. A surpresa correu pelo corpo dela como um raio, fazendo com que pulasse da cadeira, esbarrasse na mesa de centro com o joelho, o chá se derramasse das duas canecas e os bolinhos sacudissem no prato. "*Eh!*", exclamou, levantando-se e correndo para a cozinha em busca de um pano. "*Eh!*", outra vez, enquanto limpava o chá entornado. Depois se sentou de novo e sorveu um grande gole de chá antes de conseguir olhar Jenna diretamente nos olhos. "A CIA?"

"É. Sei que parece maluquice, e fico tentando me convencer de que estou enganada, mas escutei trechos de telefonemas e vi Rob trancar documentos na pasta. Muitas vezes, tive certeza de que Rob mentiu para mim quando perguntei onde ele estivera. Os colegas dele deixaram escapar em reuniões sociais que ele estivera num lugar quando meu marido me dissera que estava em outro. Por exemplo, ele estivera em reuniões à noite que me disse serem com um colega em particular. Então fiquei sabendo pela mulher desse colega que ela e o marido estavam jantando na casa de outra pessoa naquela noite. E ele nunca comenta sobre o trabalho dele comigo, jamais conta como foi seu dia. É tão misterioso."

Seria realmente possível que Jenna desconfiasse apenas de algo que todo mundo sabia? Será que ela era tão ingênua que não achasse que todos esses sinais lhe diziam que o marido estava tendo um caso? Angel retirou os óculos e olhou para eles. Será que precisavam de uma limpeza? Ela os recolocou. Era uma situação realmente muito complicada.

"*Eh*, Jenna, não sei o que dizer."

"É, é um choque, não é?"

"*Eh*, estou completamente chocada." Angel estendeu a mão para pegar mais um bolinho e lentamente retirou a caixeta de papel que o envolvia. Pensou cuidadosamente antes de falar. "Sabe, quando eu estava na escola, em Bukoba, tive uma professora que nos disse que, quando vemos fumaça, podemos sempre ter a certeza de que ela vem do fogo."

"Você quer dizer que não há fumaça sem fogo?"

"Foi o que nossa professora nos ensinou. Mas, você sabe, não era bem verdade. Depois que cresci, descobri que existe uma coisa chamada gelo seco. Conhece?"

"Sim. Ele mantém o sorvete frio fora da geladeira."

"Sabe que, quando se põe água no gelo seco, ele produz fumaça?" Jenna assentiu com a cabeça. "Então, é possível ver fumaça e pensar que há fogo, mas, na verdade, a fumaça está vindo de gelo seco molhado."

Jenna pensou um pouco. "Você está dizendo que eu posso ter concluído errado a respeito de Rob?"

Será que Angel estava dizendo isso? Não. Rob *trabalhava* para a CIA, todo mundo sabia. Essa conclusão não era errada. No entanto, ao mesmo tempo, Jenna não tinha chegado à conclusão correta, à conclusão de que o marido estava tendo um caso.

"Não sei bem o que estou dizendo, Jenna. O que você disse para mim pode ter vindo como um choque, e certamente me deixou confusa." Angel deu uma mordida no bolinho, mastigou e engoliu sem sentir o gosto. "Talvez, o que eu estou dizendo seja simplesmente que você deve pensar com muito cuidado sobre aquilo que viu e ouviu e o que isso pode significar."

"Não tenho feito outra coisa *senão* pensar nisso há semanas. Afinal, não tenho muito a fazer com meu tempo."

"Deve ser difícil. Contudo, vejo pela cruz em seu pescoço que você é cristã. Talvez se você rezasse amanhã na igreja, pedindo orientação..."

"Oh, eu aqui não vou à igreja. Rob não é de igreja e diz que não é seguro eu ir sem ele. Se é verdade que ele é da CIA, certamente deve saber o quanto Kigali é realmente perigosa. É por isso que não me deixa fazer o que os outros maridos deixam suas mulheres fazerem. Os outros maridos não sabem o que ele sabe."

Aquilo estava ficando complicado demais. A dor estava agora dentro da cabeça de Angel, movendo-se com botas pesadas. Era hora de se afastar disso tudo e voltar para o negócio mais seguro da encomenda do bolo.

"Sabe, Jenna, não posso dar a você a orientação de Deus, mas posso dar-lhe a minha – e acho que foi por isso que você veio falar comigo. Número um, você precisa descobrir a verdade sobre seu marido. Número dois, você precisa resolver o que fazer com a verdade que você descobrir. Essas são duas coisas entre você e seu marido. Mas há também um número três, e acredito que posso ajudá-la com o número três. Número três, você tem de descobrir um jeito de se manter ocupada em casa para parar com isso que está comendo sua cabeça como uma praga de gafanhotos. Você disse que quer ensinar adultos. Seu marido diz que você não pode sair do complexo e não pode ensinar as mulheres norte-americanas. Para mim, a resposta está clara: você deve ensinar as mulheres ruandesas e deve fazer isso em casa, em seu apartamento."

Jenna olhou para Angel com os olhos arregalados. No silêncio que se seguiu, Angel terminou o chá e engoliu o último bocado de seu bolinho. Quando terminou, Jenna ainda olhava para ela.

"O que eu ensinaria a elas?"

"A ler."

"Eu não sei ensinar isso."

"Mas você mesma sabe ler. É uma habilidade, exatamente como fazer um bolo. Eu posso ensinar alguém a fazer um bolo, embora ninguém tenha me ensinado como ensinar alguém a fazer um bolo. E você pode procurar instruções na internet sobre o que fazer. Ouvi dizer que é um local em que se pode encontrar qualquer informação sobre qualquer tema."

"Mas de onde eu receberia minhas alunas?"

"Eu as encontro para você", garantiu Angel. "Leocadie, da loja, sabe ler muito pouco, quase só os números dos preços. E Eugenia, que trabalha para o egípcio, luta para ler. Já são duas. Não tenho de ir muito longe para encontrar uma pequena turma para você, talvez umas quatro ou cinco alunas. Serão mulheres que conheço, nenhuma estranha. Você me dirá quando estiver pronta para começar a ensinar e eu lhe trago as alunas."

"Não... Não acho que Rob vá gostar disso..."

"Como ele vai saber que há alguma coisa para ele gostar ou não? Você pode ensinar talvez uma hora por dia, mais ou menos, enquanto ele estiver no trabalho. Rob nem vai ficar sabendo."

"Mas, se eu não contar a ele o que estou fazendo, isso será desonesto..."

"Jenna, você realmente acha que honestidade é tão importante para seu marido?"

Angel observou a mulher ficar aflita e estender a mão para o chá. Ela sorveu um gole. Depois olhou para Angel e um sorriso começou a aparecer em seus lábios, aumentando cada vez mais até ela rir alto. Angel riu com ela. Até ela teve de admitir que fora mesmo uma ideia muito boa.

"Angel, você é um gênio!"

"*Eh*, obrigada, Jenna. Não sou um gênio, mas *sou* muito, muito boa para fazer bolos. Então, vamos falar sobre o bolo que a trouxe aqui esta tarde."

DEPOIS QUE JENNA PARTIU e Angel levou as coisas do chá para a cozinha, ela retirou o vídeo nigeriano do aparelho e o escondeu em cima do guarda-roupa do quarto, onde as crianças não o pudessem encontrar e vê-lo por engano. Não havia tempo para assisti-lo agora, antes de a família começar a chegar em casa. Antes de chegarem com toda a algazarra, o barulho e as histórias da tarde, ela tinha de subir até último andar do prédio e conseguir com Sophie um comprimido para acabar com a dor que agora se instalara de vez em sua cabeça e começava a martelar.

No entanto, Sophie e Catherine tinham saído, e ninguém respondeu às batidas na porta. Ken a ajudara antes com Tylenol, mas, numa tarde de sábado, ele com certeza estaria jogando tênis no Hotel Umubano. Um andar abaixo do de Sophie e Catherine, ficava o apartamento de Linda, mas Angel não bateria à porta dela. Quem sabia o que podia estar atrás da porta? E se ela visse o marido de Jenna ali com Linda? Isso seria muito constrangedor. Do outro lado do patamar no andar de Linda, ficava o apartamento de

Jenna. Bem, Jenna chamara a dor de cabeça, então talvez ela lhe devesse um remédio. Angel bateu à porta.

O CIA abriu.

Angel abriu a boca, porém não saiu qualquer som.

"Oh, Angel. Tudo bem?"

Ela limpou a garganta e disse a si mesma que se comportasse com naturalidade. "Oi, Rob. Desculpe incomodá-lo. Estava imaginando se você poderia me dar algo contra minha dor de cabeça. Sophie normalmente me ajuda, mas ela saiu."

"Sem dúvida, entre. Jenna estava acabando de me contar que a visitou esta tarde. Espero que ela não tenha lhe dado uma dor de cabeça!"

"Não, não", garantiu Angel, entrando no apartamento, passando por Rob e vendo uma Jenna ligeiramente ansiosa. "Na verdade, acho que foi a sua bandeira que me deu essa dor de cabeça. Tivemos de contar todas as listas e estrelas na imagem do atlas das crianças para ter a certeza de que eu não cometeria nenhum erro no bolo. Você sabe como é difícil contar listas? Os olhos dizem um número, enquanto a cabeça diz um número diferente."

Rob riu. "Bem, acho que lhe devemos um remédio. Querida, vá ver o que temos no banheiro. Angel, sente-se, retire o peso de cima de você."

"Não, Rob. Obrigada, mas não posso ficar. As crianças não tardam a chegar em casa."

"Ei, você sabe que seus bolos são realmente maravilhosos. Já provamos deles na casa de Ken."

"Obrigada, fico feliz por vocês gostarem. Ken é um de meus melhores clientes."

Angel notou que o cabelo de Rob estava úmido e ele cheirava a sabonete. Kigali não era um lugar tão quente quanto Dar es Salaam, onde você suava um bocado e tinha de tomar um banho à tarde – a altitude aqui era elevada demais para isso. Claro que ocasionalmente Angel suava muito, porém Rob definitivamente não tinha de lidar com o mesmo problema. Ela não quis pensar por que ele precisara de um banho no final de uma tarde de sábado que não passara com a mulher.

Jenna voltou do banheiro sacudindo um pequeno frasco plástico com comprimidos. "Só restaram cinco aqui, então é melhor você levar tudo. Aí terá alguma coisa para tomar na próxima vez que tiver uma dor de cabeça. Temos bastante."

"Oh, não, Jenna. Obrigada, mas Pius e eu não mantemos comprimidos em casa. É muito perigoso para as crianças. Você sabe, elas acham que um comprimido é uma bala. Dê-me um só para tomar agora."

"Você tem muito juízo", disse Jenna. "Olhe só, vou mantê-los aqui para você. Pode vir buscar sempre que precisar. Estou aqui todos os dias."

"Muito obrigada. Vou me lembrar disso. Obrigada, Rob, e desculpe tê-lo incomodado."

"*Hakuna matata*, como vocês dizem. Não é problema."

Rob pôs o braço em torno dos ombros de Angel e a levou até a porta. O gesto de intimidade a surpreendeu e chocou. Ela mal conhecia aquele homem – como ele podia insultar a esposa abraçando outra mulher enquanto ela estava ali de pé, olhando? Está bem, ele era um norte-americano – Oprah era norte-americana e ela abraçava gente toda hora no programa dela. Mas será que em seu treinamento na CIA ele tinha aprendido o que era um comportamento aceitável em outros países e culturas?

Estava tão próximo de Angel que ela conseguia sentir o cheiro da umidade no cabelo dele. A intimidade fez com que ela sentisse como se uma cobra grossa estivesse deslizando lentamente sobre seus pés descalços, e ela tivesse de permanecer absolutamente imóvel, mesmo que seu instinto fosse gritar e correr. Sem ter para onde ir, o pânico e a repulsa se juntaram em seu estômago, misturados como bicarbonato de sódio e água, e ameaçaram borbulhar garganta acima, trazendo com eles chá doce e bolinhos. Ela tinha de lutar contra esse homem, mesmo que só um pouco.

Livrando-se do abraço, ela disse: "Oh, quase esqueci. Rob, eu sei que você não é muito de ir à igreja, mas minha família gostaria muito de convidar Jenna para ir à cerimônia conosco um domingo. Logo na rua aqui acima, na igreja de Saint Michael, perto da embaixada norte-americana. É uma região muito segura, e um serviço lindo, em inglês. Eu estava pensando – tudo bem se ela se unir a nós numa manhã de domingo para celebrar Nosso Senhor Deus?".

Rob parecia relutante. Angel perseverou.

"Claro, talvez eu esteja pedindo demais. Tenho certeza de que você trabalha demais durante a semana e nos fins de semana quer simplesmente passar o tempo com sua mulher. Acredito que não gostaria de ficar sem ela durante duas horas numa manhã de domingo, sozinho, procurando algo para preencher esse tempo."

A face de Rob se iluminou como se ele acabasse de ter uma boa ideia. "Tenho certeza de que eu conseguiria dar um jeito, Angel. Claro que Jenna pode ir com vocês sempre que quiser. Você gostaria disso, não é, querida?"

"Adoraria", disse Jenna. "Obrigada, Angel. Obrigada."

Ao descer a escada, Angel levou consigo o desconfortável conhecimento de que ela ao mesmo tempo merecia e não merecia os agradecimentos de Jenna.

6

Uma volta para casa

Todo mundo no La Coiffure Formidable!, que fica a uma curta caminhada do complexo em que os Tungaraza moravam, ficou muito impressionado com o cartão do convite. Ele passou de mão em mão, das cabeleireiras para as clientes, e agora estava nas mãos de Noëlla, que cuidava do cabelo de Angel por um preço menor, em agradecimento pelo desconto que ela dera em seu bolo de casamento. Noëlla passava as pontas de seus longos e delicados dedos sobre o brasão da Tanzânia, explorando seus sulcos e entalhes.

"Em inglês, isso se chama gravado em relevo", disse Angel em voz mais alta que o necessário, sobrepondo-se ao zumbido do secador de cabelos, sob o qual ela estava sentada com o cabelo cheio de rolinhos verdes. "Esta imagem é o emblema de meu país. Você vê aqui que, no meio do escudo, há uma pequena imagem de nossa bandeira? E vê que o escudo está no topo de nossa famosa montanha, o monte Kilimanjaro? Há um homem e uma mulher segurando o escudo lá no alto da montanha. Isso é porque, em meu país, acredita-se que as mulheres são iguais aos homens. E você vê que ali está escrito *Uhuru na Umoja*, liberdade e unidade? É o lema de meu país. Quer dizer que somos todos um povo, unido, livre e igual."

"*Eh!*", exclamou Noëlla. "Você tem um país muito bom." Ela devolveu o convite para Angel, desligou o secador e o afastou da cabeça da cliente.

"Estamos tentando ser assim aqui", disse a moça sentada ao lado de Angel, cujos longos cabelos eram trançados por Agathe. "Estamos lutando por ser unidos e iguais. Agora somos todos ruandeses."

"Exatamente", concordou Noëlla, retirando os rolos do cabelo de Angel. "Não tem importância se, no passado, alguns de nós achávamos que éramos uma coisa e outros achavam que éramos outra. Agora, não existe mais isso ou aquilo. Somos todos *banyarwandas*. Ruandeses."

"O que é uma coisa ótima para ser", disse Angel, que ficava sempre emocionada com essa conversa de unidade. No entanto, ela tinha reparado que isso não era um tipo de assunto para se ter em grupos – provavelmente, as declarações de um indivíduo fora do grupo fossem muito diferentes. Então, assim que a moça sentada a sua frente, cujo cabelo Claudine estava relaxando, mudou de assunto, ela ficou agradecida.

"Então diga-nos, madame, porque estamos todas ansiosas por escutar. O que vai usar na festa da embaixada esta noite?"

"Sim, quem fez a roupa para você?", perguntou Noëlla.

Angel riu. "Tenho certeza de que você está esperando que eu me queixe de Youssou, por ele ter feito um vestido apertado demais para mim!" Angel uma vez contara para as três cabeleireiras uma discussão que tivera com Youssou a respeito de sua fita métrica ser desonesta. Noëlla e Claudine riram às lágrimas, e Agathe, que não falava swahili, uniu-se a elas quando Claudine traduziu a história.

"*Eh!*", disse a mulher que estava relaxando o cabelo. "Já ouvi falar desse Youssou, embora nunca tenha ido lá. Mas acho que ele não é o único alfaiate em Kigali que faz roupas apertadas demais – todos fazem. É porque querem acusá-la de ganhar peso entre o dia em que as medidas foram tiradas e o dia em que o vestido fica pronto. Assim, eles podem cobrar mais pelas alterações. Sabem, minha vizinha me ensinou um truque ótimo, porém é preciso levar uma amiga junto quando for ao alfaiate, porque não dá para fazer sozinha. Na hora de tirar as medidas, dê um jeito para que sua amiga fique atrás de você enquanto o alfaiate está a sua frente, pedindo para manter o braço estendido. Sem que ele veja, sua amiga deve enfiar dois dedos entre seu corpo e a fita métrica. Dessa maneira, o alfaiate anotará uma medida maior e, quando ele fizer um vestido menor do que esse número, estará do tamanho certo para você."

Um "*eh!*" coletivo ecoou pelo pequeno salão enquanto as mulheres se entreolhavam com admiração.

"É um truque ótimo", disse Angel. "Gostaria de ter escutado antes. Mas deixem-me contar outro truque que ouvi. Conheci um grupo de mulheres que está aprendendo a costurar, lá no centro, em Biryogo. Lá, elas tiram a medida corretamente e costuram seu vestido com o maior cuidado, até porque o trabalho delas é o tempo todo supervisionado pela professora. Tudo bem, elas não são tão hábeis como os alfaiates – ainda não conseguem copiar um vestido de uma fotografia, por exemplo. Entretanto, se você levar um vestido que já tenha, elas conseguem copiá-lo em cores diferentes, em outro tecido, e conseguem até fazer pequenas alterações, como acrescentar enfeites, costurar mangas mais largas e coisas do tipo."

"Como é o preço delas?", perguntou Noëlla, que agora passava pelo cabelo de Angel um pente de dentes bastante largos, para não destruir o feitio dos cachos.

"*Eh*, é muito mais barato que um alfaiate", garantiu Angel. "Elas fizeram meu vestido para a recepção desta noite e ficou perfeito. Vou fazer muito boa figura entre todas aquelas elegantes senhoras."

Claro que, quando a senhora Margaret Wanyika elogiasse seu vestido naquela noite – como uma anfitriã deve fazer – , Angel não lhe contaria que ele fora feito por mulheres que, além de se prostituir, podiam estar contaminadas pelo vírus. Se ela lhe dissesse isso, os cabelos da senhora Wanyika ficariam brancos na hora e ela teria de marcar uma hora de emergência no luxuoso salão do Hotel Mille Collines. Porém nada disse para as mulheres do salão, afinal, a senhora Wanyika era sua cliente.

Noëlla acompanhou Angel até a porta do salão e ficou conversando com ela sob o sol da manhã, antes de a próxima cliente chegar. Angel aproveitou a ocasião para perguntar algo sobre Agathe. Noëlla lhe confirmou que a moça nunca havia frequentado uma escola.

"Você acha que ela gostaria de aprender a ler?", perguntou Angel.

"Claro que gostaria! Ela disse muitas vezes que é constrangedor quando os filhos chegam da escola e querem lhe mostrar o que escreveram naquele dia. Mas ela não pode ir à escola nessa idade e, de todo modo, precisa trabalhar. Tem de alimentar e educar as crianças."

"Você dá a ela um tempo de folga todos os dias? Talvez durante o almoço?"

"Claro que dou."

"E se eu lhe dissesse que ela pode ir à escola nesse horário para aprender a ler?"

"O quê?", Noëlla parecia cética. "Onde? Como ela pagaria?"

"A escola é gratuita e a professora fala francês. Agathe aprenderia a ler nesse idioma. É aqui perto, em meu prédio. Ela só terá de caminhar duas ruas nesta direção e depois duas ruas transversais para chegar lá."

"Agathe!", Noëlla gritou com a voz cheia de excitação.

Angel fazia exatamente o caminho de volta pelas ruas de que falara e passava por uma casa que não havia sido terminada porque os donos não tinham sobrevivido, quando o veículo de Ken Akimoto diminuiu a velocidade ao passar ao lado dela.

"Oi, tia!", chamou Bosco. "*Eh!* O que você está fazendo caminhando na rua com um cabelo tão bem feito? Uma senhora com um cabelo desses deveria andar num carro com chofer."

Angel riu. "Oi, Bosco! Você está me oferecendo uma carona?"

"Estou, tia. Estou indo para o complexo, mas posso levá-la a qualquer lugar."

"Obrigada, Bosco, estou a caminho de casa."

Angel abriu a porta e pelejou para subir na Pajero sem rasgar a longa saia que lhe apertava os quadris cada vez mais avantajados. Realmente, não se lembraram das senhoras ao projetarem esses grandes veículos com seus assentos altos. Era muito difícil uma senhora manter a elegância ao entrar neles. Como as mulheres importantes do governo faziam? Ela precisava se lembrar de perguntar a Catherine se a ministra para quem ela trabalhava tinha alguma dica sobre como entrar ou sair de um veículo desses de saia, sem perder a dignidade. Era algo importante de se saber, especialmente se uma câmera de televisão ou um repórter da revista *Muraho!* estivesse observando. Angel pensou que poderia aproveitar a oportunidade desta noite na embaixada para observar as técnicas das senhoras – provavelmente haveria muitos veículos grandes lá. Por sorte, as crianças sempre ficavam alegres de viajar na parte da frente do micro-ônibus vermelho dos Tungarazas, e Angel ficava muito aliviada por se sentar na parte de trás, em que podia entrar mais à vontade.

"Eu estava fazendo compras no mercado para o senhor Akimoto", explicou Bosco ao reparar no olhar de Angel sobre a grande caixa de verduras, na traseira do carro. "Ele tem mais convidados para jantar neste fim de semana."

"Eu sei. Estou fazendo um bolo para ele mais uma vez. Mas, diga-me, Bosco, como vai Perfect?"

"*Eh*, tia, ela é um bebê muito, muito legal. É tranquila e quieta, não é como o bebê de Leocadie. *Eh*, aquele Beckham sabe chorar! E ele está sempre com fome, se retorce e geme por qualquer coisa. Quando Perfect chora, tenho certeza de que não é à toa."

"Há uma diferença entre meninos e meninas, Bosco. Porém, lembre-se de que Perfect ainda é muito pequena. Depois que ela crescer um pouquinho, pode ser que fique mais parecida com Beckham."

"Não, tia, não me diga isso! Eu achava que ia querer um monte de bebês, mas, depois que conheci Beckham, pensei: 'Ahn-ahn, bebês não são uma boa ideia'. Aí nasceu Perfect, e ela é muito, muito querida. Além do mais, Florence adora ser a mãe dela, então voltei a achar que bebês são muito legais. Agora você está me deixando confuso, tia."

Angel riu. "Acho que é você que está se confundindo, Bosco. Você nem sequer conheceu a dama que o ajudará a ter todos esses bebês!"

Bosco fez a Pajero parar em frente ao complexo e se voltou para olhar para Angel com um grande sorriso feliz no rosto.

"Bosco?"

Bosco continuou a sorrir.

"*Eh*, Bosco! Você *conheceu* a moça que vai ser sua esposa? Conte-me!"

O rapaz olhou timidamente para a perna esquerda de suas calças, dando atenção a um grão de poeira que estava ali. "Conheci uma moça muito legal, tia!"

"Então você precisa entrar, tomar um chá comigo e me contar tudo!"

"Não posso ir agora, tia. Tenho de guardar as verduras no apartamento do senhor Akimoto e levar o engradado de cascos a

Leocadie para comprar refrigerantes para a festa. Depois vou buscá-lo em uma reunião."

"Então me conte rapidamente, Bosco. Quem é essa moça que você conheceu?"

"Você se lembra de que, quando vim buscar o bolo para o batizado de Perfect, dei uma carona a Odile?"

"*Eh!* Odile! Você está apaixonado por Odile! Eu estava justamente contando às senhoras no salão sobre o lugar onde ela trabalha."

Bosco riu. "Não, tia, não é Odile que eu amo. Quando a levei em casa, conheci seu irmão e a belíssima mulher dele."

Angel sentiu o coração afundar. "Bosco, por favor, não me diga que você se apaixonou pela esposa de Emmanuel."

"Não, tia!" Bosco tentou parecer aborrecido, porém estava ocupado demais sorrindo. "A esposa de Emmanuel tem uma irmã mais nova que também é muito linda. Pois bem, essa irmã tem uma amiga chamada Alice. É Alice que eu amo."

Angel apertou a mão de Bosco. "*Eh*, Bosco. Estou tão feliz! Você precisa trazer Alice para eu conhecer."

"Claro, tia. Mas acho que Modeste está esperando por você. Ele está com um homem. Talvez seja um cliente."

O rapaz que estava com Modeste era mesmo um cliente. Ao chegar ao complexo, perguntara ao guarda em que apartamènto poderia encontrar a madame dos bolos, e ele respondera que Angel tinha saído, mas que provavelmente não demoraria. Como Angel não tinha esperado por um táxi *pikipiki* na esquina, nem ido até a estrada de terra, onde poderia apanhar um táxi micro-ônibus, ela subira o morro a pé, então não tinha ido muito longe. O homem resolvera esperar. Agora estava sentado à frente de Angel, no apartamento dela, vestido com um terno e uma gravata muito elegantes. Havia algo de conhecido nele, contudo Angel não conseguia se lembrar.

"Madame, deixe-me apresentar", ele disse em inglês. "Sou Kayibanda Dieudonné."

A formalidade local de começar o nome de trás para a frente, com o sobrenome primeiro, costumava deixar Angel bastante confusa, porém agora ela já estava mais habituada. Ainda assim, ela achava muito estranho se apresentar a alguém como Tungaraza Angel.

"E eu sou Angel Tungaraza, mas, por favor, pode me chamar de Angel. Posso chamá-lo de Dieudonné?"

"Claro, madame."

"Nada de madame. Angel."

"Desculpe-me." O rapaz deu um sorriso que o fez parecer ainda mais bem apessoado. "Angel."

"Sabe, Dieudonné? Há algo de familiar em sua fisionomia, algo que me faz pensar que já nos falamos antes."

"Nunca nos falamos, mad... Angel. Você e eu, não. Todavia, já falei com o doutor Tungaraza quando você estava com ele. Sou caixa no BCDR."

"*Eh!* É claro!", exclamou Angel, lembrando-se subitamente de sua visita. O salário de seu marido devia ser pago na conta dele, no Banque Commerciale du Rwanda, a cada final de mês, mas, por qualquer motivo, o pagamento de expatriados, feito em dólares norte-americanos, invariavelmente atrasava. Dieudonné era o único que conseguia explicar o problema em inglês para os colegas de Pius vindos da Índia. Muitos dos indianos não conseguiam lidar com nenhum dos demais caixas.

"Seu inglês é muito bom, Dieudonné. Sei que seu presidente quer que todo mundo fale francês e inglês, porém isso é um fato novo – a maior parte dos ruandeses ainda aprende o inglês, enquanto você já fez grandes progressos nesse idioma. Isso me faz supor que você passou muito tempo fora de seu país."

"Você está certa, Angel."

"Então vou fazer um chá para nós e você vai me contar sua história enquanto o bebemos. Aqui está meu álbum de fotos de bolos para você olhar."

Angel fez duas canecas de chá doce condimentado e as trouxe para a sala numa bandeja com dois pequenos pratos, cada um com uma fatia de bolo verde pálido com glacê de chocolate. Ela entregou o chá e o bolo para a visita e depois se acomodou diante do rapaz. Dieudonné cortou um bom pedaço da fatia com a colher e a provou com evidente prazer.

"Hum, delicioso! Esta não é a primeira vez que provo seu bolo. Na verdade, encontrei uma foto do bolo que tinha provado antes." Ele apontou para uma fotografia no álbum de Angel que estava sobre a mesa de centro.

"Oh, fiz este para Françoise, para uma das festas que foram dadas no restaurante dela."

"Eu estava naquela festa, fui eu quem a organizou. Moro na mesma rua que Françoise, então conheço a casa dela. Quando perguntei a ela se alguns de nós, do banco, poderíamos comemorar a promoção de um colega lá, ela me disse que conseguiria um bolo. Eu jamais tinha pensado em comer bolo depois de galinha e tilápia, porém Françoise explicou que isso é bem moderno. Ela me disse que um bolo consegue expressar qualquer sentimento que uma pessoa deseje. Este foi o bolo que eu pedi." Dieudonné bateu na foto com seu dedo delgado. "Nosso colega que tinha sido promovido ficou tão feliz quando Françoise trouxe o bolo para a mesa! *Eh!*"

Ao falar, Dieudonné fazia gestos amplos com as mãos e os braços. Esse não era o jeito comum em Ruanda, que era mais calmo e controlado. Talvez não houvesse espaço para gestos largos num país pequeno que precisava acomodar oito milhões de pessoas. Dieudonné gesticulava e falava como Vincenzo, o marido de

Amina, que era meio italiano. Angel o observava enquanto ele tomava o chá.

"*Eh!*", continuou ele, e tomou outro gole. "Não bebo um chá igual a este desde que estive na Tanzânia!"

"Você esteve em meu país?"

"Procurei minha família lá durante quase quatro anos."

"Eles estavam perdidos? Você os encontrou?"

"Eles não estavam lá." Dieudonné comeu outro pedaço de bolo.

"Dieudonné, você podia me contar sua história desde o início. Tenho certeza de que é muito interessante. Além do mais, fico um pouco confusa ouvindo-a pela metade."

Ele sorriu. "Minha história é longa. Se tivesse começado a contá-la na semana passada, ainda estaria no meio, agora, e não saberia seu fim. *Eh*, na semana passada não tinha noção de que o final de minha história estaria tão próximo, mas hoje posso contá-la por completo." Enquanto falava, enfatizava as palavras com gesticulações.

"Está bem, Dieudonné, vamos deixar o fim para depois. Comece do princípio, por favor."

"Então começaremos em Butare, onde nasci. Meu pai era professor na Universidade Nacional de Ruanda. Eu ainda era pequeno quando os tutsis foram expulsos da universidade." Ele fez uma pausa. "Desculpe-me, Angel, sei que já não falamos mais em tutsis e hutus, porque agora somos todos *banyarwandas*, porém tenho de usar esses termos, pois, na época, ainda não éramos *banyarwandas*."

"Entendo", concordou Angel. "Você pode falar livremente comigo, Dieudonné, porque é meu cliente e sou uma profissional. Aqui é tudo confidencial."

"Obrigado, Angel." Dieudonné limpou a garganta e engoliu um pouco mais de chá. "Meu pai foi morto e fugimos com minha mãe para o Burundi, mas por pouco tempo, porque tivemos que fugir de novo, para o Congo, para a cidade de Uvira. *Eh!* Havia muitos refugiados ali, tudo estava muito confuso. Fui separado de minha família e levado junto com outros meninos para o sul, para Lubumbashi. Deixaram-nos lá, numa escola de freiras. Como eu era bom aluno, as irmãs conseguiram que eu fosse junto com alguns padres para a escola secundária, do outro lado da fronteira, no norte da Zâmbia. Um dos padres se tornou um pai para mim."

"Deixe-me adivinhar, Dieudonné. O padre era italiano?"

O rapaz pareceu surpreso. "*Eh!* Como você sabe?"

Angel riu. "A maneira como você gesticula me fez lembrar de um conhecido que sei que é italiano por parte de pai."

Dieudonné pensou por algum tempo, enquanto mastigava e engolia outro pedaço de bolo. "Há diversas formas de ser o pai de uma criança, mesmo que ela não tenha seu sangue. O padre Benedict me amava como o filho que ele..."

"Padre *Benedict*?", interrompeu Angel.

"O que houve, Angel? Você o conhece?"

"Não, não. Não o conheço. Só que você me conta sobre um homem chamado Benedict que o perfilhou, e eu mesma estou sendo uma espécie de mãe para um filho chamado Benedict."

"*Eh?*"

"*Eh!*"

"Talvez Deus, de alguma maneira, tenha dado um jeito de me trazer para conhecê-la e encomendar um bolo."

Angel concordou com isso. "De fato. Mas qual seria o propósito Dele?"

Dieudonné riu. "Deus vai revelar quando Ele estiver pronto!"

"Você tem razão. Por favor, continue a história. Até agora, parece-me uma grande aventura internacional."

"Então o padre Benedict começou a me ajudar com as investigações para tentar reencontrar minha família. Porém tudo era muito difícil, porque já se tinham passado muitos anos desde que eu estivera com eles, em Uvira. Além disso, na época em que fomos separados, eu ainda era muito pequeno e não sabia o nome de minha mãe. Você sabe bem que nós, ruandeses, não temos nome de família – pode haver mãe, pai e seis filhos, e nenhum desses oito ter um nome em comum. Quando o padre Benedict começou a me ajudar, eu já nem me lembrava do nome que meus pais tinham me dado, pois as freiras em Lubumbashi me chamavam por outro nome, Dieudonné, que significa 'dado por Deus'."

Ele fez uma pausa em sua história para mais um gole de chá e terminou o que restava do bolo. Angel levou o prato para a cozinha e cortou outra fatia grossa para ele.

"De todo modo, o padre Benedict conseguiu notícias de que duas meninas que poderiam ser minhas irmãs estavam morando em Nairóbi. A essa altura, já sabíamos que meu pai havia sido professor na universidade e se chamava Kayibanda e que meu nome de nascença era Tharcisse. Então o padre deu um jeito de me arranjar documentos com o nome de Kayibanda Tharcisse Dieudonné e, por meio da Igreja, consegui uma bolsa de estudos em Nairóbi, para me especializar em contabilidade. Lá, encontrei as duas meninas, contudo elas não eram minhas irmãs de fato. *Eh*, aquele foi um dia muito triste para mim! De qualquer forma, fiquei em Nairóbi por três anos, até me formar. Durante esse período, conheci outros ruandeses que moravam lá e um deles me disse que tinha conhecido um de meus irmãos em Dar es Salaam. Disse até que estivera na casa de meu irmão, em Dar, e que ele morava com minha mãe."

"Então você foi para Dar."

"Exatamente. Fui ao local no qual o homem que podia ser meu irmão trabalhava, mas me disseram que ele havia ido embora alguns meses antes. Achavam que ele tinha partido para algum lugar no interior, porém ninguém sabia exatamente onde. Fui ao local em que ele havia morado com minha mãe, todavia as pessoas não sabiam para onde tinham ido."

"*Eh!* Foi uma época muito difícil para você."

"Muito." Dieudonné sacudiu a cabeça. "Então consegui um emprego em Dar como contador para os negócios de um cavalheiro indiano e, nos fins de semana e feriados, viajava praticamente a cada cidade na Tanzânia. Babati. Tarime. Mbeya. Tunduru. Iringa." A cada cidade que mencionava, ele fazia um gesto no ar, como se estivesse apontando sua localização num grande mapa suspenso no teto. "Por toda parte! Fiz isso durante quase quatro anos, mas minha família não estava em lugar nenhum."

Angel fez um muxoxo de simpatia enquanto Dieudonné comia um pouco mais de bolo e acabava de engolir o chá. Ela tinha vontade de perguntar se ele estivera em sua cidade natal, Bukoba, nas margens do lago Vitória, contudo sabia que não era hora para interferir na história.

"Já estávamos em 1995. O genocídio aqui tinha acabado e muitos ruandeses exilados voltavam para casa. Eu tinha esperanças de que minha família pudesse estar entre eles, por isso também voltei para casa. Fui ao Alto Comissariado para Refugiados da ONU (UNHCR, na sigla em inglês) e dei a eles todas as informações que sabia. Nunca tinha recebido qualquer notícia até a manhã de segunda-feira desta semana." Lágrimas se acumularam nos olhos de Dieudonné e ele pegou um pedaço de papel higiênico de dentro do bolso do paletó.

"Desculpe", disse ele.

"Não há o que desculpar", garantiu Angel. "Não é nenhuma vergonha um homem chorar. Se um homem não chora quando precisa, essas lágrimas fervem em seu corpo até explodirem como um dos vulcões das montanhas Virunga. No entanto, vou deixá-lo à vontade enquanto faço um pouco mais de chá para nós."

Quando Angel voltou da cozinha, sua visita já havia se recomposto o suficiente para terminar a segunda fatia do bolo. Por sorte, ela trazia na bandeja o restante do bolo e o chá fresquinho. Angel cortou mais uma fatia e ofereceu para Dieudonné, que estendeu o prato sem cerimônia.

"Agora", disse Angel ao se sentar na cadeira, tentando ficar confortável, apesar do incômodo causado pela saia apertada, "diga-me o que aconteceu na manhã de segunda-feira."

"Uma senhora do UNHCR telefonou para o banco. Ela me disse que encontrou minha mãe e uma de minhas irmãs."

"*Eh!*"

"Na verdade, elas tinham voltado para Ruanda da República Democrática do Congo e estavam em Cyangugu, procurando por mim. A moça me disse que elas estavam a caminho de Kigali naquele mesmo dia e que chegariam ao escritório do UNHCR naquela tarde. Imediatamente pedi a meu chefe uma licença do banco, depois de explicar que minha família estava viva e que iria encontrá-la."

Mais uma vez, ele não conteve as lágrimas, que foram logo enxugadas com mais um pedaço de papel. Angel também procurou o lenço de papel no sutiã e enxugou os olhos. Dieudonné sorveu mais um pouco do chá antes de continuar.

"Corri no mesmo instante para casa e a preparei para a chegada delas. Fui até Françoise e contei a ela as notícias – Françoise decidiu cozinhar tilápia para o jantar de minha família e mandar alguém me entregar naquela noite. Fui ao escritório do UNHCR e esperei a chegada delas."

"Deve ter sido uma espera muito difícil", comentou Angel, que pegou outra ponta do lenço de papel para enxugar o suor da testa. "Depois de todos esses anos de procura, finalmente você as encontrou."

Dieudonné assoou o nariz. "Sim, não foi fácil. Eles me deram uma cadeira, mas eu não conseguia ficar sentado por mais de alguns segundos. E, quando ficava em pé, minhas pernas bambeavam, então eu me sentava mais uma vez. Depois de pouco tempo, levantava de novo. *Eh!* Fiquei descendo e subindo como as calcinhas de uma prostituta."

Angel riu, e Dieudonné riu com ela. "Você deve ter ficado muito feliz e animado."

"Na verdade, não", ele respondeu. "O que eu mais senti foi medo. Tinha medo de terem se enganado mais uma vez, e aquelas pessoas não serem minha mãe e minha irmã. Também temia não reconhecer minha mãe. Eu era muito pequeno na última vez em que a vi. Entretanto, assim que minha mãe pisou no complexo do UNHCR, eu soube que era ela, e ela me contou que reconheceu o rosto de meu pai em mim. Fiquei tão aliviado! Claro que minha irmã e eu não nos conhecíamos, mas não conseguíamos parar de sorrir e chorar juntos."

"*Eh*, Dieudonné, você me contou uma história muito feliz!"

"Sim. E só nesta semana que se tornou uma história feliz. Na semana passada, ainda teria sido uma história triste."

Tomaram o chá e comeram o bolo em silêncio, pensando sobre como tristeza e felicidade podem mudar de lugar repentinamente. Foi Angel quem quebrou o silêncio: "E seus outros irmãos?".

"Um de meus irmãos faleceu e o outro ainda está perdido. Vamos continuar a procurar por ele. Minha outra irmã foi violentada por soldados e teve um filho, porém o bebê não era saudável e ela também ficou doente. Os dois faleceram."

Angel entendeu a palavra que ele não dissera.

Ele terminou a terceira fatia de bolo. "Então, Angel, vim encomendar um bolo porque, no domingo à tarde, meus amigos virão a minha casa para conhecer minha família e dar as boas-vindas a minha mãe e irmã. Um dos colegas do meu pai, da época da universidade, virá de Butare para a festa. Ele trará a filha, que brincou com minha irmã quando elas eram pequenas. Será uma boa surpresa para as duas."

"Com certeza, será uma festa muito alegre. Posso fazer o bolo no sábado e entregá-lo no domingo de manhã, a caminho da igreja. Se você mora na mesma rua que Françoise, será fácil encontrar sua casa."

"Você é muito gentil, Angel."

Ela riu. "Você pode achar que sou gentil, porém, na verdade, estou curiosa! Quero apertar a mão de sua mãe e de sua irmã, então não é só por uma questão de gentileza que levarei o bolo até sua casa."

"Então devo agradecer por sua curiosidade." Dieudonné tirou um pedaço de papel do bolso do paletó. "Olhe aqui, fiz um desenho do bolo que quero que você faça. Embaixo, no lado esquerdo, é vermelho, e no lado direito, verde. No meio, há o amarelo."

"Como a bandeira de Ruanda."

"Sim. Mas nossa bandeira tem um R preto, de Ruanda, no meio do amarelo. No bolo, o R ainda estará lá, contudo ele fará parte da palavra KARIBUNI, que será escrita descendo pelo amarelo."

"*Eh,* você é inteligente, Dieudonné! Esse será o bolo perfeito para dar as boás-vindas para a sua família!"

Neste exato momento, Titi chegou de uma de suas idas ao supermercado libanês, para comprar farinha, ovos, açúcar e margarina para Angel. Ela parecia um tanto agitada, e Angel logo suspeitou que ela quisesse conversar a sós. Assim, comentou com Dieudonné que ele já estava afastado da família há tempo demais e que eles deveriam completar as formalidades do "Formulário de pedido de bolo" o mais rápido possível.

Assim que Dieudonné saiu do apartamento, Angel foi até o quarto para se livrar da saia apertada. Ao sair, vestida com uma confortável *kanga* e uma camiseta, Titi deu as notícias que acabara de saber por Leocadie: a outra namorada de Modeste tinha entrado em trabalho de parto. Ele iria depois do trabalho, no final do dia, ver se ela já tivera o bebê. Logo, o sexo da criança seria conhecido, e isso poderia determinar qual das mães Modeste escolheria.

Angel queria correr até o andar de cima e contar as novidades a Amina, entretanto as crianças estariam de volta da escola em breve e o almoço tinha de estar pronto. Titi pôs um pouco de água para ferver numa panela bem grande e começou a cortar algumas cebolas em fatias. Angel fez o mesmo com uma panela menor e se pôs a picar folhas de mandioca em pedaços pequenos.

"O que você acha que vai acontecer?", perguntou Angel.

"*Eh*, tia, não sei", disse Titi. "Mas é claro que Leocadie quer que o bebê seja uma menina, porque só assim Modeste vai escolhê-la."

"Sim, aí a decisão de Modeste será clara. Todavia, se o novo bebê também for um menino, então ele terá duas namoradas, cada uma com um filho. Ele não saberá qual escolher."

"E se o bebê for um menino e Modeste escolher a outra namorada, e não Leocadie? Como ela se sentirá ao ver Modeste fazendo mistério todos esses dias? A loja dela é aqui perto..." Titi transferiu a cebola picada para uma frigideira, na qual havia aquecido um pouco de óleo de palma.

"*Eh*, isso vai ser muito duro para Leocadie! Diga-me, Titi, você já viu essa outra namorada dele?" Angel pôs as folhas de mandioca na panela menor com água.

"Já, tia. Ela veio uma vez num *pikipiki* para ver Modeste enquanto eu estava conversando com Leocadie fora da loja." Titi começou a picar tomates junto com Angel e os acrescentou à frigideira com as cebolas, que já estavam fritando.

"E como ela era? Bonita como Leocadie quando sorri?"

"Não vi direito, tia. Ela não ficou muito tempo. O motorista do *pikipiki* ficou esperando enquanto ela falava com Modeste, até que ele deu alguma coisa para ela."

"Você viu o que foi? *Eh*, a água vai ferver agora para o *ugali*. Vou picar estes últimos tomates enquanto você cuida disso."

Titi despejou o fubá dentro da água fervente e mexeu vigorosamente.

"Nós não vimos, mas Leocadie acha que era dinheiro. Ela estava zangada e beliscou a perna de Beckham para fazê-lo chorar. Ele abriu o berreiro, e Modeste e sua namorada tiveram de olhar para nós."

Angel riu. Ela despejou o restante dos tomates na frigideira e mexeu os ingredientes. Examinando as folhas de mandioca que ferviam, disse: "Belo truque. Fez Modeste se lembrar de seu filho, e a outra namorada se lembrar de Leocadie".

"Foi." Titi sorriu. "Mais que isso, mostrou à outra namorada que Leocadie já tinha dado um filho a Modeste. A namorada já estava grávida na época, porém a barriga ainda não estava grande."

"E o que aconteceu depois?"

"A namorada viu que nós a observávamos junto com Beckham, então ela disse algo rapidamente a Modeste, voltou para o *pikipiki* e foi embora."

"E Modeste?" Angel salpicou a mistura de cebola e tomate com farinha de amendoim moído e mexeu o preparo.

"Modeste foi se sentar com Gaspard na sombra. Ele não olhou mais para Leocadie, embora Beckham continuasse chorando."

"*Eh*, isso é ruim! Sabe, estou preocupada com Leocadie. Estou preocupada que Modeste simplesmente não a escolha. Por que ele escolheria? Se ele pode ter duas namoradas e dois bebês, por que escolher uma só?"

"Oh, tia."

"Aqui é assim, Titi. Há mais mulheres do que homens. Muitos homens estão desaparecidos, muitos estão presos. Não há homens em número suficiente para que todas as mulheres tenham um marido. Algumas concordam em partilhar um marido porque disseram para si mesmas que uma mulher sem homem não é nada. Há até mesmo homens que se convenceram de que, sob essas circunstâncias, tomar mais de uma mulher é o mesmo que prestar um serviço à comunidade."

"Oh, tia."

"Mas não vamos ficar tristes, Titi. Hoje conheci alguém que me contou uma história muito feliz. Vamos, está na hora de você sair e ir esperar as crianças chegarem com o transporte da escola. Vou terminar de cozinhar e, depois, durante o almoço, contarei a todos a história feliz que escutei hoje."

MAIS TARDE, NO MESMO DIA, foi a vez de Amina escutar a história que Angel ouviu de Dieudonné. A essa altura, a história se tornara ainda mais feliz, porque Angel conseguira aumentar o prazer de Benedict em compartilhar seu nome com um personagem importante.

Amina viera ao apartamento de Angel para ajudá-la a se vestir para a festa na embaixada da Tanzânia. Na casa dos Tungarazas, em Dar es Salaam, havia um espelho de corpo inteiro na parede do quarto de dormir e outro menor, na parte de dentro de uma das portas do guarda-roupa. Se Angel ficasse de pé num determinado lugar e virasse cuidadosamente a porta do armário, era possível ver no espelho menor um reflexo de suas costas. No entanto, tudo que havia em seu apartamento agora era um espelho na parede do banheiro que terminava na altura da cintura. Assim, só podia saber como estava sua aparência de corpo inteiro e de costas com a ajuda dos olhos de Amina.

O tecido de seu vestido novo era azul real, estampado com pequenas borboletas bordadas em dourado. As mangas eram bufantes e se estreitavam até um pequeno punho no cotovelo. Uma ampla fileira de babados se espalhava no meio, acima de uma saia longa reta, para criar uma ilusão de cintura. Uma simples corrente de ouro adornava-lhe o pescoço, acompanhada por pequenos brincos de argolas, também de ouro. Usava elegantes sandálias pretas, com saltos finos e baixos. Angel deu uma voltinha para Amina, que olhou minuciosamente para a amiga antes de revelar sua opinião.

"Quando seu marido chegar do trabalho e vir você assim, os olhos dele vão pular fora da cara e rodar pela sala como se acabassem de marcar um gol no futebol."

Angel riu. "Obrigada, Amina. *Eh*, é ótimo usar um modelo elegante e que não esteja apertado."

Amina voltou à conversa anterior. "Quando você acha que ficaremos sabendo?"

"Não sei. Depende de quanto tempo a moça vai ficar em trabalho de parto. Titi irá à loja amanhã, assim que abrir. Quando ela voltar, vai nos contar."

"Amanhã teremos de dar apoio a Leocadie, porque, se a moça não tiver o filho, será um dia difícil para ela. Mais difícil será se a moça tiver um menino."

"É", concordou Angel. "Vou falar com Eugenia e com as outras, vamos formar um grupo e nos revezar para irmos ficar com ela na loja. Leocadie não tem mãe nem irmã que a apoiem – seremos isso para ela amanhã."

7

Uma inspiração

NA MANHÃ DE SÁBADO, Angel assou dois bolos simples, de baunilha: um redondo, em duas camadas, para o jantar de Ken Akimoto naquela noite, e um grande, retangular, para a celebração de boas-vindas da família de Dieudonné no dia seguinte. Com a massa que sobrou, Angel fez uma fornada de bolinhos. À tarde, quando os bolos já tinham esfriado, ela se instalou na paz do apartamento vazio para decorá-los. Pius tinha saído com seu elegante terno para comparecer ao funeral de um colega – TB (tuberculose), todo mundo dizia, embora todos soubessem que não era TB o que queriam dizer – e as crianças estavam todas no andar de cima, com Safiya, montando um grande quebra-cabeças que o tio dela, Kalif, tinha mandado para a sobrinha. Titi fazia companhia a Leocadie na loja.

A outra namorada de Modeste já estava em trabalho de parto há dois dias e ainda não tinha dado à luz. Enquanto algumas pessoas acreditavam que o longo trabalho de parto anunciasse um menino, porque meninos eram difíceis até mesmo antes de vir ao mundo, outras especulavam que a mãe atrasava o parto intencionalmente porque temia que fosse uma menina, cujo nascimento marcaria o final de seu controle sobre Modeste.

"Não quero ficar sozinha outra vez, Mama-Grace", dissera Leocadie com sua voz pequena, baixa, de criança, quando Angel estivera na loja mais cedo naquela manhã. "Depois... Depois... Eu ficquei sozinha. Todo mundo tinha ido embora. Depois consegui Modeste e Beckham. Consegui uma família."

Enquanto a vizinhança prendia a respiração à espera de notícias, as pessoas encontravam motivo após motivo para visitar a loja de Leocadie, fazendo uma ou outra compra de última hora. Para Leocadie – às vezes lacrimosa, às vezes corajosa –, o negócio nunca andara tão bem.

Angel mais uma vez teve carta branca para decorar o bolo de Ken e resolveu que usaria as mesmas cores que ia misturar para o bolo de Dieudonné: vermelho, amarelo e verde. Claro, era possível que, com tão poucas cores, o bolo ficasse bobo, mas ela ia criar um desenho que sabia ser significativo para Ken. Ao entregar um bolo no apartamento dele, certa vez, os olhos dela tinham sido atraídos por um desenho redondo num grande pôster preto-e-branco na parede da sala. Ela perguntara a Ken sobre a imagem.

"Isto é yin e yang", explicara ele. "É um símbolo chinês que significa equilíbrio."

"Parecem duas vírgulas", observara Angel. "Ou então dois girinos: um girino preto e um girino *mzungu*."

Ken rira. "É, posso perceber isso. Um girino preto com um grande olho branco e um girino branco com um grande olho preto. Mas eles nos lembram de que nada é puramente preto ou puramente branco – nada é completamente certo ou completamente errado, totalmente positivo ou totalmente negativo. Precisamos encontrar um modo equilibrado de olhar cada situação."

"Mas por que você tem um quadro chinês na parede? Você não é japonês?"

"Na verdade, sou japonês norte-americano. Mas, agora, este símbolo se tornou universal. Gosto de me sentar aqui e olhar para ele – ele consegue me ajudar a pensar com maior clareza."

Então Angel começou a desenhar o mesmo símbolo sobre o bolo redondo de Ken. Não em preto-e-branco, mas em vermelho e verde: um girino verde com um grande olho vermelho encurvado em torno de um girino vermelho com um grande olho verde. Ao fazer isso, viu seus pensamentos seguirem à deriva, para longe de Leocadie e para perto da outra namorada de Modeste, que sofria as dores de um parto longo e difícil. O que estaria passando pela cabeça dela agora? Dar à luz uma menina significaria perder o namorado. No entanto, dar à luz um menino não era uma garantia de mantê-lo. Na ocasião em que ela concebeu esse bebê, será que ela sabia que Modeste tinha outra namorada? Será que sabia que essa outra namorada já estava carregando um bebê de Modeste? Realmente, era uma situação muito difícil para as duas moças.

Tendo completado o desenho, Angel alisou glacê amarelo por toda a volta do bolo. Em torno da parte de baixo, onde o bolo se apoiava no grande prato redondo de Ken, ela desenhou ornamentos vermelhos e verdes, num formato curvo semelhante a girinos. Levantou-se e inspecionou o bolo dos três lados de sua mesa de trabalho que não estavam encostadas à janela. Sim, era um bolo realmente muito bonito: um bolo universal que falava de equilíbrio.

Sentando-se outra vez, empurrou o bolo terminado de Ken para a extremidade da mesa e puxou o bolo de Dieudonné em sua direção. Enquanto alisava o glacê vermelho em uma extremidade do bolo, a calma da vizinhança começou a ser interrompida por um grito, distante a princípio, depois repetido e ampliado por outras vozes.

"Umukobwa!"
"Umukobwa!"

Era uma palavra kinyarwanda que Angel conhecia bem, porque uma vez tivera uma conversa com Sophie e Catherine a respeito de seu significado. A palavra descrevia a função de uma pessoa dentro da família: dizia que o objetivo daquela vida era trazer um dote para aumentar a riqueza da família. Era a palavra para indicar uma menina.

A porta do apartamento voou e Titi ficou no batente, sem fôlego e agitada.

"Tia, o bebê é uma menina!"

"*Eh!* Isso é uma boa notícia para Leocadie!"

Aí Titi correu para compartilhar a felicidade da notícia com o resto da vizinhança, voltando pouco depois para relatar que Modeste e Leocadie iriam realmente se casar. A essa altura, Angel já tinha terminado a decoração do bolo de Dieudonné, desenhando letras pretas dentro da parte central amarela da bandeira com listas de alcaçuz vindas da loja do posto de gasolina, na esquina oposta à embaixada norte-americana, porque não havia sobrado tinta preta suficiente em sua caneta *Gateau Graffito*. Ela usara tudo que restara do vermelho, verde e amarelo cobrindo a fornada de bolinhos.

Tão logo Titi correra outra vez para espalhar as notícias do noivado, o doutor Binaisa e sua filha Zahara chegaram para uma visita, trazendo as fotografias da festa de aniversário da menina. Como as crianças ainda estavam no apartamento de Amina, Zahara subiu correndo para chamar a todos.

Angel e Amina conversaram na cozinha enquanto ferviam uma grande panela de leite. O doutor Binasia e Vincenzo se certificaram de que as crianças não iriam sujar as fotografias com bolo ou glacê ao folheá-las. Safiya ficou especialmente feliz ao ver as fotos, já que perdera a festa por estar fora, em Kibuye.

"Mama-Grace, este bolo é tão lindo!", disse ela quando Angel e Amina trouxeram bandejas de chá da cozinha. "Olhe, Mama!"

Amina olhou por cima do ombro de Safiya para o aeroplano que voava sobre as nuvens e com as velas acesas na parte de trás.

"*Eh*, Angel! É um bolo muito bonito! Acho que é o mais bonito que você já fez até hoje!"

"Todo mundo na minha festa disse que nunca tinha visto um bolo tão lindo", orgulhou-se Zahara. "Todas as mães e pais estão perguntando ao Baba sobre ele."

"É verdade", Baba-Zahara confirmou. "Eu me senti muito prosa de ter sido ideia minha encomendar um bolo desses."

Angel depositou a bandeja sobre a mesa e deu uma rápida limpada nos óculos com a camiseta. "É, um genitor tem de pensar com muito cuidado sobre que bolo encomendar para o aniversário de uma criança. Não se pode encomendar qualquer bolo."

"Tem razão, Mama-Grace", declarou o doutor Binaisa. "Todo mundo queria saber quem tinha feito o bolo e onde poderiam encontrá-la. Por acaso você conhece o meu colega, o professor Pillay? Ele leciona empreendedorismo."

"Sim, conheço. Os filhos dele frequentam a mesma escola que os nossos."

"Bem, ele trouxe a filha à festa e queria saber sobre o bolo. Perguntou se eu tinha um cartão comercial seu!"

Angel riu. "Um cartão comercial meu? Isso não é algo de que alguém precise aqui. Está bem, gente importante tem cartões. Mas para quê? Todo mundo já sabe quem eles são."

"Exatamente. Aqui, você simplesmente pergunta onde encontrar a pessoa que procura e alguém lhe diz aonde ir. Um bom nome brilha no escuro. No entanto, o professor Pillay disse que não: uma pessoa sem um cartão comercial não é profissional."

Amina interrompeu: "Esse professor está enganado! Angel não tem um cartão comercial, porém ela é muito profissional. Talvez o problema esteja com esse professor, que não sabe como fazer uma simples pergunta a alguém, sobre onde encontrar a melhor fazedora de bolos".

Todos os adultos riram, e o doutor Binaisa disse: "Quando chegar o aniversário da filha do professor Pillay e ela quiser um bolo tão bonito quanto o de Zahara, então ele virá a mim e perguntará onde encontrá-la. Então vou perguntar se ele tem certeza de que quer encomendar um bolo de alguém que supostamente não é uma profissional".

"Ele virá a Angel porque ela é a melhor", falou Amina.

"E, no dia em que o professor Pillay vier me procurar, eu vou pedir o cartão comercial *dele*!", brincou Angel.

* * *

TINHA SIDO UM DIA ALEGRE, pensou Angel naquela noite, recostada nos travesseiros, com calor e incapaz de dormir, enquanto Pius ressonava calmamente a seu lado sob um cobertor. Embora observar o doutor Binaisa e sua filha, e Amina com a dela, a tivesse feito ansiar por ter Vinas a seu lado e embora Pius tivesse chegado do funeral do colega esgotado demais para ouvir como ela sentia demais a ausência da filha, ainda assim tinha sido um dia alegre.

Angel abanou o rosto com o exemplar da nova revista O, de Oprah, que pegara emprestada de Jenna, ouvindo trechos de cantigas da festa de Ken Akimoto na outra extremidade do prédio. Hoje, algumas vozes alcoolizadas cantavam a própria versão de "Massachusetts" – *and the lights all went out in Kisangani* –, gritando o nome da cidade na República Democrática do Congo em que a guerra era iminente, e depois riam alto da própria inteligência.

Ken ficara muito emocionado com o bolo e afirmara que era o melhor de Angel até então. Isso fora realmente muito gratificante. Agora, ela pensou no significado do símbolo sobre o bolo e tratou de aplicá-lo no principal evento do dia. Ela pensaria nas partes boas da situação como se pertencessem à metade verde do símbolo, e as partes ruins como se pertencessem à metade vermelha.

Modeste ia se casar com Leocadie, e eles formariam uma família com Beckham. Isso era verde. Contudo havia um círculo vermelho dentro do verde, e isso significava que Leocadie já sabia que Modeste era o tipo de homem que teria outras namoradas e que ele teria de dar uma pequena parte de seu salário para ajudar o outro bebê. A situação da outra namorada era vermelha: ela perdera o namorado para outra mulher e criaria a filha sozinha. O que poderia estar no círculo verde dessa moça? Talvez a situação dela agora estivesse clara – o que ainda não aconteceria se ela tivesse tido um menino – e o fato de Modeste ter prometido ajudá-la financeiramente com a menina. Não havia muitos homens em quem se pudesse fiar para isso. Se Modeste tivesse eletricidade e TV por satélite em casa, programas como *The bold and the beautiful* e *Days of our lives* diriam a ele sobre um teste que podia ser feito por um médico para ver se um homem era realmente o pai de um bebê. E, então, se ele não fosse o pai, podia resolver não pagar. Só que esse teste ainda não chegara a Ruanda – aqui, um homem podia resolver não pagar mesmo que nada soubesse sobre o tal teste.

Aí Angel tentou pensar a respeito do casamento de Modeste e Leocadie, que aconteceria em breve. Isso definitivamente estava na parte verde do bolo. Modeste estava sozinho porque todos de sua família haviam sido mortos. Leocadie também era sozinha – seu pai já falecera havia muitos anos, a mãe estava na prisão, os dois irmãos fugiram para o Congo com outros que também eram considerados *génocidaires*. Talvez fosse até possível que membros da família de Leocadie tivessem matado membros da família de Modeste – havia ainda tanta confusão, e também tantos acusados cujos casos não tinham data para serem julgados, que não era possível montar a história inteira de cada uma das mortes. Então, para duas pessoas assim encontrarem o amor, isso era, sem dúvida, verde: eles eram verdadeiramente *banyarwandas*.

Mas será que o círculo vermelho dentro daquele verde era a história da família deles? Ou seria isso tão grande que era a metade vermelha inteira do bolo? *Eh!* Angel não devia pensar demais sobre isso porque poderia ficar com dor de cabeça e não haveria como recorrer a ninguém tão tarde da noite para pedir um comprimido. Talvez o símbolo de Ken Akimoto fosse útil apenas para se pensar a respeito de coisas pequenas e simples. Talvez houvesse assuntos que fossem grandes e complicados demais. Política, por exemplo. E história. Talvez essas fossem coisas que não tinham a ver com equilíbrio.

Em vez disso, ela pensou em como estava contente pelo fato de tantas pessoas terem elogiado o bolo de avião que fizera para Zahara. Quando recebia elogios por seus bolos, Angel se sentia realmente muito feliz – e muito profissional. Ela largou a revista e se acomodou na posição horizontal, com cuidado para não acordar Pius, e tentou distinguir a letra da cantiga na festa de Ken: ...*Did you think I'd crumble; did you think I'd lay down and die?*...

Logo depois, ela reconheceu outras palavras, desta vez na voz de um homem: ...*Knock, knock, knocking on Heaven's door* ...

Por fim, escutou os sons da festa de Ken se derramarem pela rua e se dissolverem em despedidas ruidosas e batidas de portas de carros.

Angel adormeceu, mas não por muito tempo.

Nas primeiras horas da manhã de domingo, ela foi arrastada para fora de seu sono pelo barulho de uma gritaria na rua fora do complexo. Sentou-se e estendeu a mão para pegar os óculos no lugar onde habitualmente os deixava à noite, no chão, sob a cama, onde não pudesse pisar neles por engano. Pius já estava à janela, olhando através das cortinas.

A gritaria do lado de fora começou a ter eco do lado de dentro. As crianças no quarto ao lado começaram a despertar, assustadas. Angel correu para o quarto delas, acendeu a luz e falou o mais calmamente possível.

"Está tudo bem, crianças. O barulho é lá fora, não há nada de ruim aqui."

Daniel e Moses choravam, Benedict estava dividido entre ser criança e cair no choro ou ser corajoso, por ser o menino mais velho. Faith ainda estava com sono demais para reagir, e Grace espiava entre as cortinas para ver o que estava acontecendo na rua. Titi se sentou reta na cama e olhou para Angel com os olhos arregalados.

"Tia, a guerra começou outra vez?"

"Não, Titi, está tudo bem. Venham, crianças, saiam da janela. Vamos para a sala. Venham, tragam seus cobertores. Não vamos pegar um resfriado."

Angel acendeu a luz da sala e fez todo mundo se acomodar ali. Grace acalmava Moses, e Titi se refez o suficiente para consolar Daniel. Quando Angel teve a certeza de que todos ficariam bem, voltou a seu quarto e se uniu a Pius próximo à janela.

"O que está acontecendo?"

"É tudo em kinyarwanda e francês, de modo que não consigo seguir com exatidão", respondeu Pius. "Parece que há um problema entre Jeanne d'Arc e aquele *mzungu*."

Angel espiou na escuridão. Embora houvesse algumas lâmpadas na rua asfaltada que passava pelo lado do complexo, a estrada de terra à frente do prédio não era iluminada. Ela viu que Patrice e Kalisa, os guardas noturnos, tentavam se interpor entre Jeanne d'Arc e um rapaz cujo torso sem camisa brilhava palidamente na escuridão. Ele gesticulava feito louco. Angel o reconheceu.

"É o canadense do último andar."

"Quem é ele? Já fomos apresentados?"

"Não, ele é novo. Não sei o nome dele. Veio por pouco tempo, como consultor."

"Parece que ele quer bater em Jeanne d'Arc. As palavras dele soam muito zangadas."

Angel pensou em todas as vezes em que ela assistira ao programa *Oprah* no apartamento de Amina, sem som. Agora ela interpretava a situação fora de sua janela da mesma maneira.

"Olhe, Jeanne d'Arc está muito perturbada. Tenho certeza de que tem a ver com dinheiro. Talvez o canadense se recuse a pagar-lhe e ela esteja exigindo a quantia combinada. Mas como alguém vai ouvir alguma coisa com ela gritando desse jeito?"

Pius abriu o guarda-roupa e pegou o telefone celular do bolso do paletó. "Devo chamar a polícia?"

"A polícia? Eles vão prender Jeanne d'Arc porque ela é uma prostituta!"

"Não, eles vão prender o canadense porque ele é um *mzungu*! Eles vão preferir acreditar numa ruandesa do que num estrangeiro."

"Mas eles terão de levar os dois para a delegacia, porque agora está todo mundo olhando. Esse *mzungu* pode facilmente pagar uns dólares para que o libertem. Porém, Jeanne d'Arc terá de pagar de outro jeito. Isso será muito injusto. É melhor que Kalisa e Patrice consigam resolver o problema sem a polícia."

"Você tem razão."

"Vou fazer um leite para as crianças. Quer que eu faça para você também?"

"Quero, obrigado. Chame quando estiver pronto. Vou ficar de olho nas coisas até lá."

Angel voltou para a sala, onde seis pares de olhos sonolentos olharam para ela com medo e confusão.

"Não é nada", garantiu a todos. "São apenas duas pessoas que discutem e se esquecem de que outros estão tentando dormir. Eles logo vão se cansar, aí vamos poder dormir outra vez. Titi, venha me ajudar na cozinha. Vamos todos tomar um pouco de leite quente com mel. Tenho certeza de que depois vamos nos sentir muito melhor."

Na cozinha, Titi cochichou: "Não é a guerra, tia?".

"Não, Titi, não é a guerra. Estamos seguros."

Aliviada, Titi encheu a chaleira com água e a pôs para ferver enquanto Angel colocava colheradas de leite em pó em cada caneca. Então Angel abriu um grande pote de plástico, que antes tivera sabão em pó, e dele retirou uma colher de chá de um mel grosso, doce, para cada caneca. O mel vinha da cooperativa apícola que ficava na estrada atrás de La Baguette, a padaria belga na qual muitas *wazungus* gostavam de se sentar para beber chá com doces, e onde os bolos – muita gente tinha garantido a ela – eram muito caros e nem de longe tão gostosos quanto os seus.

Ela gostava de ir à cooperativa, onde era possível levar o próprio recipiente e enchê-lo de uma torneira que ficava na base de um enorme balde repleto de mel. Daniel e Moses gostavam especialmente de manejar a torneira e observar o líquido grosso, brilhante, se misturando na garrafa. Comprá-lo ali era um jeito de sustentar as mulheres que criavam abelhas como meio de vida. Está bem, as abelhas podiam picá-las. Mesmo assim, aquilo era mais seguro que o modo de Jeanne d'Arc ganhar a vida.

Quando a água tinha fervido e o leite doce estava pronto, Pius se uniu às crianças na sala.

"Já está tudo terminado", disse ele, "e não foi necessário chamar a polícia. Todo mundo foi para casa. Vamos beber nosso leite e voltar para a cama."

MAS A NOITE DE SONO INTERROMPIDO deixou todo mundo sonolento. Mais tarde, naquela manhã, para grande constrangimento de Angel, ela se viu sentada num banco da igreja de Saint Kizito, subitamente consciente de que dormira durante grande parte do sermão. À tarde, Pius, Titi e as crianças todas tiraram um cochilo, e Angel se instalou no sofá, com os pés sobre a mesa de centro, para ler a revista O de Jenna. Ela não tinha avançado muito na leitura quando Sophie veio visitá-la. Angel fez chá e as duas foram para um canto sombreado do pátio do complexo, onde se sentaram sobre *kangas* abertas no chão.

"Você ouviu aquela barulheira toda esta noite?", perguntou Angel.

"Não", disse Sophie. "Catherine e eu dormimos em Byumba na noite passada. As voluntárias de lá deram uma festa. Voltamos faz pouco tempo. Mas Linda nos contou a respeito. Nós nos encontramos na escada."

"*Eh*, você teve sorte de não estar aqui. Não teria dormido nessa última noite."

Sophie riu. "Você acha que durmo bem num saco de dormir no chão, com mais nove pessoas no mesmo quarto?"

Angel sacudiu a cabeça. "O que Linda disse? Ela sabe o que aconteceu?"

"Ela falou com Dave esta manhã, então ela tem informações quentes."

"Dave é o canadense?"

"Aham. Aparentemente, ele combinou o preço com Jeanne d'Arc. Depois, pegou o dinheiro de dentro de uma caixa, em seu armário, contou a quantia combinada e pagou a ela."

"Oh, eu fiquei achando que talvez ele não tivesse pago."

"Não, ele pagou. Mas espere, ainda não acabou. Então Dave foi ao banheiro. Quando voltou, o armário estava aberto, a caixa também, e todo o dinheiro tinha desaparecido – e Jeanne d'Arc também."

"*Eh?* Ela levou o dinheiro?"

"Todinho – quase dois mil dólares. Então ele correu para a janela e viu Jeanne d'Arc saindo do prédio. Gritou para Kalisa e Patrice para que a detivessem. Depois, ele vestiu as calças e correu pela rua para conseguir seu dinheiro de volta."

"*Eh!*"

"A princípio, Jeanne d'Arc negou ter pegado o dinheiro. Ela disse aos guardas que o único dinheiro que tinha era o que ele tinha lhe dado em troca de sexo. Dave ameaçou chamar a polícia, mas claro que ele não faria isso – ele próprio não seria visto exatamente sob um ângulo favorável. Mas, de qualquer modo, ela acreditou na ameaça e isso a amedrontou. Ele acabou recuperando o dinheiro todo."

"Todo? Inclusive o pagamento pelo sexo?"

"*E* mais um dinheiro que era dela! Pelo visto, ele está se sentindo muito cheio de si hoje, vangloriando-se de ter tido sexo grátis. E como uma profissional do sexo tentara... Bem, desculpe minha linguagem, Angel, mas ele está se vangloriando de que ela tentara foder com ele e, em vez disso, foi ele quem fodeu com ela. Ele acha que isso é hilariante."

"*Eh*, esse canadense não é um homem legal. Como pôde trapacear com Jeanne d'Arc dessa forma?"

"Ele foi burro. Abriu aquela caixa de dinheiro na frente dela e ela o viu colocar a caixa de volta no armário. Isso era jogar a tentação na cara dela."

"Exatamente. Está bem, ele não conhece Jeanne d'Arc. Contudo, sem dúvida, ele sabe que alguém que faz um trabalho desse não é uma pessoa rica. Roubar é errado. Mas, se ele mostrou a ela uma caixa de dólares, era como se pedisse que ela os tirasse de lá. Agora ele nem sequer pagou a ela pelo seu trabalho."

"E não é o caso de ela levá-lo ao tribunal para recuperar seu pagamento."

Angel sacudiu a cabeça: "Ahn-ahn". Tomou um gole de chá e soltou outro ahn-ahn-ahn, sacudindo outra vez a cabeça.

"E ele acha que é muito engraçado", continuou Sophie.

"Mas, *eh!* O que ele estava fazendo com dois mil dólares no apartamento? Para quem ele está fazendo consultoria?"

"Para o FMI – o Fundo Monetário Internacional."

"O FMI? Ele está trabalhando para o FMI e não quer dar a uma pessoa pobre o dinheiro que prometeu dar? Mesmo que essa pessoa pobre tenha feito o que combinou? Ahn-ahn-ahn. Ele tem meios para pagar Jeanne d'Arc cem vezes essa quantia. Em vez disso, tornou-a ainda mais pobre, enquanto ele põe todo esse dinheiro no bolso e ri dela com os amigos."

Nesse ponto, o som de uma porta se abrindo para um balcão fez com que as duas olhassem para o prédio. O egípcio apareceu no pequeno espaço perto da enorme parabólica, que ocupava a maior parte do balcão, bocejou e se espreguiçou.

Sophie se virou sobre a *kanga,* a fim de ficar com as costas para o prédio, e cochichou: "Oh, por favor, por favor, que ele não me veja!".

Tomada de surpresa, Angel instintivamente baixou os olhos para evitar qualquer interação com o homem. "O que está havendo?", sussurrou para Sophie.

"Ele ainda está lá? Dá para ver?"

Angel olhou para a entrada lateral do pátio, varrendo com os olhos aquele trajeto de maneira casual. Na fração de segundo em que o olhar dela percebeu o balcão do egípcio, ela viu que só a antena parabólica estava lá.

"Ele entrou, mas a porta ainda está aberta. O que está havendo?"

Com a voz baixa, Sophie disse: "Estou apenas envergonhada demais para cumprimentá-lo. Deus sabe como vou me comportar se o encontrar na escada ou topar com ele em algum jantar".

Angel estava muito confusa. "Por quê? O que ele fez para você?"

"Oh, é uma história constrangedora, Angel. Na verdade, nem sei se rio ou se fico com raiva."

"Então você tem de me contar essa história", insistiu Angel. "Talvez eu possa ajudá-la a decidir."

Sophie sorriu. "Bem, ontem de manhã, por volta do meio-dia, eu estava me aprontando para nossa viagem a Byumba e esperava que Catherine voltasse do Ministério, quando a empregada dele veio bater a minha porta."

"Eugenia."

"Eugenia? Oh, eu não sabia o nome dela, porém a reconheci como a empregada de Omar."

"Omar? É esse o nome dele?"

"Aham. Muito bem, ela disse que o patrão a tinha mandado lá em casa... Para pedir camisinhas!"

"*Eh?* Camisinhas?"

"Dá para acreditar?"

"*Eh!*"

"Eu mal conheço Omar! Nós só nos cumprimentávamos na escada e pronto. Se fôssemos amigos, talvez ele pudesse me pedir isso. Ou até se tivéssemos tido alguma discussão um dia e eu tivesse dito a ele que estava ensinando as meninas na escola a usarem camisinha por causa do HIV. *Talvez.*"

"*Eh!* Um homem pedir camisinhas a uma moça não é educado. Ahn-ahn. Ainda mais quando você nem sequer é amigo dela."

"Exatamente! Então fiquei realmente chocada com todos os tipos de coisas que passaram pela minha cabeça. Achei que talvez ele estivesse a fim de mim e testou para ver se eu estava disponível. Porque há homens que acham que, se uma mulher tem uma camisinha, é porque ela está disponível para fazer sexo com qualquer um."

"É, já ouvi isso. Uma de minhas clientes me contou de um caso na África do Sul em que um homem estava a ponto de estuprar uma moça e ela ficou com medo de pegar AIDS dele. Ela disse, então, que *ela* tinha AIDS e o obrigou a usar uma camisinha. Ela mesma deu a camisinha a ele. Depois, o juiz resolveu que o homem não a tinha estuprado, já que ela havia dado a camisinha a ele – isso significava que ela tinha consentido."

Sophie sacudiu a cabeça. "Esse juiz *só* podia ser homem."

"*Eh*, mas interrompi sua história. O que você fez?"

"Bem, então pensei que talvez Omar quisesse fazer sexo com essa mulher, com Eugenia, porque a gente o vê indo e vindo com uma namorada depois da outra. Achei que ele talvez insistisse no sexo, e ela insistisse na camisinha. E veio a mim, como qualquer outra mulher, para pedir uma. Se fosse esse o caso, eu não podia recusar."

"Você tem razão, Sophie. Sob essas circunstâncias, você não podia recusar. Ahn-ahn."

"Tudo isso passou pela minha cabeça em mais ou menos um segundo. Resolvi que não podia recusar e fiquei presa à outra decisão: ela disse que Omar a enviara para pedir *algumas* camisinhas. Não *uma* camisinha, mas *algumas* camisinhas. Então, quantas elas esperava que eu desse?"

"*Eh!*"

"Todo mundo sabe que, quando um vizinho vem e lhe pede um pouco de açúcar, você dá uma *xícara* de açúcar. Essa é a etiqueta. Agora, qual é a etiqueta para camisinhas? Quantas você dá? Não há livros de etiqueta a consultar para uma coisa desse tipo."

"Essa é uma decisão muito difícil de se tomar."

"Especialmente para alguém como Omar. O quarto de Catherine fica exatamente em cima do dele, e ela consegue escutar como... Bem, como ele é ativo, especialmente nos fins de semana. A janela do quarto dele está sempre aberta e tenho certeza de que ninguém é mais barulhento que ele. Então, podia esperar ou precisar de um número enorme. Mas, a essa altura, ele estava com o Land Rover parado do lado de fora, na rua, e não custaria nada a ele ir comprar algumas camisinhas a qualquer hora. Aquela farmácia na frente do banco fica aberta vinte e quatro horas, durante os sete dias da semana. De qualquer forma, era uma manhã de sábado e montes de lugares estavam abertos. Então eu podia ter dado a ele apenas um pequeno número para quebrar um galho, e ele podia sair depois comprar mais."

"E aí, o que você resolveu?"

"Bem, acabei decidindo dar para ele um daqueles pacotes que Catherine entrega nos workshops dela. É uma tira com três ou quatro camisinhas."

"Tenho certeza de que foi uma boa decisão", garantiu Angel, dando uma olhada no balcão do egípcio outra vez para verificar se ele não estava lá escutando a conversa. "Posso entender agora por que você não o quer cumprimentar."

"O que ele vai dizer para mim: 'Olá, Sophie, obrigado pelas camisinhas, gostei muito!'?"

Angel começou a rir e Sophie a acompanhou. O riso das duas ecoou pelo pátio do complexo, mas parou subitamente quando escutaram o barulho de uma porta-balcão. Os olhos de Angel dardejaram para cima e, contra sua vontade, Sophie também girou a cabeça para olhar.

Sonolenta, Titi saiu para o balcão do apartamento dos Tungarazas, acenou e sorriu.

"Você está aí, tia!"

"Oi, Titi", exclamou Angel. "Todo mundo está bem?"

"Sim, tia, eles ainda estão dormindo."

"*Sawa*, Titi. Por favor, faça um pouco mais de chá e traga até aqui para nós. Obrigada."

Quando Titi entrou de volta no apartamento, Angel se virou para Sophie e disse: "*Eh*, ainda bem que Titi não era o egípcio! Até eu não saberei como cumprimentá-lo agora".

"Pelo menos, você só vai tentar não rir. Eu ficarei com tanta vergonha que tenho certeza de que vou corar. Ele vai pensar que corei porque estou a fim dele e ficará convencido de que estou disposta a fazer sexo com ele porque tenho camisinhas de prontidão esperando."

Angel riu. "Desculpe, Sophie, eu sei que não deveria rir, pois isso pode ser um problema sério, mas não consigo evitar."

"Tudo bem, Angel, você me fez rir também."

"Então você encontrou a resposta para sua pergunta!"

"Que pergunta?"

"A pergunta sobre se você deveria rir ou ficar zangada com a história."

Sophie sorriu. "O que eu faria sem ter você com quem conversar?"

"*Eh*, você tem muitas amigas com quem conversar", disse Angel, "e fico feliz em ser uma delas. Porém, lamento estar lhe dando chá sem bolo hoje. Fiz muitos bolinhos ontem, contudo houve muitas visitas."

"Tudo bem, Angel. Na verdade, foi sobre isso que vim falar com você. Você me serviu seu delicioso bolo tantas vezes este ano que agora finalmente eu gostaria de fazer uma encomenda."

"*Eh*, Sophie, seu aniversário está chegando?"

"Não, não. Na verdade, o bolo que eu gostaria de encomendar é apenas parte do que eu gostaria de lhe pedir. Talvez eu devesse contar tudo antes de ousar fazer minha encomenda. Você pode não concordar, aí eu não vou precisar do bolo."

Angel parecia confusa. "Sophie?"

"Está bem, deixe-me explicar. Este ano todo, tentei encorajar as meninas em minha escola a pensarem no futuro delas. Elas não sabem a sorte que têm por frequentarem uma escola secundária – a maior parte das moças em Ruanda não passa do nível primário."

"Sim, e não apenas em Ruanda. Pergunte a qualquer pessoa que você encontrar de qualquer país africano e ela vai lhe dizer que será a mesma coisa na casa dela."

"Exatamente. Uma menina é apenas um membro temporário da família: ela vai crescer e se casar para viver com outra família, de modo que educá-la é visto como um desperdício de dinheiro. Então essas meninas têm muita sorte de receberem uma educação secundária, especialmente numa escola somente para meninas, na qual não são importunadas por meninos. No entanto, há poucos empregos disponíveis em Ruanda, ainda para aquelas que não são estudiosas o suficiente para frequentar a universidade. Quero que elas pensem em *criar* empregos para elas mesmas."

"Você quer dizer que elas têm de se tornar empresárias?"

"Aham!"

"Você conhece aquele professor que ensina empreendedorismo no KIST, o professor Pillay?"

"Conheço. Ele vem falar com as meninas esta semana."

"Oh, aqui está Titi com o nosso chá."

Titi descia de lado os degraus para o pátio, tentando simultaneamente ver onde punha o pé e manter um olho nas canecas de chá que trazia equilibradas numa bandeja. Sophie se levantou num pulo e foi se encontrar com ela na base da escada. Tomando a bandeja, ela agradeceu: "*Asante*, Titi. Obrigada". Era uma das poucas coisas que Sophie sabia dizer em swahili. Titi sorriu para ela e depois voltou escada acima, enquanto Sophie levava a bandeja para Angel.

"Algumas das meninas já entenderam o que estou querendo fazer e formaram o próprio clube. Para me lisonjear como professora de inglês, deram a ele um nome inglês: Girls Who Mean Business [Meninas a Sério]."

Angel uniu as mãos, empolgada. "*Eh*, é um nome muito bom para esse clube! E esse clube é uma ideia muito boa."

"É! Uma vez a cada duas semanas, elas vão convidar alguém para instrui-las depois da aula. O professor Pillay será o primeiro – ele fornecerá a elas alguns fundamentos sobre a ideia de empreendedorismo. Depois, elas querem convidar mulheres que administrem os próprios negócios para contar-lhes suas histórias."

"Para mostrar-lhes alguns passos que elas possam seguir?"

"É, e para inspirá-las."

"É uma ideia muito boa."

"Então, Angel, você poderia vir para inspirá-las quinze dias depois do professor Pillay?"

Angel estava prestes a dar um gole no chá. Ela colocou a caneca de volta na bandeja e olhou para Sophie. "Eu?" Depois bateu a mão direita no peito e perguntou outra vez. "*Eu?!*"

"Claro que você, Angel! Você é mulher! Você toca seu próprio negócio com sucesso! Você é perfeita!"

"Mas o que eu poderia dizer a elas?"

"Simplesmente diga como você começou seu negócio. Talvez conte alguns erros que cometeu ou algumas lições importantes que tenha aprendido no trajeto."

"*Eh!* Lembro que, no início, eu não sabia como calcular quanto deveria cobrar por um bolo. Eu apenas pensava em quanto o cliente acharia ser um bom preço a pagar. Não sabia como contar o número de ovos para um bolo e calcular quanto eu pagara pelos ovos tal-tal-tal. Demorou algum tempo antes de eu aprender a tirar lucro!"

"Você vê? É *exatamente* isso que as meninas precisam ouvir! E você pode contar a elas também sobre seus sucessos e mostrar o álbum de fotografias de todos os lindos bolos que já fez."

Angel já se entusiasmava com a ideia. "E posso falar com elas a respeito do que significa ser uma profissional."

"Isso será maravilhoso, Angel."

Então, de repente, Angel parou de sorrir e olhou para Sophie com uma expressão desapontada. "Mas, Sophie, como vou conseguir dizer algo a elas? Não falo kinyarwanda, nem francês!"

"Sem problemas", garantiu Sophie. "O inglês delas é razoável – não é bom, mas é razoável. Eu falo francês suficiente para ajudar, se houver algo que elas não consigam seguir. Tenho certeza de que algumas entenderão se você quiser usar algumas palavras em swahili. Nós todas traduziremos umas para as outras, e todo mundo vai entender."

"Você tem certeza de que vai funcionar?"

"Escute, se as pessoas quiserem entender alguma coisa, elas encontrarão um jeito de entendê-la. Eu conheço essas meninas. Sei que estarão todas muito interessadas no que você tiver a dizer."

"Está bem. Posso mostrar a elas meu 'Formulário de pedido de bolo', aquele que você datilografou para mim. Ele está em vários idiomas."

"Boa ideia. É de coisas práticas que elas precisam, não só de teoria. Suspeito que o professor Pillay vai ser um pouco teórico demais, então elas vão precisar de montanhas de coisas práticas depois. E é por isso que quero encomendar um bolo: quero que elas experimentem seu produto!"

"É uma ótima ideia! Claro que elas têm de provar meu bolo! Claro que vou fazer para você um preço muito bom, porque você é uma voluntária."

"Obrigada, Angel. E obrigada por concordar comigo em incentivar as meninas."

"Fico feliz por você ter me convidado, Sophie. E ficarei feliz em conhecer suas Meninas a Sério. Agora, qual vai ser a aparência do bolo?"

"Ah, deixo isso a seu encargo, Angel. Certamente, você terá ideias muito melhores que as minhas. Ainda temos duas semanas pela frente. Há tempo de sobra para você pensar nele. Depois de tomada uma decisão e calculado o preço, simplesmente me avise: preenchemos um 'Formulário de pedido de bolo' e eu lhe dou o depósito."

Um movimento nas escadas para o pátio chamou a atenção de Sophie. "Grace! Faith! Olá!"

"Oi, tia Sophie", disseram as meninas, inclinando-se cada uma para dar um grande abraço em Sophie.

"Grace", disse Angel, "antes de você se sentar, por favor, dê uma corrida até o apartamento e traga a agenda da mamãe e uma caneta." Quando Grace se virou e correu para a escada, Angel disse a Sophie: "Tenho de escrever isso em minha agenda agora. *Eh*, imagine se eu esquecer de ir falar com suas meninas! Isso não seria um bom exemplo de uma profissional!".

Sophie riu. "Não se preocupe, não vou deixar você esquecer. Agora, Faith, você e Grace gostariam de vir brincar um pouco em meu laptop lá em cima?"

"Oh, tia! Sim, por favor!"

"Tem certeza, Sophie? Elas não vão atrapalhar?"

"Claro que não. Você sabe que eu as adoro – elas me lembram minhas sobrinhas lá em casa. E Catherine saiu com o namorado. Elas não vão atrapalhar."

"Está bem, vamos subir todas, então. Não há necessidade de Grace descer aqui com minha agenda. Vá dizer a ela, Faith."

Faith disparou escadas acima enquanto Angel e Sophie reuniram suas quatro canecas de chá vazias na bandeja, sacudiram a terra vermelha das *kangas* em que estavam sentadas e se encaminharam ao apartamento de Angel.

"*Eh*, Sophie, aliás!", retomou Angel, parando a um quarto do trajeto. "Conheço outra mulher que tem o próprio negócio. Talvez você possa convidá-la para incentivar as meninas também."

"Ótimo! Quem é ela?"

Angel fez uma pausa por um momento, olhou para Sophie e disse: "Jeanne d'Arc".

Rindo, as duas terminaram de subir as escadas.

8

Um noivado

Angel sentiu a transpiração se unir numa gotícula e começar a escorrer lentamente por suas têmporas, porém ela não podia mexer nenhum dos dois braços para pegar o lenço de papel dentro do sutiã. O braço esquerdo estava imobilizado por um homem muito velho, que estava meio que sentado no colo dela e meio que a seu lado, enquanto o braço direito estava fixo pela coxa e a nádega esquerda do rapaz em pé, ao lado dela. O neto mais velho se apertava em seu colo, choramingando de dor. De fato, aquela não era uma hora conveniente para "a modificação" se manifestar.

    Incapaz de ver à frente com clareza, ela esperou até achar que não seria a única passageira a querer descer do micro-ônibus no próximo ponto, que já estava perto. Ela tinha razão: dois ou três outros passageiros começaram a entregar o valor da passagem para o cobrador que estava de pé, ao lado dela, o que indicava a intenção de desembarcarem na parada seguinte. Ela segurou firme o dinheiro da passagem com a mão direita, mas constatou que não conseguiria dá-lo ao cobrador sem espremer o punho entre o metal da porta e as nádegas do homem. Se fizesse um movimento para cima, na frente dele, sua mão ficaria entre as costas de Benedict e as partes privadas do homem. Ela resolveu não arriscar nenhuma das duas possibilidades.

Assim que o motorista parou o veículo, o cobrador habilidosamente abriu a porta de correr com a mão direita, atrás de si, e desceu com um passo para trás. Angel entregou-lhe o dinheiro e ele a ajudou, erguendo o menino de seu colo e o colocando no chão para que ela pudesse sair sozinha. Isso tornou livre um espaço para os outros desembarcarem, e novos passageiros poderem entrar. O micro-ônibus foi embora e Angel levou Benedict para a sombra de um flamboyant, onde procurou dentro do sutiã um lenço de papel e enxugou o rosto. Usou outro lenço para limpar os olhos e assoar o nariz do neto.

Ainda era cedo – eles tinham conseguido a primeira consulta do dia e estariam em casa antes das nove e meia. Ela pegou o menino pela mão e partiram juntos na direção do complexo, que ficava na extremidade mais longínqua da estrada de terra. Enquanto caminhavam, Angel fez o melhor que pôde para consolá-lo.

"Você foi muito corajoso, Benedict. Ninguém gosta de ir ao dentista, mas você foi forte como um menino grande, um adolescente. Mamãe ficou muito orgulhosa de você."

Benedict esboçou um sorriso.

"Agora, quando chegarmos em casa, você não conseguirá comer, porque sua boca ainda estará doendo. Porém, você pode beber algo. Gostaria que a mamãe fizesse um chá para você ou quer parar na loja da Leocadie e comprar um refrigerante?"

"Fanta, por favor, mamãe!", pediu Benedict com ênfase.

Claro que o dentista acabara de dar uma palestra para Angel sobre as vantagens de cortar o açúcar da dieta dos filhos. Ele tinha até mencionado especificamente refrigerantes e bolos como muito prejudiciais para os dentes de uma criança. No entanto, aquele dentista vinha de uma ilha em algum lugar do oceano Pacífico e tinha o estranho hábito de ser cristão e rezar no sábado, e não no domingo – exatamente como Prosper. Angel sabia que era muito injusto julgar uma congregação inteira em função do comportamento censurável de um de seus membros, contudo Prosper era o único adventista que ela conhecia pessoalmente, então era difícil para ela ser objetiva. Se conhecesse outros mais sensatos que ele, poderia se convencer de que o conselho do dentista deveria ser levado a sério. Todavia, até que alguém conseguisse convencê-la de que esse conselho era realmente bom, era melhor simplesmente não lhe dar bola. Tentaria se lembrar de perguntar à doutora Rejoice sobre isso.

Caminharam até depois de um muro amarelo, sobre o qual folhas de buganvília de um vermelho profundo se derramavam. Atrás do muro, invisível para quem vinha pela estrada, espalhava-se uma grande casa branca, compartilhada pelas famílias de dois dos colegas indianos de Pius. Lá, os meninos iam brincar com seus amigos de escola, Rajesh e Kamal. Miremba, a jovem babá ugandense-ruandesa dos meninos indianos, havia se tornado amiga íntima de Titi, e as duas moças tinham ido à cidade juntas naquela manhã.

Quando Angel e Benedict se aproximaram da loja de Leocadie, ela saiu e os viu caminhando para lá.

"Mama-Grace!", exclamou ela, com um aceno e um grande sorriso. Leocadie estava muito mais feliz agora que a questão com a outra namorada de Modeste fora resolvida. Aparentemente, a outra moça decidira ir com o bebê para a casa da tia dela, perto de Gisenyi, bem ao norte do país.

"Benedict, por que você não está na escola hoje?", perguntou, quando Angel e o menino chegaram à loja. "Você está doente?"

"Fui ao dentista", respondeu o garoto, abrindo bem a boca para mostrar a Leocadie o buraco de onde um dente fora extraído.

"*Eh!* Você é um menino corajoso. Ele foi corajoso, Mama-Grace?"

"Muito", garantiu Angel. "Ele teve de perder um dia de escola porque aqueles dentistas não trabalham no sábado. Ele gostaria de uma Fanta *citron* para ajudá-lo a se sentir melhor, mas nossos cascos estão todos no apartamento."

"Não tem problema, Mama-Grace, você pode levar a Fanta agora. Vou me lembrar de que você me deve um casco."

"Obrigada, Leocadie. Agora me diga: você e Modeste já começaram a fazer planos para o casamento?"

"Ainda não", ela respondeu ao entrar na loja e estender a mão para pegar a Fanta na geladeira. Nesse gesto, o refrigerador lançou luz suficiente somente para iluminar o interior escuro do contêiner, e Angel pôde perceber Beckham imóvel, dormindo na prateleira mais baixa, entre os sacos de açúcar e os rolos de papel higiênico cor-de-rosa.

"Mas que planos faremos, Mama-Grace? Como não temos família, não há negociações a respeito de dote. E não podemos dar uma festa de casamento porque não temos dinheiro."

Angel ficou muito triste por ela, essa moça cuja única felicidade consistia no fato de que o noivo a escolhera em lugar da outra moça que também tinha um bebê. E Angel logo reparou que Leocadie tinha chegado ao ponto de desconsiderar seus parentes presos e exilados como família. Talvez Angel tivesse uma parcela de culpa nisso, afinal ela fizera um relato sincero para Leocadie do encontro que tivera com a mãe dela na prisão, em Cyangugu. A mãe dela simplesmente não estava mais lá.

Depois, Angel pensou na própria filha e sobre o silêncio e a distância que cresceram entre elas. Será que Vinas sentiu que a mãe dela, como a de Leocadie, simplesmente não estava mais lá? Engolindo uma assustadora vontade de soluçar, Angel se viu falando antes de sequer saber o que ia dizer.

"Leocadie, não é verdade que você não tem família, porque eu vou ser sua mãe no casamento."

"Mama-Grace?"

"Vou ajudá-la a planejar tudo, e também farei o bolo de casamento para a festa, claro."

"*Eh*, Mama-Grace!" Os olhos de Leocadie começaram a se encher de lágrimas. "Mas nós não temos meios..."

"Bobagem! Deus vai nos ajudar a encontrar um jeito. Você deixe tudo por minha conta. Agora, tome cá meus cem francos para pagar a Fanta. Vou levar Benedict para casa e colocá-lo na cama. Ele precisa descansar depois de todo o medo e a dor que sentiu."

Leocadie estendeu a mão para a nota que Angel entregou a ela. "Obrigada, Mama-Grace. Você é uma mãe muito boa." Chorando, completou: "Estou tão feliz por você ser minha mãe no casamento!".

"Não chore, Leocadie, você vai acordar Beckham, aí *ele* que vai chorar." Angel não revelou o risco de ela mesma se unir a eles no choro.

Depois de se despedirem, Angel e Benedict caminharam os últimos poucos metros ao longo da estrada, até depois da grande caçamba verde, que finalmente fora esvaziada do lixo dos vizinhos, e seguiram para a esquina em que ficava o complexo. Podiam ver Gaspard e Modeste de pé, ali, com dois homens que, aparentemente, fizeram uma parada para um papo em seu trajeto morro acima. Cada um deles carregava uma gaiola de arame, sendo que a maior continha um grande papagaio cinzento, e a pequena um macaquinho. Devia haver mercado para essas criaturas – muitas podiam ser vistas à venda em esquinas –, porém Angel achava difícil entender por que alguém decidia compartilhar sua casa com um animal que precisava ser alimentado sem contribuir com nada. Uma galinha ou uma vaca era útil, mas um papagaio? Um macaco? Ahn-ahn.

Benedict, por outro lado, estava fascinado com o macaquinho cinzento, cujos olhos de botão vagavam, ausentes de sua cara negra, por entre as barras que o prendiam. Ele agachou ao lado da gaiola, que o homem agora tinha posto no chão, e disse oi para a criatura. Alguma coisa na voz do menino – talvez a suavidade de seu tom – despertou o macaco de sua imobilidade e, com os olhos fixos em Benedict, ele segurou as barras com as duas mãos e jogou o corpo violentamente contra a prisão, dando guinchos como uma criança aterrorizada. Largando as barras, jogou-se contra a parede da gaiola e a derrubou de lado, guinchando ainda mais alto, o que causou espanto. Isso fez Benedict chorar. O menino estava claramente consternado por ter provocado tal sofrimento no bichinho. Enquanto o homem se inclinava para pôr a gaiola de novo em pé, Angel agarrou o neto pelos braços e o levou para dentro.

Algum tempo mais tarde, depois que Benedict fora acalmado e por fim caíra no sono em sua cama e depois que Angel trocou as elegantes roupas apertadas, ela se acomodou para rever o que ia dizer naquela tarde para as Meninas a Sério. Então alguém bateu suave e continuamente à porta. Reconhecendo a batida de Modeste, e por saber ser inútil convidá-lo a entrar, já que ele não se sentia à vontade para tal, Angel foi até a porta e a abriu.

"Madame", disse Modeste, "está aqui um cliente para seus bolos."

Ao lado dele estava um soldado, um rapaz de aparência séria, vestido com um uniforme de camuflagem e botas de cano alto cáqui, com um rifle semiautomático jogado sobre o ombro. O sulco grosso de uma feia cicatriz serpenteava de seu olho esquerdo até algum lugar sob a lapela direita do uniforme.

Angel agradeceu a Modeste quando ele saiu e voltou a atenção para o soldado. "*Unasema Kiswahili?*"

"*Ndiyo, Bibi.* Sim, eu falo swahili."

"Bom. Lamento não poder falar com você em kinyarwanda."

"*Hakuna matata, Bibi.* Não tem problema." Ele deu um sorriso de dentes cor de chocolate para Angel.

"*Bwana*, você é muito bem-vindo a minha casa, mas receio que seu rifle não o seja. Meu marido e eu não permitimos armas aqui dentro."

"*Hakuna matata, Bibi*." O rapaz tirou a arma do ombro e a apoiou contra a parede do lado de fora do apartamento, com a clara intenção de deixá-la ali. Angel sentiu uma fisgada de pânico.

"Aí não é um lugar seguro para uma arma, *Bwana*. Há crianças que moram neste complexo. Uma delas pode apanhá-la e ocorreria um terrível acidente."

O soldado lançou um olhar para o rifle. "Tem razão, *Bibi*. Vou deixá-lo com seu guarda de segurança, do lado de fora." Ele correu para fora com o rifle para entregá-lo a Modeste, depois voltou para sala e sentou-se diante de Angel.

"Deixe que eu me apresente, *Bibi*. Sou Munyaneza Calixte, um capitão do exército."

"Prazer em conhecê-lo, capitão Calixte. Por favor, pode me chamar de Angel. Não me sinto à vontade com *Bibi* ou madame."

"*Sawa*, Angel. Vim aqui porque me disseram que você faz bolos para ocasiões especiais."

"É verdade, capitão Calixte. Você tem alguma ocasião especial em breve?"

O soldado assentiu com a cabeça. "Vou ficar noivo."

Angel uniu as mãos num gesto de alegria e sorriu. "Um noivado! Isso é mesmo uma ocasião especial! Vou fazer chá para nós e você me conta tudo. Enquanto isso, dê uma olhada nas fotografias em meu álbum de alguns bolos que já fiz."

Ela preparou duas canecas de chá doce condimentado e pôs alguns bolinhos enfeitados com glacê vermelho e tons escuros de verde e cinza num prato. Levou-os numa bandeja para a sala, onde encontrou o soldado examinando minuciosamente seu álbum de fotos.

"Você vê algum bolo de que goste?", perguntou ela, depositando a bandeja sobre a mesa de centro.

O capitão Calixte pareceu indeciso. "Acho que você vai precisar me aconselhar sobre que tipo de bolo devo encomendar, Angel. Não tenho certeza do que minha noiva vai gostar mais."

"Sempre fico feliz em aconselhar meus clientes", garantiu Angel. "Mas, antes de começarmos nosso chá, venha e olhe aqui sobre minha mesa de trabalho. Eu gostaria de mostrar a você meu bolo mais recente. Ainda não tenho uma foto dele no álbum."

Sobre a mesa, estava um bolo retangular comprido, decorado de uma maneira que o deixava facilmente reconhecível. Embora seu desenho tivesse sido simplificado, ele era uma enorme versão da nota ruandesa de cinco mil francos. Contra um fundo cor-de-rosa pálido, as palavras *Banque Nationale du Rwanda* cruzavam a beirada superior do bolo em letras maiúsculas, verde-escuras em cima e vermelhas embaixo. À direita dessas palavras, havia o grande número 5.000, também verde em cima e vermelho embaixo. Atravessando a beirada inferior da superfície do bolo, uma lista vermelha era acompanhada por uma lista verde. Delineadas em cor-de-rosa pálido, acima das duas listas, com as cores mostradas por transparência, havia as palavras *cinq mille francs* e outra vez o número 5.000. As letras e os números foram muito difíceis de fazer com o saco de confeitar. Na próxima vez que Ken Akimoto fosse para casa, em Washington, mandaria um bilhete para June, solicitando uma caneta *Gateau Graffito* branca.

O capitão Calixte olhou para o bolo maravilhado. Remexeu no bolso e pegou uma nota de cinco mil francos para poder fazer a comparação.

Angel apontou para a nota dele. Subindo pela lateral esquerda da nota original, havia três triângulos verde-escuros decorados com folhas, sobre as quais o número 5.000 aparecia em rosa claro, e um desenho de um pássaro em preto e branco, sentado num galho.

"Essa parte era muito difícil, com detalhes demais", explicou ela. "Eu fiz mais simples: apenas um triângulo cinzento com um 5.000 escrito em rosa sobre ele."

"Ficou muito bom. Dá para ver que você eliminou alguns detalhes, mas, ainda assim, quando olhamos para o bolo, vemos que é esta nota."

"E estes dançarinos aqui", disse Angel, apontando para a imagem na área central da nota. "Isto ia ser muito complicado. Eu não conseguiria copiar." Na imagem da nota, sete dançarinos homens se apresentavam em trajes tradicionais: saias de pele de leopardo, tiras de contas que cruzavam o peito e longos enfeites de cabeça fluidos, da cor de palha, que pareciam o cabelo louro dos *mzungus*. Na frente deles, estavam quatro dançarinas vestidas com camisetas sem manga e saias-envelopes na altura do joelho. Havia uma fileira de contas em torno de cada testa, e fileiras de campainhas ou chocalhos de sementes em volta dos tornozelos.

O capitão sacudiu a cabeça. "Não, esta imagem é muito complicada para seu bolo, dá para notar. Mas o que é isso escrito no lugar dela?"

"Bem, retirei estas palavras da nota, *Payables à vue*, e acrescentei *aux Girls Who Mean Business*, que é o nome de um clube onde vou dar uma palestra hoje à tarde. As moças que vão assistir a minha exposição têm planos de tocar os próprios negócios depois de terminarem a escola. Se você olhar para os lados deste bolo, aqui, em torno dele todo, pus listas finas vermelhas para indicar que isto é, na verdade, uma grande pilha de dinheiro."

"*Eh*, bem bolado. Então este bolo quer dizer que essas moças vão ganhar um monte de dinheiro com seus negócios."

"Exatamente."

Angel tinha pensado em fazer um bolo de dólar norte-americano, em vez de um bolo com a moeda francesa, porém, ao examinar cuidadosamente uma nota de cem dólares da carteira de Pius, vira que ela é muito monótona: bege com cinza e só um pouquinho de verde, com uma enorme imagem de um *mzungu* velho e feio. Aquilo não era uma imagem inspiradora para aquelas meninas. Além disso, era bem provável que nenhuma delas tivesse sequer visto uma nota de cem dólares, então talvez elas poderiam não entender de imediato o que o bolo de dólar queria dizer. Não, o dinheiro ruandês era uma escolha muito melhor – falaria com elas na linguagem delas.

Os dois se sentaram e beberam o chá. Angel observou os dentes cor de chocolate da visita morderem um bolinho de chocolate. Ela quase conseguia escutar o dentista adventista ficar sem fôlego.

"Capitão Calixte", começou ela, "esta é a primeira vez que converso com um soldado do exército ruandês e, se vou aconselhá-lo sobre seu bolo de noivado, ajudaria se eu soubesse algo a seu respeito. Você me contaria sobre sua noiva e algo sobre sua vida como soldado?"

Calixte engoliu seu pedaço de bolo e depois o deglutiu com a ajuda de um grande gole de chá. "Minha vida como soldado", repetiu, virando a cabeça e olhando pela janela. Ficou calado durante tanto tempo que Angel pensou se não deveria dizer alguma coisa para chamá-lo de volta de onde estivesse. Por fim, ele se voltou outra vez para ela e, inclinando-se para a frente, olhou-a diretamente nos olhos. "Posso falar com você abertamente, Angel?"

"Claro que pode", assegurou ela. "Você é meu cliente. Jamais repetirei o que você me disser, porque sei como uma profissional deve se comportar."

"Isso é bom. E você também é *umunyamahanga*, uma estrangeira, de modo que, para mim, é seguro falar com você. É porque fui pego de surpresa ao pensar na *minha vida como soldado*. Claro que pensei muitas vezes sobre *ser* um soldado, mas nunca pensei nisso como minha vida. Não era a vida que eu queria." Mais uma vez, o olhar dele se desviou para a luz da janela.

Angel esperou alguns momentos antes de incentivá-lo. "Então, se sentiria melhor se eu lhe perguntasse como é *ser* um soldado?"

A visita de Angel se virou mais uma vez para ela e, para seu alívio, riu. "Você pode perguntar isso de qualquer maneira, porque, queira eu ou não, ser um soldado e a minha vida como soldado são, na realidade, a mesma coisa. Até agora, pelo menos."

"Conte-me sobre ela, então."

"*Sawa*. Antes de minha vida como soldado, houve minha vida como menino de escola. Eu morava perto de Ruhengeri com meu pai. Éramos só nós dois, porque minha mãe e minhas irmãs não sobreviveram ao genocídio. Eu não era muito bom aluno, porém sonhava em me tornar um dia professor numa escola vocacional. Era muito habilidoso com as mãos e me interessava por marcenaria e carpintaria. Meu pai me ensinou. Certo dia, estava voltando da escola para casa com três outros meninos, e alguns soldados pararam a nosso lado num caminhão. Eles perguntaram se podíamos orientá-los sobre algum lugar, que era um pouco distante, e disseram que nos pagariam se fôssemos com eles para mostrar onde era. Claro que meus amigos e eu concordamos e subimos na traseira do veículo. Havia muitos soldados ali. Logo ficou nítido que eles não tinham interesse em encontrar o tal lugar – eles andaram conosco por muitos, muitos quilômetros, recusando-se a nos deixar descer. Começou a escurecer, e um de meus amigos começou a entrar em pânico e a insistir para que nos deixassem descer, mas, mesmo assim, eles se recusaram. Então, por fim, quando a noite estava completamente negra, eles saíram da estrada. Meu amigo que entrara em pânico empurrou alguns deles e desceu do caminhão, amaldiçoando-os. Eles riram dele e depois mataram-no a tiros."

"*Eh!*" Angel derramou um pouco de chá sobre sua *kanga*, fato que nem notou. "*Mataram?*" Ela pensou em Joseph, morto em casa pela bala de um assaltante.

"Mataram. Depois riram um pouco mais e disseram que também iriam nos matar se causássemos problemas. Mais tarde, naquela noite, chegamos num lugar qualquer e fomos levados para umas tendas, para dormir. Havia outros meninos ali e eles nos contaram que também haviam sido sequestrados. Seríamos treinados como soldados, disseram eles. E foi assim que terminou minha vida como menino de escola e começou minha vida de soldado."

"É uma história muito triste", disse Angel, sacudindo a cabeça. "Não era possível fugir?"

"Sabíamos que, se tentássemos fugir, seríamos mortos. Vimos acontecer com outros. Éramos dependentes dos soldados por causa dos alimentos e não tínhamos ideia de onde estávamos ou do que aconteceria com alguém que conseguisse fugir. Então paramos de pensar em fuga e nos concentramos em sermos bons soldados. Achamos que, uma vez que eles nos dessem armas, então poderíamos dar o fora. No entanto, de alguma maneira, quando nos deram as armas, tínhamos perdido a vontade de ir embora. Havíamos nos tornado soldados." Calixte deu de ombros, incapaz de explicar.

"Não é a primeira vez que escuto uma história como essa", comentou Angel. "Eu sei que não é uma coisa impossível de acontecer. Já ocorreu em outros países."

"Levaram-me para lutar no Congo, perto de Kisangani. Fiquei lá durante muito tempo. *Eh!* As coisas que fizemos e vimos lá!" Sacudiu a cabeça. "Não consigo falar dessas coisas. Meu coração ficou vazio por muito tempo, e o único jeito de eu continuar, dia após dia, foi fazer com que minha mente também ficasse vazia. Não consigo me lembrar de meses e até de anos, mesmo que eu queira." Bebeu um pouco do chá e terminou o bolinho. "Então, esta é minha vida como soldado."

Angel ficou um pouco em silêncio antes de perguntar: "E seu pai?".

"Nunca mais o vi. Algum tempo atrás, tive a oportunidade de ir a Ruhengeri, porém descobri que ele já tinha falecido. Nem sei se ele chegou a me procurar. Nem sei o que ele pensou naquele dia quando não cheguei da escola."

"*Eh*, isso é muito triste", disse Angel.

Calixte sacudiu a cabeça. "As coisas só são tristes quando você se permite senti-las."

"E você não se permite senti-las?"

"Eu lhe disse: meu coração está vazio."

Angel tentou aliviar o ambiente, que se tornara desconfortavelmente pesado. Ela sorriu esperançosa. "Mas você está apaixonado, capitão Calixte! Você está ficando noivo! Como pode seu coração estar vazio?"

Ele sacudiu outra vez a cabeça, rindo de um jeito oco. "Não estou apaixonado, Angel. Não há amor em meu coração. Eu lhe disse: está vazio."

"Mas, se seu coração está vazio, então por que vai se casar?"

"É simples: é porque a minha *mente* já não está mais vazia."

"Capitão Calixte, agora você está me confundindo", disse Angel, retirando os óculos e os segurando no colo. "O que há em sua mente?"

Ele deu um gole no chá. "Um plano."

"Um plano?"

"É, um plano. Uma saída. Eu não quero mais ser soldado, Angel. Nunca foi o que quis. Quero ser desligado, contudo também não é bem isso que quero. Muitos soldados foram desligados e não têm o que fazer. Não cheguei a concluir minha instrução, então o que faria fora do exército? Nada. Então, vou me casar com uma *mzungu* e ela me levará com ela para seu país natal. Esse será meu jeito de dar o fora."

Angel pensou sobre isso por um instante. "E, em seu plano, o que você fará quando estiver com sua *mzungu* no país dela?"

Ele riu outra vez. "Por que precisaria fazer alguma coisa? Não vou precisar de um emprego."

"Então a sua noiva é rica?"

"Todas as *wazungus* são ricas."

Angel começou a esfregar delicadamente os óculos com a beirada da *kanga*. O capitão Calixte tinha razão: as *wazungus* de Kigali de fato ganhavam muito bem em suas organizações internacionais. Além do ordenado, algumas até recebiam uma quantia a mais por dia, para compensar o fato de terem de morar num país que diziam ser de risco. A maior parte dos ruandeses não ganhava tudo aquilo em um mês. Mas será que a moça que ia se casar com esse soldado sabia que ele só queria seu dinheiro e seu passaporte? Que ela era apenas útil para seu plano?"

"Você já a pediu em noivado, capitão Calixte? Ela concordou em ser sua noiva?"

"Ainda não. Mas claro que vai aceitar. Será impossível para ela dizer não."

A mente de Angel pulou para o rifle semiautomático do soldado. Ele não a forçaria tendo-a sob a mira de uma arma, certo? A esfregação nos óculos se tornou um tanto frenética à medida que um pensamento perturbador entrou na cabeça dela: o soldado sentado em sua sala podia bem ser maluco. Não era impossível que a guerra levasse um homem para além dos limites. Entretanto, se ele planejava forçar essa moça a se casar com ele, então por que ele estaria encomendando um bolo para celebrar o noivado? A ideia fez Angel se sentir um pouco mais tranquila.

"Por que será impossível para ela lhe dizer não, capitão?"

"Porque estudei as mulheres *wazungus* cuidadosamente", ele respondeu. "Notei três coisas a respeito delas: número um, elas gostam de coisas bonitas; número dois, elas preferem que tudo seja bem planejado; e número três, elas têm preocupação com a própria segurança."

Angel pensou um momento, fazendo uma pausa na limpeza dos óculos. "Na verdade, não posso discordar de qualquer uma dessas coisas."

"Então, quando eu a pedir em casamento, primeiro vou dar a ela esta coisa linda." Ele enfiou a mão dentro da gola, nas costas, e retirou um longo cordão que tinha no pescoço, escondido dentro da farda. Pendurado no cordão por um nó, havia um pequeno pacote de pano marrom bem sujo. Ele desatou o nó e tirou do pedaço de pano um pequeno e reluzente diamante.

"*Eh!*" Recolocando os óculos, Angel pegou o diamante e o examinou com cuidado. "Esta é realmente uma coisa linda, capitão Calixte. E as mulheres *wazungus* adoram ganhar um diamante de noivado – faz parte de sua tradição." Devolveu o diamante a ele. "Mas você é uma pessoa rica, com meios para comprar este diamante?"

Calixte riu enquanto envolvia o diamante outra vez no pano, refazia o nó no cordão e o recolocava no pescoço. "Você não precisa de dinheiro para conseguir um diamante no Congo, Angel. Tudo de que necessita são dedos rápidos – ou uma arma. Você acha que os soldados estão lá só para lutar?"

Calixte se recostou e acabou o chá. Angel não ofereceu mais.

"Está bem, você tem este lindo diamante. Agora, como você vai mostrar a ela que é bom em planejamento?"

"É aí que entra o bolo. Podemos ter uma festa de noivado no minuto em que ela disser sim."

Angel limpou a garganta antes de falar. "Contudo você não acha que talvez ela queira planejar a festa com antecedência e convidar as amigas?"

"Ela pode telefonar para elas."

"Sei. Mas então... Não seria a festa... Surpresa?"

"Não, seria planejada, porque eu planejei o bolo. *Wazungu* não pode ter festa sem bolo."

Angel não quis insistir – se o fizesse, ele poderia ficar convencido a não encomendar o bolo que viera pedir. "E, então, como você vai lidar com a terceira questão, a da segurança dela? Será que ela vai se sentir segura pelo simples fato de você ser soldado?"

"Não, de jeito nenhum. Vou mostrar a ela meu certificado." Ele tateou dentro do bolso da calça e de lá extraiu um papel, que desdobrou e entregou a Angel. Era a fotocópia de um tipo de documento, escrito em kinyarwanda e em francês, com um carimbo no canto inferior direito que parecia ser oficial.

"O que é este certificado?", perguntou ela. "O que diz aqui?"

"Diz que meu teste de HIV deu negativo."

Angel procurou qualquer palavra que pudesse reconhecer. Dito e feito: lá estavam as letras VIH – HIV em francês – e uma palavra em francês que parecia muito com a palavra em inglês *negativo*. Numa linha pontilhada, no meio do documento, o nome Munyaneza Ntagahera Calixte fora escrito à máquina. Era, sem dúvida, o certificado de Calixte. Mas será que este homem com quem ela estava falando era mesmo Calixte? Alguém tinha de tomar providências, porque era muito fácil alguém fingir ser soronegativo com um certificado emprestado. Esse era um dos perigos que Angel aprendera com Odile. Então ela observou a data no carimbo oficial.

"Capitão Calixte, este teste foi feito há quase dois anos."

"E daí?"

"Daí que não é possível que este resultado seja... Bem... *Velho*? Será que sua namorada não vai querer ver um certificado recente?"

"Por quê?"

Angel ficou exasperada. Será que este homem, além de maluco, era ignorante? "Há quanto tempo sua namorada o conhece, capitão Calixte? Ela confia em você?"

"Ela ainda não me conhece, Angel, mas tenho certeza de que confiará em mim quando eu me apresentar a ela com meu diamante, o certificado e o bolo."

Angel olhou para ele e piscou algumas vezes, sem dizer uma palavra. Depois pigarreou e disse: "Estou confusa, capitão Calixte. Você está me dizendo que você e sua futura noiva na verdade ainda não se conhecem?".

"Não."

"Não é a sua resposta? Ou não, vocês realmente ainda não se conhecem?"

"Não nos conhecemos. Planejo me apresentar a ela assim que meu bolo ficar pronto."

Angel tirou os óculos e fechou os olhos. Respirou fundo. "Então você está planejando se apresentar a ela, mostrar seu certificado, pedi-la em casamento, dar a ela o diamante e fazer com que ela imediatamente telefone para as amigas, para virem comer o bolo que você trouxe para comemorar o noivado."

"Sim. Podemos nos casar aqui ou no país dela – isso para mim não tem importância. O essencial é que ela me leve quando terminar sua estada aqui. É assim que vou fugir. É este meu plano."

Angel ainda não abrira os olhos. Ela queria desesperadamente uma xícara de leite, chá condimentado e uma grande quantidade de açúcar, mas, se ela fizesse um chá para ela, seria obrigada a oferecê-lo também à visita – e o lugar da visita era provavelmente num hospital psiquiátrico em Ndera. Não queria que aquele homem permanecesse em seu apartamento por mais tempo que o necessário.

"Certo", disse ela, abrindo os olhos e recolocando os óculos. "Então vamos nos certificar de que seu bolo seja muito bonito. Agora, você não conhece essa moça, então você não sabe de que tipo de bolo ela gostaria. Teremos de escolher algo..."

Calixte interrompeu. "Mas *você* conhece a moça, Angel. Eu já a vi conversando com ela na rua, na entrada da Igreja de Saint Michael. Você pode me aconselhar sobre o que ela gosta."

Angel não tinha certeza se aguentaria mais, porém tinha de perguntar.

"Quem é ela?"

Quando Calixte disse o nome, ela soltou um suspiro profundo e enterrou a cabeça nas mãos.

PARA A PALESTRA DAS MENINAS A SÉRIO, Angel trajou o mesmo vestido que usara na embaixada da Tanzânia – ele a fazia parecer elegante e profissional, além de ter a vantagem adicional de ser solto o suficiente para facilitar a subida e a descida do assento dianteiro da Pajero de Ken Akimoto, que tinha sido reservada com antecedência para a ida até a escola de Sophie.

Equilibrando cuidadosamente a placa que levava o bolo-dinheiro no colo, Angel contou a Bosco sobre o homem que a visitara naquele dia, mais cedo.

"*Eh*, tia! Acho que você não se sentiu segura com aquele soldado em sua casa. Você achou que ele ia matá-la quando se recusou a fazer o bolo?"

"Não, é claro que não. O rifle dele ficou do lado de fora, com Modeste. Mas ele fez com que eu me sentisse muito desconfortável. Acho que ele não é certo da cabeça."

"Por quê, tia?"

"Por quê? Bosco, você não escutou minha história? Como você pode me perguntar por que eu acho que ele é doido? *Eh*, Bosco! Por favor, vá mais devagar nessas curvas, senão meu bolo vai desmontar."

"Desculpe, tia, é só porque quero chegar à escola na hora. Prometo que não vou deixar seu bolo desmanchar. É muito bonito."

"Obrigada, Bosco."

"É claro que escutei a história, tia. Foi a história de um menino obrigado a se tornar soldado e a fazer coisas terríveis. Agora ele quer fugir disso para uma vida melhor. O que há de doidice nisso, tia?"

Angel pensou. A síntese de Bosco fazia o capitão Calixte parecer perfeitamente lúcido. "Mas ele realmente esperava que ela concordasse em se casar com ele!"

"Tia, você acha que ele é o único homem aqui que gostaria de se casar com essa moça? Até o senhor Akimoto gosta dela, só que ele já tem uma esposa nos Estados Unidos. Eu mesmo a pediria em casamento, porém não a amo."

"É claro que não estou falando mal dela. Tenho certeza de que muitos homens gostariam de pedi-la em casamento, mas esse soldado chegou ao ponto de planejar tudo."

"Isso quer dizer que, quando um homem faz planos para fazer algo que os demais só sonham em fazer, então esse homem é maluco?"

A conversa começava a incomodá-la. "Você está me deixando confusa, Bosco", ela disse e então ficou calada por algum tempo.

Por fim, Bosco falou: "Tia, você sabe que há muitas moças que gostariam de se casar com *wazungu* para ter uma vida melhor em algum outro lugar. E há moças como essas não apenas aqui, mas em Uganda também".

"Tem razão, Bosco. Na Tanzânia também."

"Essas moças são malucas, tia?"

"*Eh*, Bosco! Já percebi que você quer que eu diga não, essas moças não são malucas. Então você vai perguntar por que eu digo que um homem é maluco quando ele quer a mesma coisa."

Bosco riu. "Exatamente, tia."

Angel sorriu. "Sabe, Bosco, acho que talvez você esteja dando carona demais a Sophie e Catherine. Vejo que elas o ensinaram a não aceitar uma ideia para as moças e outra para os rapazes."

"Não foram Sophie e Catherine que me ensinaram isso, tia." Boscou abriu um amplo sorriso.

"Ah", disse Angel. "Alice."

"É, tia."

"Quando vou conhecer essa Alice, Bosco? Você só fica dizendo que vou conhecê-la em breve."

"Muito, muito em breve, tia." Bosco parou onde outra estrada de terra cruzava aquela em que estavam e perguntou para um homem que empurrava uma bicicleta, com uma pesada cesta de batatas amarrada atrás do assento, qual era o caminho para a escola. Eles dobraram à esquerda.

"De qualquer modo", disse Angel, "fico contente pelo soldado ter vindo me ver hoje, já que a visita dele me deu outra ideia para minha palestra desta tarde. Sabe, Bosco, nunca tinha me recusado a fazer um bolo. Tudo bem, uma ou duas vezes disse não porque alguém me pediu muito em cima da hora – encomendou na hora do almoço e queria que o bolo ficasse pronto de tarde. Mas nunca tinha recusado até então. E nunca achei que um dia eu o faria. Então foi bom isso acontecer hoje, pois agora posso conversar com as meninas a respeito de minha experiência pessoal em ética."

Pius falava de ética com muita frequência e, de vez em quando, tentava estimular discussões sobre o assunto com as crianças.

"Digamos", declarara ele durante o jantar, "que o time nacional de futebol da Tanzânia precisasse de um patrocinador, por não ter meios de viajar para jogar na Copa da África. Se os fabricantes da cerveja Safari se oferecessem para patrocinar nosso time, seria certo que ele aceitasse o patrocínio?"

Os meninos disseram que sim. Então Faith, ao ver a reação do avô à resposta positiva, respondeu que não.

Grace explicou: "Não, porque se os jogadores bebessem Safari, eles não conseguiriam jogar bem e perderiam".

Titi tinha uma resposta mais geral. "Cerveja não é uma coisa boa, tio."

"Eles não deveriam aceitar", Pius então explicou, "porque nossos jogadores muçulmanos não concordariam em jogar para um time pago por bebida alcoólica. Não seria ético para eles fazer parte desse time. Assim, aceitar esse patrocínio seria excluir os jogadores de determinada religião. E isso não seria ético."

As crianças e Titi olharam para Pius com olhos arregalados. Angel mudou de assunto.

Hoje, no entanto, Angel estava grata por aquelas discussões, porque elas a ajudaram a decidir o que fazer esta manhã. É óbvio que ela teria de avisar a amiga sobre o capitão Calixte, seria errado não fazer isso. Contudo, como o capitão Calixte era seu cliente, ela era obrigada a ser profissional e manter em segredo a conversa que tivera com ele. Portanto, não seria certo contar à amiga. Certamente, não poderia ter a moça como amiga *e* o soldado como cliente. Mas, se ela não aceitasse o soldado como cliente – se ela se recusasse a fazer o bolo para ele –, era possível que ele pudesse convencer outras pessoas a não fazer negócio com ela. E, se ela o aceitasse como cliente, ela poderia arranjar muitos clientes com os amigos dele do exército. Então, o que era mais importante: amizade ou negócios? Isso seria uma boa questão a ser discutida com as Meninas a Sério.

Nos portões da escola, duas meninas vestidas com o elegante uniforme da escola esperavam para dar as boas-vindas a Angel. Elas a levaram até a sala de aula onde o clube se reunia e Sophie a esperava. Angel insistiu para que Bosco voltasse para casa, já que, sem o bolo, não haveria problema de ela voltar com um micro-ônibus, porém ele resolveu esperá-la ali.

A palestra foi muito boa: as meninas estavam curiosas e interessadas e não houve qualquer problema com o idioma que não pudesse ser resolvido. Algumas ficaram gratas por descobrir que Angel tinha um negócio *e* uma família, pois imaginavam que teriam de escolher entre uma coisa e outra. E a história de Angel a respeito da ética iniciou um debate animado – ela falou de uma maneira que as meninas notassem que ela não citava o *nome* do soldado ou de qualquer outra pessoa, já que isso não seria ético, embora ele não tivesse se tornado efetivamente seu cliente. O bolo, claro, foi um tremendo sucesso.

No final da palestra, a presidente do clube se levantou e fez um breve discurso, agradecendo a Angel por suas dicas práticas, que eram tão bem-vindas depois da análise teórica do professor Pillay. Angel foi presenteada com um brinde, um pequeno porta-retrato de tiras de fibra de bananeira trançadas. Os aplausos aqueceram o coração de Angel, compensando sua difícil manhã.

Sophie ficou para trás, para apanhar seus livros e trancar a sala, enquanto Angel caminhou até a Pajero, carregando o suporte vazio do bolo. Ela estava com seu álbum de fotografias debaixo do braço e, na outra mão, levava uma fatia de bolo para Bosco. Ele não estava no veículo. Olhou em torno e o viu sentado à sombra de uma árvore, conversando com uma jovem de uniforme. Deixou o suporte do bolo apoiado na Pajero, o álbum de fotos no teto do veículo, e foi até a árvore.

Ao vê-la caminhando em sua direção, Bosco se levantou rapidamente e sacudiu as calças para livrá-las de qualquer folha ou sujeira.

"Oi, tia. Foi tudo bem?"

"Muito! *Eh*, eu me diverti esta tarde!"

Bosco apontou para a jovem, que se levantou e sacudiu a roupa muito mais delicadamente do que ele tinha feito. "Tia, por favor, deixe-me apresentar minha amiga Alice."

"*Eh!* Alice!", disse Angel, apertando a mão da moça. "Prazer em conhecê-la."

"Prazer em conhecê-la também, tia." A jovem falou com ela em inglês. "Lamento que meu swahili não seja bom, mas tenho uma boa professora de inglês."

"A senhorita Sophie é sua professora?"

"É sim, tia. Temos muita sorte em ter uma professora de inglês que veio lá de longe, da Inglaterra."

"Muita sorte", concordou Angel. "Bosco vivia me dizendo que iria me apresentar a você logo, logo."

Boscou sorriu. "Esta tarde eu lhe disse que seria muito, muito em breve, tia."

"É verdade, Bosco. Então, Alice, acredito que você seja a amiga da irmã da esposa do irmão de Odile?"

"Sou sim, tia. Minha amiga está aqui, nesta escola, e a irmã mais velha dela é casada com o irmão de Odile, Emmanuel." O sorriso bonito da menina transformava sua fisionomia comum.

"E você não é uma Menina a Sério?"

Alice riu. "Não, tia, sou uma menina que vai estudar numa universidade."

"Isso é ótimo. *Eh*, Bosco, guardei um pedaço de bolo para você, porém agora vejo que devia ter guardado dois pedaços."

"Não há problema, tia", disse Bosco, pegando o pedaço de bolo que estava embrulhado num guardanapo de papel. Deu-o a Alice. "Já provei os bolos da tia antes. Agora é a vez de Alice."

"Oh, obrigada, Bosco. Obrigada, tia. Não vou dividi-lo com minha amiga, porque ela já ganhou um pedaço – ela é uma Menina a Sério. Vai me contar tudo o que você disse, tia."

"Isso é bom." Pelo canto do olho, Angel viu Sophie caminhando na direção da Pajero para pegar uma carona de volta ao complexo com ela e Bosco. Ela apertou a mão de Alice outra vez e disse a Bosco que não se apressasse na despedida da moça, já que ela queria ouvir a opinião de Sophie sobre sua palestra. Bosco deu a ela as chaves do veículo.

Assim que as duas mulheres entraram na Pajero, Angel se virou para encarar Sophie: "Sabe a amiga cujo nome eu não quis revelar quando falava sobre aquele soldado e a questão ética?".

"Aham?"

"Sophie, aquela amiga é você."

9

Uma despedida

A ESTAÇÃO DAS PEQUENAS CHUVAS CHEGARA A KIGALI, baixando a poeira e trazendo precipitações curtas e repentinas, que o solo vermelho, seco, bebia sedento. No entanto, a chuva não tinha feito muito para melhorar a falta d'água na cidade – mais ou menos durante a última hora, as torneiras no apartamento de Angel não tinham liberado nem sequer uma gota. Por sorte, os Tungarazas sempre mantinham um bujão de plástico amarelo cheio de água na cozinha, de modo que o chá podia ser feito sob essas circunstâncias.

Angel e Thérèse estavam agora sentadas, bebericando chá à sombra do pátio do complexo enquanto esperavam os resultados da aula de bolo esfriarem. Thérèse examinou as anotações que fizera numa folha de papel.

"Então, se um bolo com quatro ovos precisa de duas xícaras de farinha, uma xícara de açúcar e uma de margarina, podemos dizer que, para cada ovo, deverá haver meia xícara de farinha, um quarto de xícara de açúcar e outro quarto de xícara de margarina?"

"Exatamente, Thérèse. E meia colher das de chá de fermento em pó. Você não deve se esquecer desse ingrediente, pois, sem ele, o bolo não vai crescer. Quando fui a sua casa testar o forno, a mistura que levei tinha apenas dois ovos e uma xícara de farinha. Era um bolo muito pequeno, porém teria sido um desperdício fazer um bolo grande num forno que poderia não funcionar."

"Estou tão feliz por ter dado certo!", declarou Thérèse. "Lembro que, enquanto esperávamos aquele bolo ficar assado, eu estava com medo de que ele saísse de um daqueles jeitos que você tinha avisado – que queimaria de um lado ou cresceria mais de um lado que do outro. Mas saiu perfeito, *eh*, fiquei aliviada."

Angel conhecera Thérèse durante uma de suas visitas ao centro em Biryogo, onde Odile trabalhava. Thérèse procurou por Angel enquanto ela conversava com uma mulher deitada numa esteira no chão da pequena área de asilo, nos fundos do centro.

"Madame", dissera Thérèse, "creio que seja a senhora dos bolos."

"Sim, sou. Meu nome é Angel."

"Sou Thérèse." Elas se apertaram as mãos. "A enfermeira Odile me disse que você estava aqui."

Angel lançou um olhar para a mulher deitada na esteira, ela agora adormecera. "Por favor, sente-se aqui conosco, Thérèse. Não quero deixar esta senhora sozinha."

Thérèse se sentou no chão, em frente a Angel, com as pernas esticadas adiante. Sem querer, ela bloqueou da visão de Angel a cena da mãe com o bebê que a tinha perturbado como cem sapos assustados pulando numa lagoa imóvel. Durante um momento – apenas um breve momento –, a mãe e seu filho desesperadamente doente lhe lembraram Vinas e seu bebê minúsculo, aquele que faleceu depois de poucos meses.

Angel sorriu com alívio para a mulher que agora oferecia a esses cem sapos a oportunidade de voltar à terra seca e se instalarem ali, permitindo que a água da lagoa ficasse outra vez imóvel. "Fale-me sobre você, Thérèse, e diga-me por que você veio falar com a senhora dos bolos."

Thérèse sorriu de volta. Algo nela lembrava Grace: ela era alta e delgada, porém com um ar forte.

"Estou doente, Angel, mas estou bem. Tenho sorte de que o centro tenha me escolhido para receber a medicação. Tenho duas filhas pequenas e devo estar bem para cuidar delas até ficarem grandes." Angel percebeu que tinha de se concentrar: Thérèse falava com a velocidade de uma metralhadora AK-47. "Meu marido faleceu, e também meu filho mais novo, um menino, porém minhas meninas estão bem, não estão doentes. É minha responsabilidade ganhar dinheiro para nos alimentar e mandar minhas filhas para a escola. Se elas conseguirem completar sua instrução, então um dia terão capacidade para morar em uma parte melhor de Kigali do que Biryogo."

Angel se aproveitou de um breve silêncio enquanto Thérèse fez uma pausa para recarregar. "Esse é um bom sonho para suas filhas. Quanto você está ganhando, Thérèse?"

"Isso tem sido um problema, porque não tenho emprego. Mas, Angel, eu tenho um forno! Pertencia à mãe de meu marido e veio para mim depois que ela faleceu. Nunca o usei porque precisava de um reservatório de gás, que é tão caro. Estamos usando o forno como armário, mas, quando ouvi falar em você, tive a ideia de que talvez eu pudesse usá-lo para assar alguns bolos e vendê-los."

"Essa é uma ideia muito boa."

"É. Tenho comprado caixas de tomates no mercado. Depois os vendo em sacos pequenos na rua, assim tenho conseguido guardar dinheiro. Agora já tenho o suficiente para comprar um reservatório de gás. Já limpei o forno. Ele está pronto para assar bolos."

"*Eh*, você deu duro."

"Sim, mas não sei fazer bolos."

"*Eh?*"

"Não sei. Por isso estou pedindo a você: Angel, você me ensina?"

Angel explicara a Thérèse que não era qualquer forno que podia assar um bolo: alguns eram muito fracos; alguns ficavam quentes demais; outros ficavam mais quentes de um lado que do outro. Primeiro, teriam de testar o forno de Thérèse. Se ele fosse bom para bolos, então Angel teria o maior prazer em ensiná-la.

Na semana seguinte, Angel visitara Thérèse, levando consigo sua forma pequena, já untada e enfarinhada, e um pote plástico bem fechado, no qual os ingredientes para um bolo de dois ovos já estavam misturados.

O forno a gás estava reluzente no canto de uma apertada casa de um só cômodo, com o reservatório de gás ao lado. Angel percebeu de imediato que o eletrodoméstico estava ligeiramente inclinado para trás na superfície desigual do chão nu. Ela mandara as filhas de Thérèse pedir aos vizinhos uma garrafa de Fanta e, quando as meninas voltaram, deitou a garrafa de lado sobre a parte de cima do forno. Junto com Thérèse, empurrara pedaços de papelão sob os pés traseiros do forno, até que as meninas, de pé em cima de um caixote, avisaram que a bolha de ar agora se posicionava no meio do líquido laranja vivo dentro da garrafa. O forno agora estava nivelado.

Ansiosas, esperaram o forno aquecer até o número três do mostrador. Depois, colocaram o preparo dentro dele e mais uma vez aguardaram ansiosamente enquanto ele assava. Angel lamentou ter trazido a massa já pronta de casa: talvez as meninas de Thérèse tivessem gostado – como Vinas sempre gostara – de passar os dedinhos nos lados da tigela e lambê-los.

Os vizinhos se uniram a elas em sua vigília. Quando Angel finalmente declarou o bolo pronto e o retirou do forno para revelar uma superfície dourada por igual, nivelada, os vizinhos explodiram em aplausos, e Thérèse verteu algumas lágrimas. De alguma forma, o bolo de dois ovos rendera o suficiente para permitir que cada um dos espectadores provasse um pouco.

Agora chegara o momento de Thérèse aprender como assar os próprios bolos. Seus primeiros esforços já estavam esfriando no apartamento de Angel enquanto as duas mulheres tomavam chá, sentadas no pátio.

Angel estava prestes a falar quando Prosper desceu as escadas para o pátio, batendo os pés com força em cada degrau e resmungando zangado consigo mesmo. Sem dar atenção ao cumprimento de Angel, ele foi até a porta do escritório, destrancou-a e entrou, batendo a porta atrás de si.

"*Eh!* Por que esse homem está zangado?", perguntou Thérèse.

"Não sei", respondeu Angel. "Talvez ele tenha ido beber Primus no bar aqui perto e o encontrou fechado."

"*Eh*, meu marido era assim", comentou Thérèse. "Quando não havia cerveja na barriga, era como se dois exércitos estivessem em luta um contra o outro dentro da cabeça dele."

"*Eh!* E, com outros, é a cerveja propriamente dita que convida esses exércitos para dentro da cabeça e depois os põe um contra o outro."

As duas mulheres sacudiram a cabeça e fizeram muxoxos por um tempo, até que Angel disse: "Quando você tiver terminado seu chá, vou lhe ensinar a fazer dois tipos de glacê, um com margarina e outro com água". Ela se desviou ligeiramente na *kanga*, para tirar os pés descalços da intrusa luz do sol. "Basta saber como fazer esses dois tipos. Há outros, mas eles são caros, porque precisam de chocolate ou de ovos."

"Não, não quero saber de glacê caro. Não pretendo fazer bolos caros e não acho que aceitarei encomendas de lindas cores e formatos como as do seu álbum de fotos. Acho que farei principalmente os bolinhos do tamanho de xícaras, porque eles serão fáceis de vender na rua. Ou então poderei fazer um bolo grande quando houver um grande evento, como futebol ou basquetebol, para vender fatias aos torcedores."

"É um bom plano."

"Acho que vou ganhar mais dinheiro com bolos que com os tomates."

"É verdade", concordou Angel. "Há muito tomate em Kigali, e qualquer um consegue vender tomates. Um tomate não é algo especial. Já um bolo é muito especial."

"Muito especial", concordou Thérèse. "Só quem tem um forno pode fazer um bolo."

Sorrindo, beberam o chá silenciosamente. Angel se preparava para abordar um assunto que a perturbava profundamente quando se permitia se concentrar nele.

"Diga-me, Thérèse, posso lhe fazer uma pergunta pessoal?"

"Claro, Angel."

"Sua mãe ainda está viva?"

"Minha mãe? Não, infelizmente ela já faleceu."

"E você... Você chegou a dizer a ela que estava doente?"

Thérèse deu um gole no chá antes de responder. "Sim, eu disse. Foi só quando meu menininho morreu que me aconselharam a fazer o teste. Fiquei chocada quando me disseram que o resultado tinha sido positivo..."

Angel interrompeu. "Odile me disse que esse é o momento em que muitas mães descobrem que são soropositivas – quando o bebê falece."

"É verdade, Angel."

"E, Thérèse, quando foi que você contou a sua mãe?"

"*Eh*, é algo muito difícil de se contar a uma mãe! E lamento tanto ter contado a minha. Isso a transtornou demais. Na verdade, Angel, acho que foi essa notícia que a matou tão cedo."

"*Eh?*"

"Ela ficou muito perturbada. Acho que ela preferiu morrer antes de me ver morrer. Não sabíamos na época a respeito da medicação. Se eu pudesse voltar no tempo e desmentir para ela, minha mãe poderia estar viva hoje, sem se preocupar comigo – porque estou bem."

"Esse não é um pensamento fácil para você, Thérèse. Sinto muito." Angel engoliu um gole de chá. "Agora... Digamos que você conhecesse uma moça doente. Você a aconselharia a não dizer para a mãe dela?"

"*Eh!* Essa é uma questão muito difícil de responder. Cada caso é diferente, e só a própria moça saberá o que fazer." Ela esvaziou a caneca. "Embora, em meu caso, eu achasse que sabia o que fazer, fiz a coisa errada. Oxalá eu não tivesse dito a verdade, Angel. Uma mentira teria sido tão mais misericordiosa para minha mãe. Algumas vezes, uma mentira é mais carregada de amor que uma verdade."

Angel estava pensando nisso quando começou uma gritaria na rua, primeiro à distância, depois trazida mais para perto por vozes mais próximas ao complexo: "*Amazi!* Água".

"*Eh*, a água voltou", disse Angel, erguendo-se. "Vamos lavar as tigelas para fazer o glacê."

MAIS TARDE, como tinham combinado, Angel e Thérèse bateram à porta do apartamento de Jenna. Eram exatamente onze e meia.

"Na hora certa, Angel", disse Jenna, abrindo a porta. "Acabamos de terminar a aula de hoje."

"Isso é bom", respondeu Angel. "Jenna, esta é Thérèse, minha aluna."

"Encantada em conhecê-la, Thérèse", disse Jenna em francês, apertando a mão da moça. "Deixe-me apresentá-la a *minhas* alunas. Esta é Leocadie e, ao lado dela, Agathe. Do outro lado da mesa estão Eugenia e Inès."

Thérèse deu a volta à mesa e cumprimentou as mulheres em kinyarwanda, apertando a mão de cada uma.

"Bom dia, senhoras", disse Angel em inglês. "Lamento não falar francês e, se eu falar em swahili, então Jenna e Agathe não vão me entender, já, se eu falar o pouquinho de kinyarwanda que sei, Jenna não vai me entender. Então falarei em inglês e Jenna vai repetir em francês."

Enquanto Jenna traduzia, Angel repousou sobre a mesa o prato que segurava.

"Senhoras, vocês têm a honra de serem as primeiras pessoas em Kigali a provar os bolos feitos por nossa irmã Thérèse." À medida que Jenna traduzia, todas olharam para Thérèse, que sorriu radiante e baixou a cabeça. "É um novo negócio para ela, uma maneira nova de sustentar as duas filhas. Nossa tarefa hoje é provar estes bolos e ajudar Thérèse com nossas opiniões e conselhos."

Diversos bolinhos se aninhavam no prato: metade deles decorados com cobertura amarela pálida, feita de margarina, e metade com glacê branco. Sem querer estragar seus primeiros bolos, Thérèse ficara nervosa em adicionar cor ao próprio glacê, mas observara e anotara enquanto Angel coloria o glacê de sua fornada de bolinhos. Ficara espantada com o número de cores que era possível fazer com apenas três: vermelho, azul e amarelo.

Jenna e suas alunas se aplicaram à tarefa com seriedade. Com unanimidade, declararam os bolos deliciosos e houve discussão a respeito de que tipo de glacê seria mais popular. Finalmente, chegaram a um acordo: embora alguns adultos pudessem preferir o glacê branco de açúcar, as crianças provavelmente prefeririam a cobertura de margarina – e que Thérèse poderia cobrar mais por essa cobertura porque ela fazia o bolo parecer maior.

"*Eh*, obrigada! Esse é um conselho muito bom", agradeceu Thérèse. "Agora vou pedir a minha professora que experimente um de meus bolos. Depois eu mesma vou comer um."

Silenciosamente, seis pares de olhos observaram Angel enquanto ela retirava o bolinho da caixeta de papel e dava uma mordida. Mastigou lentamente, saboreando seu bocado, depois engoliu.

"Thérèse", começou com uma expressão séria e solene, adequada a uma professora, "este é um bolo realmente muito bom."

Cinco pares de olhos se voltaram para Jenna, que imitava a expressão de Angel enquanto traduzia. As mulheres explodiram em risos e aplausos, e finalmente Thérèse achou que podia relaxar e comer do próprio bolo. Ao dar a primeira dentada, um amplo sorriso se espalhou em seu rosto.

"Muito bem, senhoras", retomou Jenna, batendo as mãos com ar de autoridade, "hora de ir embora. Vocês todas têm de voltar para o trabalho e eu preciso fazer com que pareça que vocês nunca estiveram aqui antes que meu marido sequer pense em vir almoçar em casa."

"*Eh*, Inès", chamou-a Angel, enquanto todas desciam as escadas, "acho que você devia ir buscar Prosper no escritório dele antes de abrir o bar. Parece-me que ele queria tomar uma cerveja mais cedo, quando você fechou para a sua aula."

"*Eh*, aquele Prosper!", disse Inès, sacudindo a cabeça. "Já disse a ele muitas vezes que agora o bar está fechado das dez e meia até as onze e meia nos dias de semana."

"Tenho certeza de que ele não quer aceitar esse fato", falou Eugenia. "Quando um homem quer algo, é *agora* que ele quer. Esperar é algo muito difícil para um homem."

Angel pensou em Eugenia enviada para conseguir camisinhas para o egípcio.

"*Eh*, homens?", disse Leocadie, sacudindo a cabeça. "Aham."

"Homens? Aham-aham", concordou Inès.

"E a minha loja também estava fechada", continuou Leocadie. "Prosper também não pôde comprar cerveja lá."

"Exatamente", concordou Angel. "Agora ele está sentado dentro do escritório, com a porta fechada, e vocês sabem que não há janela nem luz ali. Ele está sentado no escuro."

As mulheres riram. Tinham chegado ao térreo.

"Está bom", disse Inès com um suspiro. "Vou buscá-lo." Ela caminhou em direção à escada que levava ao pátio.

"*Eh*, e certifique-se de que ele leve a *Bíblia*", gritou Angel atrás dela, ainda rindo. "Peça que ele lhe mostre os versículos que falam da virtude da paciência."

NAQUELA TARDE, logo depois que Titi terminou de lavar a louça do almoço e se retirou para sua soneca vespertina, Angel recebeu uma visita de surpresa.

"Gasana! Bem-vindo!", disse ela, levando o tradutor para dentro do apartamento. "Crianças, vocês se lembram do senhor Gasana, que trabalha com Baba? Fomos a Cyangugu com ele."

Gasana se estendeu por cima da mesa de centro, ao redor da qual as crianças estavam sentadas no chão, competindo por espaço com seus cadernos de dever de casa, e apertou a mão de cada uma delas.

"Não posso ficar muito tempo, senhora T. – o motorista só me deixou aqui um instante enquanto foi abastecer o carro. Depois, ele vai me levar a uma reunião. Preciso discutir negócios com a senhora muito rapidamente."

"Então vamos nos sentar a minha mesa de trabalho", disse Angel, indicando uma cadeira de madeira ao lado da mesa e sentando-se em outra. "Quer fazer modificações em sua encomenda?"

"De certo modo, senhora T. Sei, pelo seu 'Formulário de pedido de bolo', que assinei, que não é possível ter de volta o depósito.

Então, não gostaria de *cancelar* minha encomenda, mas estava pensando, senhora T., será que eu poderia *adiá-la*?"

Angel pensou. "Então você quer alterar a data de entrega?"

"Sim. Porém não sei bem em que data precisarei do bolo."

"Mas não era para a primeira reunião de seu novo clube do livro? As pessoas não poderão ir?"

"*Eh*, senhora T., sou eu que não poderei ir! Os outros ainda estão muito animados. Apesar de termos somente um exemplar, todo mundo conseguiu ler *Things fall apart* [As coisas desmontam], daquele autor nigeriano, e estamos todos prontos para discuti-lo. No entanto, acabo de receber a notícia de que meu irmão em Byumba faleceu."

"*Eh*, Gasana! Lamento muito sua perda."

"Obrigado, senhora T. Então vou ter de ir para lá e organizar o enterro. Assim, não poderei estar aqui para o clube do livro neste fim de semana. Já falei com os outros e eles disseram que não querem fazer a reunião sem minha presença, porque o clube foi ideia minha e é meu livro."

"Claro."

"E, como ainda não sei quando todos estarão livres outra vez, ainda não posso fixar uma data."

"Eu entendo. Você apenas me avise quando estiver pronto para o bolo. Tenho certeza de que será logo."

"Espero que sim", disse Gasana, mas sacudiu a cabeça. "*Eh*, senhora T., sou obrigado a herdar a mulher de meu irmão e seus quatro filhos. É óbvio que eles não cabem todos em minha casinha. Não sei como vou manter esposa e filhos. Casamento não estava em meus planos imediatos para os próximos três anos."

"Isso é muito difícil", solidarizou-se Angel. "Não estava em nossos planos imediatos para os próximos três anos criar mais cinco filhos, contudo surgiram circunstâncias que nos obrigaram a mudar nossos planos."

Gasana lançou um olhar às crianças. "Entendo sua situação porque o doutor T. me contou, mais especificamente a respeito de seu filho. E, para dizer a verdade, senhora T., acho que meu irmão estava doente e por isso faleceu. Agora não sei sobre sua mulher e os filhos. Não sei se estão bem."

"Vamos rezar, Gasana", disse Angel. "Espero que você não ache que estou sendo muito direta se eu sugerisse que você tivesse... Cuidado?" Esse conselho surpreendeu a própria Angel: antes de conhecer Odile e passar um tempo no centro, ela teria considerado um assunto desses muito delicado até para se pensar, muito menos para mencionar abertamente.

Gasana riu. "Não, a senhora não foi direta demais, senhora T.! Na verdade, ninguém é tão direto como a doutora Rejoice, e ela já me deu uma aula e uma grande mão cheia de preservativos! Ela é uma das participantes do clube do livro. *Eh*, senhora T., tem certeza de que não consigo convencê-la a mudar de ideia e entrar para o clube? Só leremos livros em inglês."

"Obrigada, Gasana, mas eu já lhe disse que não sou instruída, não sou uma pessoa que lê livros. No entanto, você sabe, vou abrir uma exceção em seu caso e devolver seu depósito, porque ainda não o usei para comprar os ingredientes." Angel remexeu dentro do sutiã e retirou algumas notas. "Tenho certeza de que vai precisar deste dinheiro para o funeral."

"Senhora T., lhe sou muito grato." Gasana aceitou o dinheiro que Angel contou e lhe entregou. "Obrigado por compreender minha situação." Ele olhou para o relógio. "Onde está aquele chofer? Eu tenho de estar no Ministério da Justiça às duas e meia!"

"O Ministério da Justiça! Parece importante. O que vai fazer lá?"

"Ganhar dinheiro para o KIST, como de costume!", replicou Gasana. "*Eh*, seu marido é muito bom em contratar meus serviços! Há um enorme relatório lá que precisa ser traduzido do francês para o inglês. Não sei ainda muitos detalhes, agora será a primeira reunião a respeito."

"Na verdade, hoje eu mesma precisei de um intérprete", disse Angel. "Estou já pegando um pouquinho de kinyarwanda, contudo o francês é muito difícil para mim. Gostaria de ter a habilidade de minha falecida filha com idiomas. *Eh!* Já em criança ela sabia swahili e inglês, além de haya, nossa língua natal em Bukoba. Depois, ela aprendeu um pouco de alemão com o pai. Pius tinha de falar alemão em função de seus estudos. Eu sei que, se ela estivesse aqui, teria aprendido francês *assim*." Angel estalou o polegar no dedo médio rapidamente várias vezes.

"O francês é um idioma difícil de assimilar, senhora T. A senhora deveria tomar algumas aulas. Ensinamos o francês no KIST à noite, sabia? E também inglês. Nosso presidente disse que todo mundo deveria se tornar bilíngue."

"É, eu sei. Mas, Gasana, todos aqui já não são bilíngues?"

"Senhora T.?"

"Bem, eu olhei no dicionário das crianças e lá diz que bilíngue quer dizer que você sabe falar pelo menos duas línguas: kinyarwanda e francês, ou kinyarwanda e swahili, ou outras duas. No entanto, quando nosso presidente fala sobre ser bilíngue, ele quer dizer apenas inglês e francês – idiomas *wazungus*. Será que ele quer dizer que nossas línguas africanas não são línguas?"

"*Eh*, senhora T.! Agora a senhora está falando como uma pessoa que lê livros! Realmente, a senhora devia entrar para nosso clube do livro! Ou pelo menos vir a nossa universidade aprender francês."

Angel sorriu. "Não posso frequentar aulas noturnas, Gasana. A noite é uma ocasião para eu ficar com minha família. E não posso gastar nosso dinheiro em aulas particulares durante o dia."

Um assobio alto e insistente se fez ouvir do lado de fora do complexo.

"*Eh!* É o chofer!", reconheceu Gasana. Ele pulou da cadeira, apertou a mão de Angel, agradeceu-lhe mais uma vez, gritou até logo para as crianças e se precipitou para fora do apartamento.

Angel olhou para o relógio. Eram quase duas e meia. Ela tinha meia hora para supervisionar o trabalho de casa das crianças antes de a senhora Mukherjee chegar com os filhos, Rajesh e Kamal, e a babá deles, Miremba.

Às cinco para as três, ela mandou Grace e Faith para o apartamento de Safiya, para continuarem com o dever de casa, e acordou Titi de sua sesta. Exatamente às três horas, os Mukherjees chegaram, e Angel sugeriu que Titi e Miremba levassem todos os meninos para o pátio, com a bola de futebol, para que ela e Mama-Rajesh pudessem tratar de negócios.

"O pátio é seguro, não?", perguntou a senhora Mukherjee, uma mulher magra e nervosa que constantemente torcia as mãos ossudas.

"Completamente seguro", garantiu Angel. "As crianças brincam lá todos os dias."

"Sem muitos micróbios?"

Essa era difícil. Angel sabia pela doutora Rejoice que havia micróbios por toda parte, de modo que devia haver micróbios no pátio. No entanto, a doutora Rejoice também lhe dissera que era um erro proteger as crianças de todos os micróbios. Essa era a moda na Europa agora, e muitos *wazungus* ficavam doentes porque nunca tinham aprendido a lutar contra os micróbios quando eram pequenos. Mas Angel achou que não ajudaria tentar explicar isso para a senhora Mukherjee.

"Nada de micróbios", garantiu.

Os meninos e suas babás foram despachados para o pátio, e a senhora Mukherjee se posicionou à janela para observá-los enquanto Angel fazia o chá. Ela mal conseguiu persuadir sua visita a sair da janela ao trazer o chá e os bolinhos para a mesa de centro, e foi com uma grande demonstração de relutância que a mulher se sentou em frente a ela. Angel tentou distraí-la da ameaça de morte iminente dos filhos no pátio.

"Estes bolinhos combinam muito bem com sua roupa", disse ela. Angel tinha deliberadamente escolhido os bolos da aula de mistura de cor desta manhã, que realçariam a púrpura escura do *salwar kameez* da visita. Agora, ela prestou atenção no desenho da roupa: será que o vestido longo sobre a calça – com aberturas na altura das coxas, dos dois lados – permitia que uma mulher entrasse e saísse de um veículo grande com elegância? Parecia muito chique no corpo delgado da senhora Mukherjee: será que funcionaria para seus próprios quadris em expansão?

A senhora Mukherjee lançou um olhar superficial ao prato de bolinhos. "Senhora Tungaraza, a senhora lê o *New Vision*?"

"Por favor, pode me chamar de Angel, senhora Mukherjee. Eu o leio às vezes." Uma ou duas vezes por semana, Pius trazia um exemplar do jornal de Uganda para casa.

"Ebola!", exclamou a visita, inclinando-se por cima da mesa de centro com um ar conspiratório. Então ela se recostou na cadeira e falou de novo, desta vez em tom quase de desafio: "Ebola!".

Angel não tinha muita certeza de como decifrar isso. "O ebola chegou a Kigali?"

"Não!" As mãos ossudas da senhora Mukherjee voaram para os lados da cabeça por um momento. "Não! Se o ebola tivesse vindo para Kigali, nós estaríamos reservando passagens para Nova Déli imediatamente!" A mão direita deu ênfase às palavras finais, executando um movimento de corte na palma da mão esquerda. Ela sacudiu a cabeça com veemência.

"Onde está exatamente o ebola, senhora Mukherjee?"

"Uganda!", ela respondeu, elevando os braços num gesto exagerado. "Bem ao lado de Ruanda! O ebola está matando em duas semanas. *Duas semanas*, senhora Tungaraza!"

"Angel, por favor. Vamos deixar de lado as formalidades."

"Duas semanas. Sangue vem dos olhos, dos ouvidos, do nariz. *Terminado!*" O movimento de corte veio outra vez.

"Acho que estamos seguros aqui em Kigali." Angel retirou os óculos e começou a limpá-los com o canto da *kanga*.

A senhora Mukherjee sacudiu a cabeça. "Há ugandenses aqui, em Kigali! E ainda trabalhando com nossos maridos! O doutor Binaisa, o senhor Luwandi..."

"Mas o ebola não é uma doença especificamente de ugandenses, senhora Mukherjee." Angel esfregou as lentes dos óculos com maior insistência.

"As crianças ugandenses estão na escola com nossos filhos. Meus meninos vão ficar em casa até que o ebola tenha terminado. Eu disse a meu marido. Eu disse que é um desastre nacional enviar nossas crianças à escola quando o ebola está ao lado. Ele concorda com minha decisão."

Angel conhecera o senhor Mukherjee, que dava aulas de tecnologia da informação. Ele era exatamente o oposto de sua mulher: grande e corpulento, com um senso de humor rápido e ideias sensatas. Sem a menor dúvida discordaria da mulher quanto a essa questão, porém ele provavelmente percebeu que nada havia a ganhar se dissesse isso. Angel viu a sabedoria dessa decisão.

"A senhora é muito sensata, senhora Mukherjee", concordou ela. "Vou discutir esse assunto com meu marido esta noite e talvez mantenhamos nossos filhos em casa também."

A mentira foi compensadora: pela primeira vez desde que a senhora Mukherjee chegara, Angel subitamente teve a atenção plena da visita. As duas mulheres sorriram uma para a outra, e Angel recolocou os óculos.

"Experimente nosso chá, senhora Mukherjee. Já ouvi dizer que é parecido com o chá servido na Índia."

Ela deu um gole. "Ah, sim, cardamomo. Na Índia colocamos cardamomo e limão no chá verde."

"Sempre quis visitar seu país", mentiu Angel.

"É um país muito lindo", sorriu a mulher, radiante.

"E seu país tem uma comida deliciosa, muito condimentada. Em meu país, especialmente no litoral, a cozinha ainda é influenciada pela gente que veio da Índia para construir a ferrovia há muitos anos."

A senhora Mukherjee bateu as palmas nas coxas e declarou: "Vou cozinhar para você um dia".

"Isso seria maravilhoso. Obrigada. Mas hoje fui eu que cozinhei para a senhora. Por favor, prove um bolinho."

A visita escolheu um bolinho com glacê lilás, retirou-o da caixeta de papel e deu uma mordida. Angel saboreou o segredo: nesta mesma manhã, uma mulher com HIV tinha mexido essa mistura de bolo para sentir a consistência correta. Revelar esse segredo à senhora Mukherjee certamente a faria entrar num pânico frenético, a levaria a reservar passagens.

"Muito gostoso. Claro que você fará o bolo para o primo-irmão de meu marido, não é?"

"Ah, ele está aqui de visita?"

"Está. Ele estava em Butare, na Universidade Nacional. O contrato de dois anos termina em três meses, porém ele quer se antecipar e voltar mais cedo."

"Então ele está a caminho de volta para casa?"

"Para uma visita curta. Agora é tempo de eu e meu marido também voltarmos para casa. Eu já disse a ele – nada mais de contrato."

"Há quanto tempo está aqui, senhora Mukherjee?"

"Há quase três anos. *Três anos!* Eu disse a meu marido que, se ele renovar o contrato, eu levo os meninos para casa, para Déli. Micróbios demais aqui." A visita terminou o bolinho.

"Não há micróbios em Déli?"

"Não tem ebola lá." A senhora Mukherjee sacudiu a cabeça com veemência. "E não há AIDS."

Angel resistiu ao impulso de limpar os óculos outra vez. Sem dizer uma palavra, pegou o prato de bolinhos e o apresentou à visita, que pegou um com glacê carmesim.

"E os empregados em Déli são melhores."

"Não está satisfeita com Miremba?"

"Ela não está falando um bom inglês. Então agora os meninos falam um mau inglês. O que fazer?" A senhora Mukherjee ergueu os dois braços outra vez. "Os ruandeses não estão falando muito inglês."

A visita obviamente não sabia que o péssimo inglês de Miremba podia ser atribuído ao fato de ela ter sido criada em Uganda, o país onde o ebola agora mesmo matava as pessoas em duas semanas. Angel devia se lembrar de avisar Miremba a jamais revelar esse fato aos patrões. Era hora de avançar com a conversa.

"Então, senhora Mukherjee, conte-me a respeito do bolo que a senhora quer encomendar para o... Er... Primo-irmão de seu marido, não é? A senhora vai dar uma reunião para se despedir dele?"

"Vou. A maior parte da comunidade indiana vai comparecer."

"E a família desse primo-irmão? Estava aqui com ele, em Butare?"

"Não, não. A família está em casa, na Índia. Ele se casou depois de vir para cá. Os pais dele encontraram uma boa moça. Ele foi para casa para o casamento e imediatamente engravidou a mulher. Lua de mel muito bem-sucedida. Muito bem-sucedida. Agora ele vai conhecer o filho em casa."

"*Eh*, que coisa boa para ele!"

"Sim. É lógico que ele vai tentar engravidá-la outra vez antes de ir para seu novo emprego na Inglaterra."

"Então a família não irá com ele para a Inglaterra?"
"Não."
"A mulher dele não se incomoda de criar os filhos sozinha?"
"Não, não. Ela está com os pais. Ela casou bem, um homem educado. Não tem queixas."
"E você também se casou com um homem educado, senhora Mukherjee. Entretanto, veio para cá com ele."
"Os meninos são mais velhos. Se fossem bebês, não teriam vindo. A mulher não pode acompanhar o marido com bebês. Melhor ficar em casa com os pais."

Com certeza, melhor para o marido, pensou Angel. Era muito conveniente para ele simplesmente ficar longe durante aquele período de noites sem dormir e fraldas sujas. A própria Angel não acompanhara o esposo quando ele foi para a Alemanha estudar, embora as crianças na época já não fossem bebês. Quando Pius foi fazer o mestrado, Joseph tinha oito anos, e Vinas, seis. Depois do mestrado, ele recebeu outra bolsa para o doutorado, de modo que, quando finalmente voltou para casa, seus filhos já tinham catorze e doze anos. Claro que ele viera vê-los uma vez por ano durante esse tempo, e uma vez por ano Angel conseguira visitá-lo na Alemanha, deixando Joseph e Vinas aos cuidados dos pais dela.

Angel muitas vezes pensava a respeito do efeito da ausência prolongada do pai sobre as crianças. Certamente, aquilo tinha facilitado a escolha dos dois, de morar longe dos pais: Joseph em Mwanza, onde tinha um emprego importante como gerente de uma fábrica que fazia embalagens para a indústria pesqueira do lago Vitória, e Vinas em Arusha, onde ensinava inglês. Provavelmente também influenciara o amor de Vinas por Winston: não era raro que meninas que sentiam falta do pai se casassem com homens mais velhos. E talvez, reconhecia Angel, suas próprias ausências durante as visitas anuais a Pius na Alemanha tivessem ajudado a preparar o terreno para o distanciamento entre ela e Vinas.

"E o que o primo-irmão de seu marido está fazendo na Universidade Nacional, senhora Mukherjee?"

"Também computador, exatamente como meu marido. Todos os homens na família de meu marido estão fazendo computador."

"Parece-me que a Índia é um país especialista nisso."

"É. Agora Ruanda quer se tornar especialista também. O governo britânico está ajudando nisso, mas a eletricidade aqui é acende-apaga, acende-apaga, não é como na Índia. Não há falta de luz na Índia."

"Tive uma ideia, senhora Mukherjee. Como a maior parte da comunidade indiana vai a sua festa de despedida, e como a Índia é um país especialista em computadores, assim como o primo-irmão de seu marido, talvez o bolo pudesse ter a aparência de um teclado de computador. O que acha?"

A visita pensou sobre a ideia enquanto Angel procurava uma página em seu álbum de fotos.

"Nunca fiz um teclado antes, então será exclusivo para o primo-irmão de seu marido. Aqui estão alguns outros bolos que já fiz que se parecem com coisas. Este aqui é um caminhão basculante, este outro é um telefone celular, e aqui está um microfone, e um avião. Já fiz um que parecia uma pilha de notas de cinco mil francos, porém a foto ainda não foi revelada."

A senhora Mukherjee examinou as fotos com cuidado. "Teclado de computador", repetiu ela. Depois, olhou para Angel e falou: "Boa ideia, senhora Tungaraza. O bolo será um teclado de computador".

"Bom!", alegrou-se Angel. Nos minutos seguintes, elas se ocuparam com o "Formulário de pedido de bolo". Angel começou com um preço exorbitante, sabendo que a senhora Mukherjee insistiria em negociar. O preço final foi apenas ligeiramente mais baixo do que

Angel esperava e, como era substancialmente mais baixo que o preço que originalmente citara para a visita, as duas ficaram satisfeitas com o negócio. Encostaram-se nas cadeiras para terminar o chá.

"Diga-me, senhora Mukherjee", começou Angel. "Estou com a tarefa de organizar um dote para Leocadie, que trabalha na loja de nossa rua. Aliás, falarei com cada família na rua a respeito disso muito em breve. Mas agora estou muito interessada em perguntar sobre dotes em seu país. Já ouvi dizer que, na Índia, são os pais da noiva que têm de pagar o dote aos pais do noivo."

"É. Dote. Meus pais deram para os pais de meu marido a geladeira, o freezer, o automóvel. Tudo novo, nada de segunda mão. Também joias – muitas, muitas joias. Meu marido é um homem instruído, portanto houve muitos presentes."

"*Eh!* Aqui é diferente. Os pais do rapaz devem pagar o dote aos pais da moça. Os pais de Pius deram oito vacas a meus pais. *Oito!* Mas eles teriam aceitado seis. Pius já estava quase com seu diploma quando nos casamos, e ele ia ser professor. Naqueles dias, não havia muitos meninos em Bukoba que conseguissem diplomas da Universidade Makerere, em Uganda." De súbito, Angel parou de falar e então olhou ansiosamente para sua visita. "Claro que não havia ebola em Uganda naquela época, senhora Mukherjee. Meus pais sabiam que era um bom casamento para mim."

"Bom casamento", concordou a senhora Mukherjee. "A moça na loja não é casada?"

"Leocadie? Não. Mas vai se casar em breve."

"Mas... E o bebê?"

"É com o pai do bebê que ela vai se casar."

A senhora Mukherjee sacudiu a cabeça e ergueu os dois braços. "Bebês antes de casamento trazem vergonha à família! Na Índia, não há casamento para moças com bebês! Essas moças não são boas."

"No entanto, algumas vezes um homem quer ter certeza de que a moça é fértil e pode ter um bebê saudável. Ele não quer descobrir, depois que já pagou o dote e se casou, que uma moça não consegue dar à luz. E, se uma moça já teve um bebê saudável de um homem, então a família dela pode negociar para obter mais vacas."

A senhora Mukherjee sacudiu a cabeça. "Não. Nada bom."

Angel reconheceu que seria difícil convencê-la a contribuir com algum dinheiro para o casamento de Leocadie e Modeste. Teria de tentar a sorte com o senhor Mukherjee.

Angel se levantou e se dirigiu para a janela. "Vamos chamar os meninos para comer um pouco de bolo?"

Enquanto os Tungarazas jantavam naquela noite, Angel surpreendeu a todos ao declarar que resolvera que queria aprender um básico de francês.

"Por quê?", perguntou Pius. "A gente se vira bem aqui com swahili e inglês."

"Mas, quando estou com alguém que não fala swahili ou inglês, não conseguimos conversar. Como Agathe, do salão de cabeleireiro. Tudo o que conseguimos é sorrir e acenar uma para a outra, e então tem de haver alguém para que conversemos por intermédio dessa pessoa. E hoje, na casa de Jenna, todo mundo falava francês, menos eu."

A passagem de uma garfada de *matoke* cozido no vapor do prato de Pius para sua boca foi interrompida tempo suficiente para ele dizer: "Mas Jenna pode traduzir para você".

"Sim, todavia nem sempre haverá alguém que traduza para mim. Não posso levar essa pessoa comigo para todo lugar aonde eu vá."

"Espero que você não queira frequentar as aulas noturnas", disse Pius.

"Não. Claro que não."

"E um professor particular durante o dia seria caro."

"É, eu sei."

"Podemos ensiná-la, Mama", disse Faith. "Estamos aprendendo francês na escola. Você pode olhar nossos cadernos e podemos explicar tudo para você."

"*Eh!* Essa é uma ótima ideia, Faith, obrigada."

Era exatamente o que a mãe de Faith teria dito e, embora Angel preferisse que a própria Vinas estivesse ali para dizer isso, era exatamente o que ela esperava ter ouvido.

10

Uma fuga

Enquanto esperava sentada na sala desconhecida, sorvendo uma xícara de chá feito do suave modo inglês, Angel silenciosamente rezava pedindo perdão. Havia diversas coisas pelas quais esperava ser perdoada. Acima de tudo, era manhã de domingo e, numa manhã de domingo, ela deveria, claro, estar na igreja com sua família. Hoje, a família fora a um serviço pentecostal numa grande tenda listada de azul e branco, sede da igreja Assembleia da Vida Cristã. Naquele exato momento, eles estariam entoando hinos e louvando o Senhor, enquanto Angel se encontrava sentada ali, naquela casa que não conhecia, facilitando e encorajando um engodo.

Bem, três engodos, na verdade – um deles talvez apagasse o pecado do outro, contudo ela não tinha muita certeza disso. Primeiro, embora não estivesse realmente *mentindo* para o marido de Jenna, ela contribuíra para que ele acreditasse, nesta manhã, que sua mulher estava em segurança na igreja católica de Saint Michael, próxima à embaixada norte-americana, com a família Tungaraza; no entanto, em vez disso, aqui estava Jenna, na sala desconhecida, com Angel e duas pessoas estranhas. Talvez não fosse errado mentir para o CIA, porque ele próprio mentia para a esposa – e muito provavelmente estava na cama com a vizinha Linda naquele momento. Ao propiciar a oportunidade de Jenna ir a outro lugar, Angel contribuía para um logro – esse era o segundo motivo pelo qual ela precisava de perdão (embora lograr um enganador talvez não fosse um pecado tão grave). Em terceiro lugar, havia a questão muito perturbadora pela qual Angel pedia perdão todos os domingos: não contar a Jenna sobre a infidelidade do marido, apesar de que Angel tinha certeza de que, se ela *tivesse* de contar a Jenna, isso seria uma coisa pela qual ela não precisaria pedir perdão. Era, sem dúvida, uma situação muito complicada.

Então Angel rezou pedindo perdão. No entanto, a prece era também uma ocasião de agradecimento, e ela agradeceu silenciosamente por um bom número de acontecimentos, enquanto dava outro gole no chá um tanto insípido. Como sempre, ela estava grata pelo novo cliente – neste caso, Kwame, o homem em cuja sala ela agora estava sentada. Alguns dias antes, o colega de Pius, de Gana, o doutor Sembene, procurara Angel para encomendar um bolo em nome de Kwame, que daria um pequeno lanche naquele domingo à tarde. A mulher dele, Akosua, estaria de visita, vinda de Accra, e diversos ganeses viriam cumprimentá-la e escutar as notícias de casa. Angel tentara obter o máximo de informações sobre ela para projetar o bolo perfeito. Como não havia sido apresentado a Akosua, o doutor Sembene só conseguiu contar a Angel um fato a seu respeito. Isso significava três coisas: que o bolo que Angel trouxera esta manhã, embora colorido e muito admirado, não era muito específico; que Angel e Jenna teriam de fingir que iam à igreja, enquanto passavam um tempo com Kwame e Akosua; e que Angel ainda tinha mais um motivo para agradecer. Sim, a pequena informação que o doutor Sembene tinha conseguido dar a Angel era realmente muito importante: Akosua treinava professores de alfabetização.

Jenna e Akosua ficaram tão absorvidas em sua conversa que não notaram quando o celular de Kwame tocou e ele foi ao jardim – cheio de frangipanas e canas-flor-de-lírio coloridas – para responder a chamada, desculpando-se com Angel por interromper a conversa. Ele lhe contava a respeito de seu trabalho como investigador para os julgamentos que aconteciam em Arusha, no país de Angel. Os suspeitos que aguardavam o julgamento eram acusados de planejar e liderar as matanças em Ruanda, e Kwame fazia parte da equipe internacional que reunia provas e testemunhas contra eles.

Angel largou a xícara de chá e estendeu a mão para o chão, buscando a sacola de plástico a seus pés. Ali estavam mais dois motivos para agradecer. Akosua trouxera de Accra um grande número de cortes de tecido maravilhosos para vender, produzidos por um grupo de mulheres que se sustentavam comprando tecido barato de algodão, tingindo-o e depois estampando desenhos especiais antes de vendê-los com um bom lucro. Akosua dissera que cada um dos modelos tinha um significado especial e que, no passado, só os homens tinham permissão para usar esses desenhos, sempre impressos em preto sobre uma série limitada de cores. O que o grupo de mulheres fazia era ao mesmo tempo tradicional e moderno.

Angel passara os dedos nos dois cortes que ela trouxera e admirou as peças. O tecido era de um tom laranja claro, estampado em amarelo vivo e dourado, com um desenho que representava pessoas cooperando e interagindo umas com as outras. Akosua lhe dissera que o desenho dizia "ajude-me a ajudá-la". Era com esse tecido que Angel faria o vestido para o casamento de Leocadie e Modeste.

"Você escolheu duas peças maravilhosas", disse Kwame, que viera do jardim e se sentava confortavelmente na cadeira em frente a Angel.

"*Eh*, mas foi difícil! São todos tão bonitos. Primeiro, quis ficar com o verde, porque Akosua me disse que o desenho significava 'o que eu escuto eu guardo'. Gosto disso, porque sou uma profissional e sei a respeito de confidencialidade. Tenho certeza de que você também sabe disso em seu trabalho."

"Sem a menor dúvida. Nenhuma testemunha quer se apresentar sem algum tipo de garantia de confidencialidade. É difícil aqui, porque, se uma pessoa vê alguém falar comigo, então automaticamente supõe que essa pessoa me revelou algo sobre alguém, e pode haver ameaças de represália. Embora, claro, muita gente se sinta mais à vontade conversando com um investigador que não pertence nem a esse grupo nem àquele. Mesmo assim, a confidencialidade permanece um problema muito grande. Aliás, se você *tivesse* pegado aquela peça verde com o desenho da confidencialidade, teria ficado com dois trajes bem diferentes. Estas peças que escolheu são bastante parecidas."

"É. Assim que Akosua me explicou sobre esta outra, eu sabia que tinha de ficar com ela." Angel indicou a segunda peça: um amarelo-limão claro, estampado em dourado e laranja vivo. "Este modelo fala de reconciliação e de paz. Assim que soube disso, tinha certeza de que devia comprá-lo para um vestido de casamento especial. E fiquei com este outro, que é parecido com ele, em vez do verde, porque serei a mãe da noiva nesse casamento."

"Sua filha está se casando? Parabéns."

"Obrigada, Kwame. Ela não é minha filha. Minha filha, infelizmente, faleceu. Mas serei a mãe da noiva para o casamento. Será um casamento especial, um exemplo de reconciliação de que todo mundo está falando."

Kwame sacudiu tristemente a cabeça. "Oh, Angel, esse é um casamento que eu preciso testemunhar! Meu trabalho torna muito difícil para mim a crença na reconciliação, mesmo que eu queira plenamente acreditar nela. Eu *preciso* acreditar nela." Kwame lançou um olhar para a esposa, que conversava animadamente com Jenna, e abaixou um pouco a voz. "Eu já estive aqui antes, você sabe."

"Antes?"

"Em 1994. Eu era um dos boinas azuis da ONU. Nossa tarefa era manter a paz, mas claro que não havia paz a ser mantida. E não tínhamos sido mandados para *criar* paz, evitando ou impedindo as matanças, porque não podíamos fazer uso da força. De fato, estávamos aqui como simples testemunhas. Por isso, voltei agora para fazer este trabalho. Quero encontrar um jeito de acertar as coisas, de contribuir, de compensar minha impotência e minha inutilidade anteriores. Sinto por essas testemunhas. Sei que o silêncio delas pode protegê-las do perigo causado por outros, contudo também pode destruí-las por dentro. O terapeuta que me ajudou depois me disse que às vezes você tem de cavar fundo em uma ferida para retirar todo o veneno antes de ela cicatrizar. Essas pessoas precisam dizer o que aconteceu, elas precisam botar isso para fora. Na verdade, não foi a matança de meu próprio povo, a matança de minha família, que eu testemunhei, assim não há como eu alegar que fui uma testemunha do mesmo tipo que essas pessoas."

Mais uma vez Kwame lançou um olhar para Akosua, para ter a certeza de que ela não estava escutando. "Nunca contei a minha mulher sobre os acontecimentos que testemunhei aqui."

Angel também falou em voz baixa. "Nem quando você voltou para casa?"

"Não. Naquela época eu não a conhecia. Estamos casados há pouco tempo. Se ela tivesse me conhecido então, jamais teria se casado comigo. Eu estava um caco. Se ela soubesse o que eu vi, jamais me deixaria voltar aqui. De jeito nenhum. Ela teria se preocupado demais comigo."

Angel ficou um momento em silêncio. Ela queria dizer que era importante falar a verdade, porém se lembrou de suas próprias mentiras, aquelas pelas quais pedira perdão apenas havia alguns instantes. Então pensou na filha, que lhe escondera a verdade de que seu casamento tinha acabado, deixando Angel descobrir por acidente, pela empregada da casa, ao telefone, que Baba-Faith já não morava lá havia meses. Pensou a respeito de outras verdades que Vinas poderia ter escondido e sobre o que Thérèse dissera sobre uma mentira que carregava amor no coração. Aí pensou sobre o depoimento que as testemunhas poderiam dar sobre a mãe de Leocadie na prisão em Cyangugu. E também sobre Odile e tudo que ela podia ter testemunhado e experimentado. Então, não quis pensar mais.

"Algumas vezes", disse ela com um suspiro, "a vida pode ser muito complicada. Mas, Kwame, você tem de vir a esse casamento especial que estou organizando. Não vou deixar de lhe mandar um convite. O que você vai testemunhar lá talvez ajude a cicatrizar sua própria ferida."

"Espero que sim, Angel. Obrigado."

Um assobio alto soou do outro lado do portão. Pius voltava da igreja com o micro-ônibus vermelho cheio de crianças felizes e agitadas – era a hora de voltar para casa. No caminho, Jenna estava animada como Angel jamais vira.

"Oh, Angel, agradeço tanto a você!", falava sem parar. "Akosua me ajudou a notar o que havia de errado em minha aula de alfabetização, e como eu poderia consertar. É ótimo saber que andava fazendo pelo menos *algumas* coisas certas!"

"Jenna, você precisa se acalmar", avisou Angel. "Lembre-se de que, quando chegar em casa, você tem de parecer alguém que acabou de conversar com Deus. Você deve transmitir a ideia de que tem paz em seu coração."

* * *

DEPOIS DE UM FARTO ALMOÇO DE FEIJÃO CONDIMENTADO, cozido com coco e servido com batata-doce e repolho, Pius foi para o quarto, a fim de tirar uma sesta, e Angel se instalou com Titi, as crianças e Safiya diante da televisão. Ken Akimoto acabara de voltar de uma de suas viagens para os Estados Unidos, trazendo uma nova coleção de filmes que sua família gravara para ele. Angel tinha escolhido um deles, que Sophie dissera ser adequado para as crianças.

Menos de meia hora depois de começado o filme, alguém bateu à porta. Aborrecida com a interrupção, Angel foi ver quem era, em vez de simplesmente gritar para o visitante entrar. Era Linda, dizendo que queria encomendar um bolo.

"Mas posso ver que está ocupada, Angel. Se preferir, volto outra hora."

"Não, não, Linda. Nunca estou ocupada demais para os negócios. Todavia, não conseguiremos conversar aqui. Você gostaria de ir lá para o pátio?"

"Não é uma boa ideia, com essas chuvaradas repentinas. Provavelmente o pátio ainda está enlameado com a última chuva. Venha até minha casa."

"Está bem. Deixe eu pegar o que preciso e avisar a minha família onde vou estar. Subo num minuto."

Angel reuniu um "Formulário de pedido de bolo", o álbum de fotografias, a agenda e uma caneta e partiu escada acima para o apartamento de Linda, tentando com muito esforço não pensar no que a vizinha estaria fazendo enquanto Jenna estava fora. Ao subir o último lance de escadas, resolveu que seria mais fácil, em vez disso, se concentrar em Bosco e no amor desesperado que ele sentira por Linda – nada havia de estranho ou de pouco ético nessa história para fazer com que ela não se sentisse à vontade. Na verdade, agora era uma história feliz, porque Bosco resolvera que, em vez de Linda, amava Alice.

Ela encontrou a porta aberta e Linda lá dentro, abrindo uma garrafa de Amstel. Uma camiseta preta e sem mangas se esticava sobre seus seios fartos e terminava dez centímetros acima do início da curta saia de brim, expondo um *piercing* prateado no umbigo. O cabelo escuro, comprido, estava amarrado frouxamente num rabo-de-cavalo.

"Entre, Angel, sente-se. Quer uma cerveja? Nada daquela bobagem local de Primus ou Mützig. Dizem que a Amstel é importada ilegalmente de Burundi, assim a venda está proibida. É realmente difícil de consegui-la agora, porém, de alguma forma, Leocadie ainda dá um jeito de encontrá-la."

"Não, Linda, obrigada. Não bebo."

"Você não é muçulmana, é?"

"Não, não sou muçulmana. Simplesmente não bebo." Angel se instalou numa cadeira de aparência familiar.

"Você não sabe o que está perdendo, Angel. Este lugar é tão mais fácil de aceitar quando a gente não está o tempo inteiro sóbria feito uma pedra – acredite! Então posso lhe oferecer um chá?"

"Isso seria muito bom, obrigada."

Linda se dirigiu para a extremidade mais afastada da sala, que servia de cozinha, e ligou uma chaleira elétrica. O apartamento dela só tinha um quarto, e Angel ficou aliviada ao ver a porta fechada. Não queria enfrentar a visão de uma cama desfeita ou de qualquer outra prova das atividades desta manhã – atividades pecaminosas que a própria Angel tornara possíveis.

"Acabo de almoçar com um amigo no Flamingo. Você já comeu lá?"

"O chinês? Não, para nós é caro demais comer fora. Somos uma família de oito. *Oito!*"

"Ah, mas você devia sair algumas vezes só com seu marido. Deixe as crianças com sua Titi e faça com que ele a leve ao Café Turtle numa noite de sexta-feira. Ótima música ao vivo, dança congolesa sexy." Linda sacudiu os quadris de modo provocante.

"*Eh*, Linda, eu sou uma *avó*!", riu Angel. "Esse não é um lugar para gente velha como Pius e eu."

Linda sorriu enquanto derramava água fervente sobre um saquinho de chá. "Talvez não seja. No entanto, eu ficaria maluca se tivesse de comer em casa o tempo inteiro. Leite? Açúcar?"

"Sim, por favor. Só três colheres de açúcar. Bem, já estive com Pius em alguns lugares aqui: o Jali Club é muito legal, e o Baobab. Um colega dele ofereceu um pequeno jantar de aniversário no Carwash. Uma amiga minha tem um restaurante em Remera chamado Chez Françoise. Você conhece?"

"Não, não conheço. Que tipo de comida eles servem?"

"Grelhados, peixe, galinha, brochettes, batatas fritas, esse tipo de coisa. E, se você quiser dar uma festa lá, Françoise pode encomendar um de meus bolos para a sobremesa."

"Oh", disse Linda, entregando a caneca de chá para Angel e sentando-se à frente dela com sua garrafa de cerveja. "Isso parece interessante. Que tipo de lugar é?"

"É como um jardim, com mesas e cadeiras sob abrigos de sapê. E cozinham também do lado de fora, sobre uma fogueira."

"Parece exatamente o tipo de lugar que procuro. Quero dar uma festinha no próximo fim de semana, porém este apartamento é pequeno demais e eu normalmente não cozinho. Pensei em perguntar a Ken se poderia usar a casa dele, contudo seria legal ir a um local diferente." Linda acendeu um cigarro e tragou profundamente.

"Dê uma olhada no Chez Françoise e veja se gosta. Bosco conhece o lugar. Ele pode levá-la até lá."

"Bosco? Quem é Bosco?"

"*Eh!*" Angel percebeu imediatamente que jamais poderia contar a Bosco que Linda não sabia sequer quem ele era. Respondeu em alto e bom tom: "Bosco é o motorista de Ken".

"Ah, certo. Mas tenho meu próprio carro, basta você me dar as indicações."

"Está bem." Angel deu um gole no chá. Era a segunda vez que ela tinha de beber chá inglês neste mesmo dia. Pelo menos havia tomado uma xícara de chá adequadamente preparado quando a família voltou para casa naquela manhã. "É uma festa para seu aniversário, Linda?"

"Meu Deus, não. É uma comemoração muito mais importante que isso. Ontem soube que meu divórcio saiu." Linda ergueu a garrafa no gesto de um brinde e tomou uma grande golada de cerveja.

Angel não sabia o que dizer. Atualmente, os *wazungus* não levavam o casamento a sério. O divórcio significava que você fracassara em seu casamento, e fracassar nunca era algo bom. Como um fracasso podia ser motivo de comemoração? Devia, sim, ser motivo de vergonha.

"Oh, não faça essa cara, Angel. Meu casamento foi um terrível desastre. Mamãe e papai me forçaram a casar. Queriam que a filha se unisse a um bom e conservador diplomata de carreira, filho de seus bons amigos conservadores. O problema foi que ele era chato como os diabos, então me rebelei e me envolvi num trabalho sobre direitos humanos – claro que isso era um constrangimento para a preciosa carreira dele."

Angel imaginou se o trabalho sobre direitos humanos de Linda também não seria um constrangimento para o CIA. Mas talvez isso não tivesse importância, já que não eram casados. Certamente, o trabalho de Jenna como professora de alfabetização não o constrangia – embora pudesse envergonhá-lo se o chefe descobrisse que um de seus agentes não conseguia sequer detectar operações secretas em andamento dentro da própria casa.

"Então, você acha que seu marido também vai comemorar esse divórcio?"

"Ah, sim. Ele não vai chorar em cima do cherry, disso tenho certeza. Agora ele poderá encontrar uma esposa que mantenha a boca fechada e seja completamente confiável, uma doce anfitriã para as festas da embaixada."

Angel pensou na senhora Margaret Wanyika, que era exatamente o tipo de esposa de que um embaixador precisava: bem arrumada, impreterivelmente educada e sempre concordando com o marido em suas políticas de governo. Ela tentava imaginar a senhora Wanyika com um colete apertado, curto, e uma minissaia que revelava o umbigo com *piercing*, sentada diante de uma visita na casa do embaixador, fumando e bebendo cerveja da garrafa, no meio da tarde, e dizendo o que lhe passava pela cabeça depois de uma manhã na cama com o marido da vizinha. Não, ninguém a reconheceria como mulher do embaixador se ela se comportasse dessa maneira – e o embaixador Wanyika, sem dúvida, a expulsaria antes que alguém a confundisse com uma prostituta.

"Dá para ver que vocês não combinavam muito bem."

"Éramos um desastre. Graças a Deus reconhecemos isso antes de trazermos filhos ao mundo." Linda acendeu outro cigarro. "Então essa festa, Angel, é para comemorar minha fuga. Assim, quero um bolo que sugira, de alguma forma, fuga ou liberdade."

"Você quer dar uma olhada aqui para ter algumas ideias?" Angel ofereceu o álbum de fotografias, porém Linda recusou.

"Já vi montanhas de bolos seus na casa de Ken. Vou deixar o projeto para você. Tenho certeza de que é muito mais criativa que eu."

"Está bem, vou pensar com muito cuidado para não desapontá-la. No entanto, preciso saber quantas pessoas vão à festa para calcular o tamanho do bolo e, depois, chegar ao custo."

"Ótimo. Tanto faz."

Linda abriu outra garrafa de Amstel enquanto preenchiam um "Formulário de pedido de bolo". Depois, abriu a bolsa e contou o valor total. Angel viu que a bolsa dela estava cheia de notas de banco.

"Não quero me preocupar com depósitos, Angel. Agora sei que já paguei e não lhe devo nada."

"Obrigada, Linda." Angel dobrou as notas e as enfiou no sutiã. "Você sabe, é interessante isso que você me contou, a respeito de um divórcio hoje, porque eu estava planejando vir e contar a você sobre um casamento."

"Ah é? Casamento de quem?"

"Um casamento de duas pessoas que todo mundo neste complexo conhece."

"Oh, meu Deus, não me diga. Deixe-me adivinhar. Omar vai se casar com Eugenia? Prosper vai se casar com Titi? Dave, o canadense, vai perdoar Jeanne d'Arc e se casar com ela?"

Linda caiu na risada e Angel a acompanhou, rindo mais do que fazia havia muito tempo. O riso tirou lágrimas de seus olhos, e ela teve de procurar um lenço de papel no sutiã. Demorou bastante tempo até conseguir falar.

"Não, nenhum desses, Linda. Modeste vai se casar com Leocadie."

"Ótimo! Ela já não tem um bebê dele?"

"Tem. Beckham. Contudo, eles não têm família, são sozinhos. Então vou ser a mãe do casamento e estou pedindo a todos neste complexo e nesta rua que ajudem com uma contribuição, porque *nós* somos a família deles."

"Claro que vou contribuir." Linda apagou o cigarro e estendeu outra vez a mão para a bolsa. "Recebemos um convite para o casamento se fizermos uma doação?"

"Claro." Angel podia ver que a vizinha decidia quanto devia dar. "Vocês, *wazungus*, que ganham em dólares, podem contribuir muito bem. Para vocês, não é nada, porém é tudo para pessoas que nada têm."

Linda reconsiderou e pegou mais uma nota.

"E não nos esqueçamos de que mesmo agora, numa tarde de domingo, é Modeste quem está lá fora protegendo seu carro dos ladrões."

Linda tirou mais uma nota da bolsa.

"E Leocadie é aquela que consegue encontrar Amstel para você, quando é muito difícil."

Linda tirou mais duas notas da bolsa e entregou o dinheiro a Angel, que o enfiou no diário para mantê-lo separado do dinheiro do bolo, que estava no sutiã.

"Obrigada, Linda. Você é muito generosa."

MAIS TARDE, NAQUELA NOITE, Angel se viu sentada no quarto de outro dos apartamentos do complexo, desta vez no último andar, no lado em que morava Ken Akimoto. Até então, ela já tinha visitado todos os moradores do complexo que conhecia bem e coletara com eles uma boa quantia para o casamento. Sophie lhe deu um grande envelope marrom onde guardar tudo, para que não tivesse de caminhar por aí com as notas caindo do diário. No entanto, Sophie e Catherine a haviam surpreendido com a relutância em contribuir com dinheiro – e o motivo não era porque fossem voluntárias e tivessem pouco a dar.

"Como pode você nos pedir para contribuir com um dote, um *preço de noiva*, Angel?", Catherine perguntou estarrecida. "Por que deveríamos contribuir para a compra de uma mulher por um homem?"

"Ou, pelo menos, a compra de seu útero e de seu parto", esclareceu Sophie.

"Não, não. Não é para encarar desse ponto de vista", explicou Angel apressadamente. Ela se esquecera da sensibilidade das *wazun-*

gus, especialmente *wazungus* feministas. "Eu falo sobre dote porque é assim que as pessoas aqui compreendem. Mas Modeste não tem família que queira comprar Leocadie para ele, e Leocadie não tem família que queira vendê-la. Esse dinheiro que estou coletando é para Leocadie, Modeste e Beckham, para pagar um belo casamento e dar a eles meios para ter um bom início como família."

Satisfeitas, Catherine e Sophie contribuíram generosamente.

"Leocadie *realmente* me trouxe uma Coca-Cola quando soube que eu estava com náuseas no outro dia", concedeu Catherine.

"E Modeste *realmente* mantém o capitão Calixte afastado do apartamento", acrescentou Sophie.

Então Angel visitou diversas das famílias que ela sabia residirem nas casas que margeavam a estrada de terra na qual ficavam o prédio e a loja de Leocadie. Começando na extremidade mais afastada e voltando na direção do complexo, ela evitara as casas onde não conhecia ninguém – voltaria ali durante o dia, e não ao escurecer, quando os moradores poderiam ficar desconfiados ao ver alguém que não conheciam pedir dinheiro. Ela também esperaria alguns dias antes de abordá-los, para que as notícias da coleta para o casamento tivessem tempo de circular por intermédio dos vizinhos que conheciam Angel e já tinham contribuído. Claro que algumas pessoas que ela conhecia estavam fora aquela noite, e Angel precisaria se lembrar de quem eram para procurá-las em outra hora. No entanto, como sua memória não andava muito confiável, teria de anotar aqueles nomes na agenda assim que chegasse em casa.

Enquanto ia de casa em casa, ela pensou no que Catherine e Sophie haviam dito sobre o "preço da noiva". Ela nunca sentira que Pius a *comprara* – ou a seu útero ou a seu parto – sob qualquer aspecto. Ele simplesmente abordara os pais dela da maneira tradicional, respeitosa, para pedir sua mão em casamento: ele os compensara pelas despesas que tinham tido em criá-la. No entanto, Angel tinha uma prima em Bukoba que não conseguira conceber, e o marido a devolvera ao pai e exigiu de volta as vacas que tinha pagado. Angel podia perceber que não era diferente de comprar um rádio que não funcionava e devolvê-lo à loja pedindo o dinheiro de volta.

Os filhos dos próprios Tungarazas tinham sido ao mesmo tempo tradicionais e modernos quanto ao dote. Pius entregara o valor equivalente a um rebanho de bom tamanho aos pais de sua nora, Evelina. Vinas, por outro lado, disse que não se preocuparia com qualquer coisa do tipo – ela estava feliz o suficiente em se casar com o homem que amava, cuja família já investira tudo que tinha ajudando-o a se formar como instrutor de professores, e cujo pai, de qualquer modo, já era falecido. Angel e Pius ficaram satisfeitos com esses arranjos e, embora nunca tivessem discutido o assunto, Angel sentiu que eles ficariam contentes se seus três netos crescessem mais modernos, já que eles não teriam meios para pagar altas somas negociadas pelas noivas de mais três meninos.

Ao sair do pátio ao lado da casa dos Mukherjees com mais uma contribuição enfiada no envelope, ela encontrou dois homens caminhando a passos lentos, em sua direção, num escuro quase total, quebrado apenas por um fiapo de luar. Usavam longas camisas indianas sobre calças e sandálias, e o sorriso deles reluziu brancamente quando a cumprimentaram.

"Senhora Tungaraza, olá!"

"Olá, senhor Mukherjee, doutor Manavendra. Foram dar sua caminhada vespertina?"

"Sim, fomos", disse o senhor Mukherjee. "Mas normalmente não a encontramos caminhando à noite. Está sozinha? Tungaraza está com a senhora?"

"Estou sozinha, senhor Mukherjee, porém já vou para casa, me juntar a meu marido. Em geral, eu os vejo caminhando à noite com suas esposas. Onde estão elas esta noite?"

"Ebola!", declarou o doutor Manavendra. "Nossas esposas não querem sair de casa até o pânico acabar."

"Mas isso é em Uganda", espantou-se Angel, "longe daqui. E ontem o *New Vision* dizia que ninguém morrera de ebola lá nos últimos doze dias."

"Sim, está quase em Uganda inteira", falou o senhor Mukherjee com uma risada. "Logo, a histeria em nossa casa terá também terminado. Pelo menos eu consegui insistir para que os meninos voltassem à escola. Aliás, senhora Tungaraza, o bolo que a senhora fez para meu primo-irmão estava excelente."

"Excelente", concordou o doutor Manavendra.

"Fico tão feliz pelos senhores terem gostado." O sorriso da própria Angel reluziu ao luar. "Fico feliz também por tê-los encontrado aqui na estrada esta noite, pois assim não precisarei incomodá-los em casa. Estou coletando contribuições para o dote de Leocadie, que trabalha aqui na loja. Ela vai se casar, contudo não tem família que a ajude. Estou servindo de mãe para ela nas negociações e no casamento."

"Ah, ótimo", disse o senhor Mukherjee, estendendo a mão para a carteira no bolso de trás da calça.

"Sim, sim", imitou-o o doutor Manavendra.

Angel segurou o envelope aberto para que os dois homens pudessem colocar sua contribuição diretamente ali.

"Muito obrigada. É muito difícil para essa gente sem família e que nada tem, especialmente quando os que vivem ao redor estão ganhando em dólares."

"Muito difícil", concordou o senhor Mukherjee, fechando a carteira e a colocando firmemente no bolso de trás. "Mas agora a senhora deve ir para casa, senhora Tungaraza. Não é seguro para uma senhora andar sozinha à noite – sempre há a possibilidade de ocorrer uma importunação noturna."

"É, sempre uma possibilidade", concordou o doutor Manavendra. "Deixe-nos acompanhá-la até sua casa."

"Oh, não é necessário, realmente."

"Não, nós insistimos. Venha conosco."

Os dois caminharam com Angel além da loja de Leocadie e além da grande caçamba verde que já transbordava outra vez com o lixo da vizinhança.

"Credo, isto está cheirando muito mal", disse o senhor Mukherjee.

"Muito mal", concordou o doutor Manavendra.

"Na quinta ou sexta-feira da semana passada, eu vi retirarem aquela caçamba lá em cima do morro, aquela bem ao lado do quiosque de telefone para chamadas internacionais", comentou Angel. "Então talvez cheguem aqui esta semana."

"Esperamos", disse o doutor Manavendra.

"Sim, esperamos", ecoou o senhor Mukherjee. "Não há lugar para colocarmos nosso lixo sem fazer bagunça."

Deixaram Angel a poucos metros da entrada do prédio dela. Quando Patrice e Kalisa a cumprimentaram, e ficou claro que ela estava em segurança, eles voltaram na direção da casa que as famílias de ambos compartilhavam.

Apesar da noite fria, Angel sentia a cabeça muito quente. Então, em vez de entrar imediatamente, sentou-se numa das grandes pedras que orlavam o caminho até a entrada e abanou o rosto com o envelope de dinheiro, tendo o cuidado de segurá-lo fechado para não derramar as notas pela noite.

O dono do complexo recentemente fizera uma tentativa de embelezar a frente do prédio, com arbustos e plantas em enormes vasos de barro. Logo ao lado da entrada, havia um grande arbusto de uma planta que só floria à noite – suas pequenas flores brancas tinham um perfume muito forte. A planta exalava seu perfume enquanto Angel estava sentada na pedra ao lado, e o abano trouxe o cheiro diretamente para seu nariz.

Imediatamente – quase com violência –, o cheiro a inundou de lembranças: Vinas telefonava para dizer que estava ocupada demais para vir a Dar com as crianças durante as férias escolares; ela os mandaria sozinhos, de avião; Vinas telefonava para verificar se eles tinham chegado em segurança, para ouvir os protestos de Pius e Angel, dizendo que não, que os dois filhos dela não eram demais, além dos três de Joseph que já moravam com eles; a amiga de Vinas telefonava em pânico para lhes contar sobre a dor de cabeça para a qual não havia remédio, sobre ter de usar sua chave porque Vinas não atendera às batidas na porta, e que tivera de levá-la correndo para o Hospital Mount Meru, onde os médicos menearam a cabeça e lhe disseram que chamasse a família com urgência; encontravam Vinas já fria no necrotério quando chegaram; reuniam as crianças para levá-las com eles para Dar; Angel se sentava à beirada da cama de Vinas, tentando imaginar a intensidade da dor que a fizera retirar um número tão grande de comprimidos das embalagens em sua mesa de cabeceira; Angel precisava de ar fresco, então fora para o jardinzinho de Vinas e se sentou sob um arbusto de floração noturna exatamente igual a este, absorvendo o mesmo perfume e soluçando porque Deus não achara suficiente tirar-lhe apenas o filho.

"*Madame? Vous êtes malade?*" Patrice estava de pé a sua frente, observando-lhe o rosto, preocupado.

"*Non, non, Patrice. Ça va. Merci.*" Angel buscou um lenço de papel dentro do sutiã e enxugou com ele os olhos e o rosto quente. Depois acrescentou: "*Hakuna matata. Asante*".

Deu a Patrice um sorriso tranquilizador e se retirou. Realmente, ela tinha de se recuperar. Tudo isso já estava terminado havia mais de um ano e ficar pensando naquilo não ia trazer sua filha de volta. Não adiantava nada ficar triste quando precisava ser forte. Havia cinco crianças – *cinco!* – aos cuidados dela agora, era ali que a atenção dela deveria estar.

E ela tinha um casamento a organizar. Leocadie e Modeste teriam o dia perfeito: ninguém iria chorar porque o bolo não era profissional. Havia tanta coisa a fazer! Era hora de começar a visitar os residentes do complexo que ela não conhecia bem, e isso ia ser um desafio.

Foi assim que se viu sentada no apartamento de quarto e sala do canadense, observando-o degustar um dos bolinhos que ela trouxera consigo para adoçar o pedido. Era um homem alto, lá pelos trinta e tantos anos, com cabelo castanho cortado muito curto e óculos sem aro. Angel notou uma aliança de ouro em seu anular.

"Eu sequer estarei aqui para o casamento", disse ele com a boca ainda cheia. "Assim, não é minha responsabilidade ajudar a pagar por ele. Estou aqui apenas para uma consultoria de curto prazo."

"Exatamente em que você está dando consultoria, Dave?"

"Estou ajudando o governo a preparar seu artigo de estratégia para a redução da pobreza, para o FMI."

"*Eh*, isso é muito interessante. Você tem alguma boa ideia para reduzir a pobreza aqui?"

Ele riu e sacudiu a cabeça. "Essa não é minha tarefa. Eu só tenho de me certificar de que esses caras escrevam o documento da maneira que eles têm de escrever. A tarefa *deles* é o conteúdo, a *minha* é a forma, apesar de eu estar ajudando nas seções sobre ações prioritárias de esforço máximo e mecanismos para canalizar recursos de doadores para os programas mais importantes."

Angel pensou um momento. "Isso é uma maneira de falar sobre como alocar o dinheiro onde ele é mais necessário?"

O sorriso dele foi condescendente. "De certo modo."

"E, diga-me, acontece alguma vez de um doador dar dinheiro para uma coisa e ver que ele, em vez disso, foi usado em outra?"

"O tempo inteiro. Isso é esperado – ou, pelo menos, não é inesperado."

"É esperado? Então por que o FMI dá o dinheiro, se espera que não seja usado para a coisa certa?"

"Ah, mas o FMI não *dá* dinheiro. Ele o *empresta*. No final de tudo, o que importa é que tenha o dinheiro de volta, com juros. Se o país não usar do jeito que disse que ia fazê-lo, ou usa do jeito certo, porém o projeto acaba sendo um fracasso, não é problema nosso, não é nossa responsabilidade."

"Entendo."

"Então, Angel, vou me encontrar com algumas pessoas esta noite no Aux Caprices du Palais e preciso tomar um banho e me vestir. Como esse casamento que você está organizando não me diz respeito, não acho certo você esperar que eu contribua. Ruandeses estão sempre estendendo a mão para pedir dinheiro." E ele se levantou.

Angel permaneceu sentada. Ela falou sem olhar para ele. "Sim, há muitos mendigos aqui. É uma infelicidade que a pobreza deles ainda não tenha sido reduzida para que possam parar de fazer isso. Esses mendigos são muito inconvenientes para os visitantes, especialmente para aqueles que podem se dar ao luxo de jantar no restaurante mais caro da cidade. No entanto, os que têm trabalho não estão mendigando, e este é um casamento de duas pessoas que têm trabalho. O trabalho de um guarda de segurança para este complexo é muito importante. Se algo ruim acontecer aqui, os guardas nos protegerão. Por exemplo, se alguém rouba nosso dinheiro, são os guardas que vão parar esse ladrão na rua e evitar que ele fuja. São eles que se certificarão de que tenhamos nosso dinheiro de volta. São eles que resolvem o problema para nós antes de a polícia se envolver e antes de haver qualquer constrangimento para nossas famílias."

O canadense olhou duramente para Angel. Depois jogou a cabeça para trás e riu alto, batendo palmas.

"Bravo, Angel! Você é mesmo boa! Sabe, não estou nem aí para esse besteirol de reconciliação que você declamou a respeito desse casamento, e não acho que eu deva nada a ninguém, não o dinheiro que dou duro para ganhar. Entretanto, admiro suas táticas, admiro mesmo." Virou-se e foi até o quarto. Angel o observou se encaminhar para o guarda-roupa e pegar uma caixa. Ele retirou dela uma nota, depois repôs a caixa no armário e voltou para a sala. Angel se levantou.

"Suponho que você não tenha troco para uma nota de cem dólares."

"É claro que não", disse Angel, pegando a nota e enfiando-a no sutiã.

"Claro que não", ecoou o canadense.

"Obrigada, Dave. Espero que você aprecie seu jantar no Caprices." Angel estendeu a mão. O canadense a apertou com relutância.

Enquanto descia a escada, Angel pôs a mesma mão sobre os seios e sentiu o dinheiro no sutiã. Ela não o colocou no envelope porque ele não ia para o casamento. Ia dá-lo a Jeanne d'Arc, uma ruandesa a quem o canadense certamente *devia* este dinheiro.

Claro que pedira o dinheiro para uma coisa e ia usá-lo para outra. Mas isso não era inesperado.

Mesmo assim, era, sem dúvida, uma mentira. Silenciosamente, fez outra prece pedindo perdão.

11

Uma recepção de boas-vindas

O MOTORISTA DO *TAXI-VOITURE* abriu a porta de trás do carro e ergueu com cuidado o suporte com bolo que a passageira lhe entregara para poder descer do veículo. Ele olhou para o bolo com admiração. Parecia ter sido construído de tijolos de barro vermelho, unidos com cimento cinza. Na superfície superior, havia uma grande janela que dava para um interior escuro. Grossas barras verticais em cinza claro bloqueavam a janela, porém a barra central estava quebrada e as outras a seu lado estavam tortas. Amarrada à beirada inferior de uma das barras, havia uma grossa trança de marzipã rosa claro que parecia pano. Ela estava pendurada do lado de fora da janela e caía pela beirada do bolo, acabando em um monte de pano trançado no suporte do bolo.

"O que este bolo lhe diz?", perguntou Angel ao motorista, enquanto lhe pagava o preço combinado e pegava de suas mãos o suporte que ele segurava.

Ele pôs o dinheiro no bolso e respondeu: "*Bibi*, o bolo me diz que alguém fugiu da prisão: quebrou as barras da janela e pulou para fora com uma corda feita com seu uniforme da prisão".

"*Eh*, é exatamente isso que quero que este bolo diga! Obrigada."

O chofer franziu a testa. "*Bibi*, este bolo é para alguém que fugiu da prisão?"

"Não, não. É um bolo para uma *mzungu* que se divorciou do marido. Ela vai dar uma festa esta noite no Chez Françoise porque seu casamento acabou e agora ela se sente como se tivesse fugido de uma prisão."

"*Eh, wazungus!*", disse o motorista do táxi, sacudindo a cabeça.

"Aham", concordou Angel, também sacudindo a cabeça.

"Angel! Você vai ficar a manhã inteira aí, conversando com o chofer do táxi, ou vai entrar e tomar um refrigerante comigo?" Françoise apareceu no portão que levava ao jardim, com rolinhos de plástico azul no cabelo e uma *kanga* verde e amarela amarrada em torno de seu corpo baixo e vigoroso. Ela acompanhou Angel pelo jardim do Chez Françoise, gritando instruções pelo caminho para uma mulher que estava limpando com um pano as mesas e cadeiras de plástico branco.

"*Eh*, este bolo é lindo!", declarou Françoise, enquanto Angel o colocava cuidadosamente no balcão do pequeno bar, ao lado da entrada da casa. "Essa Linda é uma *mzungu* muito estranha, mas obrigada por tê-la mandado para mim. *Mzungus* não vêm aqui com muita frequência, e hoje haverá uma reunião com dezesseis. Diga-me, Angel, essa moça está sempre semivestida?"

Angel riu, tentando equilibrar as nádegas, apertadas numa elegante saia comprida, ao subir num banquinho alto de bar, que balançava ligeiramente na superfície irregular do chão. Segurou-se na beirada do balcão para não cair.

"*Eh*, Françoise, espero que ela se vista com mais recato para conversar a respeito da violação dos direitos humanos com homens importantes. Como um ministro vai escutar o que ela diz sobre estupro se ela lhe mostra os seios, a barriga e as coxas?"

"Pelo menos ele vai *pensar* em estupro!", brincou Françoise rindo e sacudindo a cabeça. "Fanta *citron*?"

"Sim, obrigada."

Françoise pegou duas garrafas de Fanta de uma das duas grandes geladeiras que ficavam encostadas na parede, atrás do bar, e tirou as tampas. Colocou dois copos no balcão antes de subir num banquinho, do outro lado do balcão, em frente a Angel.

"Falando sério, Angel – mesmo cobrindo o corpo, ela ainda é muito jovem. As pessoas importantes não conseguem levar uma pessoa jovem a sério."

"Exatamente. Só com a idade é que uma pessoa fica sensata."

"Sim." Françoise bebeu um pouco do refrigerante que tinha servido. "Seja lá quem estiver pagando seu alto salário de *wazungu*, está desperdiçando dinheiro, porque o que ela vai conseguir aqui? Ninguém vai lhe dar atenção."

"Contudo, mesmo assim, estão *gastando* dinheiro – às vezes isso é tudo que importa para algumas organizações. Assim, podem dizer a todo mundo: 'Vejam quantos dólares estamos gastando em Ruanda, vejam como nos importamos com seu país'." Angel bebericou o refrigerante antes de continuar. "Porém não vamos nos queixar demais, Françoise. Nesta noite, os amigos *wazungus* dela gastarão seus salários de *wazungu* aqui no Chez Françoise."

"É." Françoise sorriu. "Farei tudo perfeito para que todos queiram voltar."

"Um jeito de impressioná-los será servir Amstel."

"É, obrigada por ter me dado esta dica mais cedo. Liguei para uma amiga em Bujumbura e ela conseguiu duas caixas para mim. Bem, havia *quatro* caixas, contudo os funcionários da alfândega dos dois lados da fronteira tiveram de ser agraciados. Mas acho que isso será o suficiente para agradar esses *wazungus*. Preciso de mais fregueses."

"O negócio não está indo bem?"

"Sempre pode ir melhor. Muitos clientes vêm aqui para beber, depois vão comer em casa. Ou então vêm aqui já de estômago cheio. Só quando eles comem aqui que consigo tirar um bom lucro." Françoise suspirou e sacudiu a cabeça. "Não é fácil criar um filho sozinha."

"*Eh*, deve ser muito difícil", sensibilizou-se Angel. "Tenho sorte de ter meu Pius. Não sei o que faria sem ele. Não sou instruída o suficiente para conseguir um emprego com um bom salário."

"Nem eu", continuou Françoise. "Graças a Deus, meu marido construiu este negócio em nosso jardim há muitos anos. Depois que o mataram e a nosso filho mais velho, o que fiz foi manter tudo funcionando."

"*Eh*, Françoise. Eu sabia que seu marido tinha falecido, porém não sabia que o tinham matado – e a seu filho mais velho também!"

"Não sabia?" Françoise parecia surpresa.

Angel sacudiu a cabeça. "Você nunca me contou, Françoise. Como posso saber de algo se não me contam?"

"Desculpe, Angel. Achei que você sabia, porque todo mundo sabe. Todo mundo por aqui." O gesto circular que ela fez com o braço direito para indicar todo mundo na vizinhança – talvez todo mundo em Kigali – desencadeou um balanço forte no banquinho. Estabilizando-se outra vez ao se segurar ao balcão, ela continuou: "Mas, realmente, como alguém fora deste lugar pode saber de qualquer coisa sem que lhe seja dito? Então deixe-me contar, Angel".

Deu um gole no refrigerante e, quando falou outra vez, não havia nenhum sinal de tristeza em sua voz, não havia emoção alguma. "Mataram meu filho e meu marido." As palavras pareciam vir com uma dureza estéril bem de dentro dela, de um lugar de frias rochas vulcânicas, onde nenhuma vida poderia se enraizar e se desenvolver.

"Sinto muito, Françoise", disse Angel, triste pela perda dela, mas também sentida por ter feito sua amiga lhe contar que perdera um filho. Talvez tivesse sido melhor fingir que já sabia. Talvez devesse simplesmente ter ficado calada para que Françoise também pudesse ficar.

No entanto, Françoise não deu sinal de querer ficar quieta. "Aconteceu aqui mesmo", disse ela apontando na direção do portão que abria do jardim para a rua. "Eu vi tudo."

"*Eh!* Você assistiu?" Angel encobriu a boca com uma das mãos, mantendo o equilíbrio do banquinho ao se firmar no balcão com a outra, e mirou Françoise com os olhos arregalados.

"Sim. Eu tinha ido visitar minha sogra, que não estava bem, pois o estresse de tudo que estava acontecendo a deixava ainda mais doente. Gérard era ainda um bebezinho, então o amarrei em minhas costas e o levei comigo. Eu ainda estava amamentando. Quando voltei à tarde, já estava ficando escuro. Vi, lá do fim da rua, que havia muita gente perto de nosso portão, porém achei que eram fregueses. Assim que cheguei mais perto, percebi que eram jovens com cutelos e soldados com armas. De imediato me dei conta de que eles tinham descoberto."

A mão de Françoise estava firme enquanto ela bebia.

"Tinham descoberto o quê?"

"Andávamos escondendo pessoas aqui, protegendo-as dos matadores. Há um espaço nesta casa, entre o teto e o telhado. Não sei quantos escondemos lá em cima. E, nos fundos, há um telheiro onde guardamos lenha para cozinhar. Alguns se esconderam lá, atrás da lenha."

"*Eh!* Essas pessoas eram seus amigos?"

"Alguns eram amigos, outros eram vizinhos. Alguns a gente nem conhecia."

"E vocês arriscaram a vida por eles?"

"Angel, você tem de entender o que estava acontecendo. Todos os dias o rádio nos dizia que era nosso dever matar essas pessoas, dizia que elas eram *inyenzis*, baratas, e não seres humanos. Mas, se as tivéssemos matado, nós mesmos não nos sentiríamos humanos. Como poderíamos viver com o sangue de nossos amigos e vizinhos nas mãos? Como poderíamos olhar as pessoas nos olhos, como um ser humano que reconhece o outro, e, depois, tirar-lhes a vida? Houve milhares que fizeram o que lhes mandaram, milhares que não tiveram escolha, porque era ou matar ou morrer. Porém, nós achamos que tínhamos uma escolha porque tínhamos este bar."

Angel estava confusa. "Não entendo. O que este bar tem a ver com isso?"

"Sabíamos o que estava acontecendo em Mille Collines. Milhares estavam se escondendo dos assassinos ali. Sempre que os soldados iam lá à procura de *inyenzis*, o gerente lhes oferecia cerveja e então eles iam embora."

"Vocês acharam que podiam fazer o mesmo?"

"Sim, mas é claro que numa escala muito menor. E funcionou por algum tempo. Até aquela tarde, quando me escondi atrás do muro do jardim, do outro lado da rua, com meu bebê às costas, e os vi matarem meu filho mais velho, o pai dele e também as pessoas que estavam no teto, atrás da lenha." Françoise deu outro gole no refrigerante. Ela parecia impassível com a própria história, como se estivesse falando de comprar batatas no mercado.

"*Eh!*" Angel achou o horror difícil demais de se imaginar. Sim, ela tinha perdido os próprios filhos de uma hora para a outra, e a morte do filho tinha sido violenta, porém não vira os dois morrerem. Ela e Pius já tinham começado a se preparar para a perda de Joseph no momento em que ele lhes contou ser soropositivo, apesar de ainda estar saudável e bem. Mesmo assim, quando o policial foi à porta deles, em Dar es Salaam, para dizer-lhes o que seus colegas de Mwanza lhe haviam informado, o choque da perda fora devastador, e tinha levado muito tempo para aprenderem a lidar com ela. Depois, perderam Vinas, sem sequer terem superado a primeira perda. Angel e o marido nem tinham conversado – realmente conversado – sobre aquilo ainda. Quando conseguissem, será que Angel poderia fazer como Françoise, falar sem demonstrar qualquer emoção? Pode ser que Françoise simplesmente já não tivesse mais emoções para demonstrar.

"O que você fez depois disso, Françoise?"

"Fiquei sentada atrás daquele muro durante muito tempo, rezando para Deus manter meu bebê calado até os assassinos irem embora. Então passei a noite inteira retornando bem lentamente para a casa de minha sogra. Para onde mais eu poderia ir? No entanto, quando cheguei lá, de madrugada, descobri que os assassinos já tinham estado lá antes de nós."

"*Eh!*"

"Então fugi para o norte, onde um parente trabalhava numa plantação de crisântemos. Lá eu estaria em segurança. Ninguém tentaria me matar porque ninguém sabia que eu era culpada por tentar salvar vidas. Isso não foi muito tempo antes das forças de Kagame chegarem e darem um fim às matanças. Quando ficou seguro o suficiente para eu voltar, retornei. Esperava ainda encontrar os corpos aqui, porém eles tinham sido retirados e enterrados numa sepultura comum, em algum lugar. Tudo o que pude fazer foi limpar a casa e começar de novo."

"*Eh*, Françoise, você me contou uma história muito triste", disse Angel sacudindo a cabeça. "Pelo menos você sobreviveu."

Françoise rolou os olhos, escorregou do banquinho e deixou o copo vazio. Depois, respirou fundo e, com uma mão nos quadris e a outra no balcão do bar, disse: "Deixe-me dizer uma coisa a respeito de sobrevivência, Angel. As pessoas falam de sobrevivência como se fosse algo bom, uma espécie de bênção. No entanto, pergunte por aí aos sobreviventes e você vai descobrir que muitos admitirão que sobreviver nem sempre é a melhor escolha. Há muitos de nós que desejam todos os dias *não* ter sobrevivido. Você acha que me sinto abençoada por morar nesta casa com os fantasmas de todos aqueles que foram assassinados aqui? Acha que me sinto abençoada por entrar e sair por aquele portão em que meu marido e meu filho foram mortos? Acha que me sinto abençoada por ver aquilo que vi todas as vezes que fecho os olhos e tento dormir? Acha que sou abençoada por não saber onde os corpos de meu marido e do meu filho estão enterrados? Você acha que me sinto abençoada sob qualquer aspecto, Angel?".

Angel olhou para a amiga. Pela primeira vez, Françoise demonstrara qualquer emoção – e essa emoção era raiva. "Não, tenho certeza de que você não se sente abençoada. A sobrevivência deve ser algo muito difícil, Françoise."

"Vou lhe dizer uma coisa, Angel. Se eu estivesse sozinha naquela noite, se eu não tivesse Gérard amarrado a minhas costas, eu teria saído de trás daquele muro e dito aos soldados: 'Sou a mulher deste homem, também sou culpada por proteger *inyenzis*. Eu também devo morrer'. Eu não fiz isso. Mas há muitas, muitas vezes em que desejo ter feito. Se na época eu soubesse como ia ser a sobrevivência, eu não a teria escolhido."

"*Eh!* O que você está me dizendo é muito triste, Françoise." Angel buscou um lenço de papel no sutiã, retirou os óculos e enxugou os olhos.

"Estou lhe contando isso porque você é minha amiga, Angel, e porque você não é daqui, então posso ser sincera com você. É difícil para nós falarmos dessas coisas entre nós mesmos. No entanto, o que estou contando a você não é pouco comum. Há muitos sobreviventes que se sentem como eu. Há muitos que lamentam ter sobrevivido e gostariam de fazer a outra escolha agora."

Angel pensou no significado do que Françoise dissera. "Você está falando de... Suicídio?"

"Sim."

"Não é uma boa ideia, Françoise."

"Eu sei. Como católicos, sabemos que vamos para o inferno se nos suicidarmos."

Angel desviou o olhar, incapaz de falar. Fechou os olhos e apertou o lenço de papel sobre eles. Françoise continuou.

"E o que adianta a gente ir para o inferno depois de morrermos? Porque já vivemos nele agora. Não melhoraria em nada para nós – de fato, pioraria, porque ficaríamos presos lá por toda a eternidade. Pelo menos, se continuar viva, posso esperar ir para o céu. Mas eu certamente não perderei a oportunidade de morrer, se ela se apresentar outra vez para mim."

Angel sacudiu a cabeça e ficou em silêncio por um tempo. Colocou os óculos de volta. "Françoise, minha amiga, hoje você me ensinou. Essas coisas não foram fáceis de ouvir, porém agora as entendo melhor. Obrigada por me dizê-las."

"Não, Angel, sou eu que devo lhe agradecer. Obrigada por ser uma pessoa com esses ouvidos atentos e por ter um coração compreensivo. E obrigada também por ter mandado um grupo grande de *wazungus* ao Chez Françoise." Ela mostrou os dentes num amplo sorriso, sendo logo retribuído por Angel. Aquilo de que tinham falado já havia sido posto de lado, como batatas que foram trazidas do mercado e colocadas dentro de um armário na cozinha.

"Tenho certeza de que será uma festa muito boa, Françoise. Esses *wazungus* vão se divertir e vão dizer a outros que venham aqui."

"*Eh!* E, quando virem seu lindo bolo, dirão a outros que vão lhe procurar."

"Vamos torcer."

"É. Vamos torcer."

Faltava pouco para o meio-dia quando Angel desceu de um micro-ônibus apinhado, na estação central de Kigali. O sol àquela hora estava extremamente forte e, como ela não podia se encontrar com Odile antes das quinze para a uma, não havia necessidade de se apressar e ficar ainda com mais calor. Caminhou lentamente até a rotatória, na Place de La Constitution, e seguiu na direção dos correios, procurando um lugar onde fosse seguro atravessar a rua. Passou por uma fileira de homens sentados em cadeiras, colocadas na margem sem calçamento da rua, cada um atrás de uma pequena mesa com uma máquina de escrever, preparando documentos para clientes que ficavam de pé a seu lado, ditando ou dando-lhes instruções. Além deles, foi abordada por alguns cambistas, que atendiam o excedente de pessoas que ficava de fora da agência dos correios.

"Change, madame?"

"Non, merci." Na verdade, ela queria trocar a nota de cem dólares que o canadense tinha lhe dado, mas queria fazer isso no banco, mesmo tendo de pagar uma taxa muito maior que a dos cambistas.

Atravessou a rua e fez a volta em torno de outra seção, na parte exterior da rotatória, virando à direita no Boulevard de la Révolution. Na esquina, ficava o Office Rwandais du Tourisme et des Parcs Nationaux, aonde se ia para pedir permissão para visitar os gorilas na floresta tropical, ao norte. Ela não sabia bem por que alguém gostaria de fazer isso, porém era um passeio popular entre os *wazungus*.

O bulevar era largo e sombreado, orlado de altos eucaliptos, e Angel gostava do frescor que sentia ao se aproximar de outro anel viário menor, a Place de l'Indépendence. Aqui, ela encontrou um rapaz sentado na beira da rua, vendendo sapatos usados. Cumprimentou-o em swahili e ele lhe respondeu o cumprimento, levantando-se rapidamente. Os sapatos estavam arrumados de par em par no chão. Angel os examinou com atenção, buscando o sapato perfeito que complementasse seu vestido para o casamento de Leocadie. Ai, ai, não havia ali nada que lhe servisse.

"Você está procurando por algo especial, tia?"

"Estou, mas não vejo aqui. Tem de ser amarelo ou laranja ou, pelo menos, branco. Elegante, elegante."

"Espere aqui, tia", disse o rapaz. Ele gritou instruções em kinyarwanda para um menino de pé, do outro lado da rua, e correu a via acima com seus pés descalços, assobiando, gritando e gesticulando freneticamente.

O menino olhou para Angel e, inclinando-se para apanhar o que estava em seus pés, atravessou para onde ela estava. Ele se inclinou outra vez e colocou uma balança daquelas que se tem no banheiro aos pés dela.

"*Deux cents francs, madame*", disse ele.

"*Non, merci*", disse Angel.

"*Cent francs, madame.*"

Angel sacudiu a cabeça. "*Non, merci. Non.*" O tanto que a saia lhe apertava na região das nádegas e coxas já dizia a ela tudo que queria saber. Por que pagar cem francos para subir naquela balança e descobrir um número que só iria se acrescentar ao peso que ela já carregava? O menino afastou a balança e se sentou emburrado ao lado dela. Ficou vigiando Angel para se certificar de que ela não daria o fora com algum dos sapatos de seu amigo.

Depois de alguns minutos, o vendedor de sapatos estava de volta, ofegante, vindo na direção dela acompanhado por dois homens, cada qual carregando um grande saco no ombro. Eles correram, um mais desesperado que o outro, para chegar primeiro. Quando chegaram, derramaram o conteúdo do saco aos pés dela, falando sem parar em kinyarwanda. Remexendo sua mercadoria, um deles apanhou um sapato branco de salto alto, com uma tira na parte de cima, presa no lado por uma fivela dourada.

Angel percebeu que ele era pequeno demais para ela e sacudiu a cabeça.

O outro homem mostrou a ela uma sandália em amarelo vivo que lhe serviria muito bem. Angel a tomou e examinou cuidadosamente. A cor era bem-vinda, porém o salto era muito baixo, deixando-a muito esportiva para o casamento. Ela devolveu, sacudindo a cabeça.

Enquanto os dois homens continuavam à procura do sapato perfeito, Angel ouviu uma gritaria aguda de criança que ficava cada vez mais alta. Olhou para a direita e viu um menino muito pequeno correndo em sua direção, carregando no peito algo dourado e brilhante. Ao chegar perto dela, o menino parou e, tomando fôlego, exibiu o que carregava. Era um par de sapatos dourados, visivelmente já usados, mas ainda elegantes, com um salto que não era nem muito alto nem muito baixo, num tamanho que lhe serviria e ficaria perfeito com a roupa do casamento. Com o fôlego recuperado, o menino agora tagarelava sem parar em kinyarwanda.

"O que ele está dizendo?", perguntou ela ao vendedor de sapatos em swahili.

"Ele diz que a mãe dele está vendendo este par de sapatos por um preço muito bom, tia. Quer que você o siga para pagar à mãe dele. Ela está na rua logo antes da farmácia."

"Obrigada. Por favor, agradeça a esses outros cavalheiros por mim e explique que este menino me trouxe exatamente o que eu estava procurando. Lamento não poder comprar de todos vocês."

O rapaz sorriu. "Não tem problema, tia. Talvez da próxima vez."

Angel pegou a mão do menininho e deixou-se levar. A mulher estava sentada na calçada, com alguns pares de sapatos dispostos a sua frente. As duas negociaram um preço razoável, e Angel lhe entregou uma quantia do dinheiro que estava dentro do sutiã. Enquanto isso, a mulher colocava os sapatos numa velha sacola de plástico. Por terem visto alguém com dinheiro, muitos vendedores de CDs piratas abordaram Angel, porém ela lhes agradeceu com um sorriso. Atravessou a rua até a entrada do Banque Commerciale du Rwanda, onde um guarda de segurança entediado examinou-lhe a sacola, para ver se não trazia uma arma.

Uma vez dentro do prédio luxuoso e moderno, ela se dirigiu para a seção de moedas estrangeiras do banco. Normalmente, havia uma grande fila na seção de transferência de dinheiro da Western Union, mas os outros caixas não estavam tão ocupados. Ela ficou atrás da faixa marcada no chão, onde se devia esperar até o caixa estar livre. Havia apenas um cliente no guichê à frente dela, um homem grande, com um traje da África Ocidental, que esperava pacientemente que a papelada fosse preenchida. Por fim, ele assinou os documentos, pegou sua cópia e, agradecendo ao caixa, foi embora.

Angel se aproximou do guichê e retirou a nota de cem dólares de seu abrigo seguro, dentro do sutiã. O caixa ainda estava ocupado, de cabeça baixa, juntando a papelada do cliente anterior com um clipe. Quando ele olhou para ela, seus olhos se iluminaram por trás dos óculos de leitura e um amplo sorriso se espalhou por seu rosto.

"Angel!"

"Oi, Dieudonné. Como vai você?"

"*Eh*, vou muito bem, Angel. E você, como vai?"

"Bem, bem. Como vão sua mãe e sua irmã?"

"Oh, todo mundo vai muito bem, obrigado. E como vão seus filhos e seu marido?"

"Está todo mundo bem, obrigada, Dieudonné."

"*Eh*, estou feliz em vê-la. Você teve sorte de chegar em uma boa hora, porque em poucos minutos eu vou almoçar."

"Sim, pensei nisso. Eu só trouxe alguns dólares para trocar por francos e depois vou me encontrar para almoçar com uma grande amiga, uma adorável moça ruandesa."

"Isso é muito bom." Dieudonné pegou a nota e começou a contar uma grande pilha de francos ruandeses.

"Dieudonné, eu ficaria muito feliz se você se juntasse a nós para o almoço. Eu gosto que meus amigos se conheçam e tenho certeza de que vocês vão gostar um do outro."

Dieudonné riu ao entregar o dinheiro a Angel. "Então eu gostaria de conhecê-la! Mas só tenho uma hora de almoço."

"Não tem problema. Vou encontrá-la aqui perto, no Terra Nova, em frente à agência dos correios. Eles têm um bufê, então podemos almoçar rapidamente."

"Na verdade, vou lá frequentemente. Posso encontrá-la lá em dez minutos?"

"Perfeito."

Angel colocou o maço de francos no sutiã e saiu do banco com seus sapatos dourados na sacola plástica. Voltou pelo sombreado bulevar, cumprimentou o vendedor de sapatos com um sorriso e depois fez a volta para a avenue de la Paix, antes de atravessar a rua em frente à agência dos correios, onde a multidão de cambistas correu em sua direção.

"Change, madame?"
"Madame! Madame! Change?"
"Non, merci."

Ela entrou no pátio do restaurante ao ar livre bem na hora em que o garçom indicava uma mesa de plástico branco, à sombra, para Odile. Ela sorriu quando viu Angel e se levantou para beijar-lhe a face esquerda, depois a direita, então a esquerda mais uma vez.

"Como você vai, querida?"

"Estou bem, Angel. Obrigada por sugerir que nos encontrássemos aqui para o almoço. Eu costumo comer no restaurante do trabalho, porém é bom fazer uma pausa como esta, especialmente no fim da semana."

"É bom para mim também. Normalmente almoço em casa, com as crianças, mas achei que seria bom passar algum tempo com minha amiga longe do trabalho dela – e longe do meu trabalho também. As crianças estão em segurança, porque Titi está lá com elas."

Um garçom trouxe uma Coca gelada para Odile e serviu-lhe num copo. Angel pediu uma Fanta *citron* gelada.

"Odile, espero que você não se importe. Acabo de topar com outro amigo e o convidei para almoçar conosco. Ele é um rapaz muito legal. Muito legal mesmo."

Odile sorriu nervosamente. "Angel! O que está você tentando fazer?"

Angel sorriu de volta. "Estou tentando apresentar dois de meus amigos. Quero que se conheçam, só isso. Vocês não têm a menor obrigação de gostar um do outro."

Por acaso, no entanto, Odile e Dieudonné *gostaram* um do outro, e Angel achou que isso era extremamente gratificante quando já estava sentada no frescor de sua sala, abanando o rosto com um "Formulário de pedido de bolo" e dando valor ao conforto de sua *kanga* e camiseta. Os pés descalços estavam sobre a mesa de centro, com os tornozelos inchados do calor e da movimentação do dia. As meninas faziam o dever de casa com Safiya, no andar de cima, enquanto os meninos estavam lá fora, no pátio, jogando bola com Titi, mas sem muito entusiasmo por causa do calor.

Já quase cochilando, Angel concluiu que, no geral, tinha sido um dia bem-sucedido: todos tinham se encantado com seu bolo de fuga da prisão; ela conhecera uma nova perspectiva sobre a questão dos sobreviventes; havia encontrado um par de sapatos perfeito para o casamento de Leocadie; e, melhor de tudo, Odile e Dieudonné tinham muito o que falar enquanto comiam seus pratos de delicioso *matoke*, arroz, batatas fritas, folhas de mandioca, cenouras, carne e galinha.

No entanto, havia dois aspectos negativos no dia, e eram esses que a impediam de sucumbir ao sono pleno. O primeiro era o comentário inquietante que Françoise fizera a respeito de viver a vida no inferno e depois ter de ficar presa lá outra vez depois da morte. Essa era uma ideia que simplesmente não a deixaria se deitar e dormir. O outro aspecto negativo do dia foi o que aconteceu quando Angel voltou ao complexo depois do almoço. Ao deslizar para fora da traseira do *pikipiki*, em que se sentara de lado, com um braço em torno da cintura do motorista e a outra mão apertando os sapatos dourados contra o peito, ela percebeu que Modeste segurava um rifle semiautomático.

"Modeste", dissera ela, pagando o motorista do *pikipiki*, "o que você está fazendo com esta arma?"

"Não é minha, madame. Pertence ao capitão Calixte."

"*Eh!* Capitão Calixte?"

"É, madame."

"Onde ele está?" O pânico começou a socar as paredes do coração de Angel.

"Lá dentro, madame."

"Mas eu não lhe disse que, se ele viesse aqui procurando por Sophie, você deveria dizer a ele que ela não estava?"

"Disse, madame."

"Então por que ele está lá dentro agora?"

"Ele não está visitando mademoiselle Sophie, madame. Mademoiselle Sophie saiu. Ele está visitando mademoiselle Linda."

"*Eh?* Linda?"

"Sim, madame."

"Linda está em casa?"

"Está, madame."

"Sei. Foi bom você não ter deixado o capitão Calixte entrar no prédio com esta arma, Modeste."

"Sim, madame. Madame disse que eu não deveria deixar, se ele aparecesse outra vez."

"Fico contente por você ter se lembrado. Porém agora estou preocupada com Linda. Há quanto tempo o capitão Calixte está lá dentro?"

O guarda deu de ombros. "Acho que não faz muito tempo."

Angel debatia consigo mesma se deveria pedir a Modeste para deixar a arma com Gaspard e subir com ela até a porta de Linda, quando o capitão Calixte emergiu da entrada do prédio. Ao ver Angel, ele apontou raivosamente para ela.

"Você!", gritou ele. "É sua culpa!"

Modeste se aproximou mais de Angel, num gesto de proteção. Com o canto do olho, Angel viu Gaspard sair da sombra das árvores, no outro lado da rua, e atravessar na direção deles.

"Olá, capitão Calixte." Angel manteve a voz calma. "O que é culpa minha?"

"Aquela *mzungu* lá de cima me recusou!" O soldado cuspiu as palavras entre seus dentes cor de chocolate. "Se eu tivesse levado um bolo, ela teria aceitado minha proposta, tenho certeza. É sua culpa ela ter recusado."

Muito silenciosamente, sem que o soldado tenha reparado (pelo menos aparentemente), Gaspard agora tomara posição atrás dele, pronto a agarrá-lo se fosse necessário.

"Sophie saiu esta tarde, capitão Calixte. Como uma *mzungu* que está fora pode recusá-lo?"

"Não *Sophie*!" Ele bateu uma de suas botas de cano alto no chão. "Aquela outra *mzungu*! A que acabou de se divorciar."

"Você quer dizer Linda?"

"É. Linda."

"Mas, capitão, você não me pediu para fazer um bolo para propor casamento a *Linda*! Como pode ser *minha* culpa ela tê-lo recusado porque você não lhe levou um bolo?" O tom de voz de Angel era suave, razoável.

O capitão pareceu confuso e, então, deu para perceber que a raiva o tinha abandonado, da mesma forma como um sopro sai de uma bexiga quando o nó é desfeito. Com uma voz amuada, ele disse: "Ela nem sequer quis olhar meu certificado".

"Isso é muito triste, capitão Calixte. Mas, sabe, Linda está muito feliz pelo casamento dela ter terminado. Ela vai até comemorar o divórcio com uma festa hoje à noite. Uma moça como ela não iria aceitar uma proposta de casamento numa hora dessas. De ninguém."

O capitão pensou um pouco. "Você tem razão, Angel. Só propus casamento a ela na hora errada." E sacudiu a cabeça. "Desculpe ter dito que era culpa sua."

"Tudo bem, capitão Calixte."

O soldado pegou sua arma e foi embora, e Angel seguiu para seu apartamento com a mente perturbada. Está bem, nada de ruim tinha realmente acontecido. Mas o capitão Calixte não era um homem estável. Não era certo ele circular com uma arma. No entanto, ele circulava. Isso – e o comentário inquietador de Françoise a respeito do inferno nesta vida *e* depois dela – deixaram Angel ansiosa, impedindo que ela dormisse agora, com os pés sobre a mesa de centro.

Todavia, se ela tivesse caído no sono, logo teria sido acordada com uma pesada batida à porta de seu apartamento.

"Olá?", chamou uma profunda voz masculina. "Angel?"

Ela tirou os pés da mesa de centro e se levantou, pedindo, enquanto fazia esse movimento, que a visita entrasse. A cabeça que viu pela fresta da porta aberta era calva no topo, com uma faixa de cabelo preto de orelha a orelha, na parte de trás, e uma barba preta elegantemente aparada de orelha a orelha, na frente.

"Olá, Angel", disse o egípcio, falando pelo proeminente, grande e encurvado nariz.

"Senhor Omar!"

"Apenas Omar", falou ele, apertando a mão de Angel. "Espero não a incomodar."

"Nem um pouco, Omar. Por favor, entre e sente-se. Sabe, bati à porta de seu apartamento algumas vezes esta semana, porém você estava sempre fora."

"Sim, Eugenia me disse." Omar se sentou relaxadamente em frente a Angel. "Você está coletando dinheiro para um casamento especial?"

"Estou. Um de nossos guardas de segurança vai se casar com a moça que administra a loja em nossa rua. Estou organizando o casamento para eles, porque eles não têm família além de nós, deste complexo."

"Claro que vou contribuir." Omar se ergueu para pegar a carteira no bolso de trás das calças e se sentou outra vez, pesadamente. Retirou algumas notas da carteira e as estendeu para Angel, depois deixou a carteira sobre a mesa de centro. "E eu gostaria de encomendar um bolo para mim, Angel."

Angel sorriu ao se levantar. "Então vou dar-lhe meu álbum de fotos para você ver enquanto faço um chá para tomarmos. Não podemos discutir negócios sem chá!"

Ela entregou o álbum a Omar e foi até o quarto, para pôr a contribuição dele junto com o restante do dinheiro no envelope, guardado em cima do guarda-roupa. Então foi à cozinha, fazer o chá.

Ao voltar à sala com duas canecas fumegantes, Omar estava admirando as fotos.

"Você é muito habilidosa, Angel. Tem algo de artista, na realidade."

"Obrigada, Omar." Ela apoiou as canecas sobre a mesa de centro e sentou-se, passando de leve a mão no cabelo. "Desculpe não poder oferecer-lhe bolo com o chá. Eu não estava aqui na hora do almoço, e as crianças devoraram todo o bolo, em vez de comer arroz com feijão."

Omar subitamente emitiu um som alarmante através de seu enorme nariz, como o som de hipopótamos acasalando na parte rasa do lago Vitória. Ele estava rindo, e sua barriga subia e descia. Angel deu um sorriso nervoso.

"Criança é assim", disse ele. "As minhas teriam feito exatamente o mesmo."

"Oh, você tem filhos?"

"Tenho, tenho. Um filho de dezesseis anos e uma filha de treze. Os dois estão em Paris com a mãe. Minha filha, Efra, virá me visitar na próxima semana. É por isso que quero um bolo. Ela andou zangada comigo, porém acho que negociamos um tipo de paz." Omar deu um gole no chá. "Ah, é muito bom, Angel. Qual é o condimento?"

"Cardamomo. É como fazemos chá em meu país natal."

"Cardamomo?"

"É."

Omar depositou a caneca sobre a mesa e enterrou a cabeça nas mãos.

"Omar?"

Quando ele levantou a cabeça, sua pele marrom clara tinha se tornado ligeiramente vermelha. Ele sacudiu a cabeça. "Não vai dar certo", disse ele. "Ando tentando esquecer um infeliz incidente, porém parece que não consigo."

"Omar, estou entendendo nada. Por favor, diga-me o que o incomoda. Talvez eu possa ajudar."

Ele soltou outra vez o som alarmante de cópula de hipopótamos, mas agora muito mais tranquilo, como se os animais estivessem a alguma distância – talvez até em Mwanza, às margens do lago para a ilha Saa Nane. Parecia que o homem estava envergonhado. "Talvez você possa, Angel. Uns dias atrás, eu estava preparando *fattah*..."

"O que é *fattah*?"

"É um prato que fazemos no Egito, muito famoso. Eu vou prepará-lo para você um dia desses. Bem, quando eu acabara de começar a receita, me dei conta de que não tinha mais cardamomo. Então mandei Eugenia até a vizinha de cima para pedir um pouco." Omar parou de falar e deu um gole no chá. Ele pôs a caneca na mesa de centro. "Entretanto, ela voltou com camisinhas [*condoms*], em vez de sementes de cardamomo [*cardamoms*]."

Angel não conseguiu controlar o riso. Omar olhou para ela e começou a rir também, com grandes estrondos de grunhidos de acasalamento explodindo pelo nariz. Quanto mais ele fazia seus ruídos de hipopótamo, mais Angel ria, e quanto mais ela ria, mais ele fazia o ruído.

Passaram-se muitos minutos antes que qualquer um deles conseguisse falar.

"Eu acredito que *seja* muito engraçado", disse Omar, limpando lágrimas dos olhos com o lenço que pegara do bolso da calça. "Mas fiquei tão constrangido."

Angel enxugava os olhos com um lenço de papel. "*Eh*, Omar, sua história é muito engraçada – ainda mais porque ouvi a versão de Sophie."

"Ah, não! Por favor, diga-me, Angel! O que ela achou de mim, depois que mandei a empregada pedir *condoms*, camisinhas, a ela?"

"Ela ficou muito constrangida, Omar. Na verdade, ela evita encontrar com você na escada."

"E eu tenho feito o mesmo! Não entendo como Eugenia entendeu tão errado! Tudo bem, o inglês dela *é* limitado, porém estávamos na cozinha, eu estava ocupado cozinhando e precisava de cardamomo. Como ela podia achar que eu precisava de camisinhas?"

Angel ainda lutava para controlar o riso. "Acho que pedir para buscar camisinhas não é algo novo para ela. Talvez uma camisinha seja mais familiar para ela que cardamomo", sugeriu. "Mas diga-me, Omar. O que você achou do gosto de seu *fattah* depois que acrescentou as camisinhas a ele?"

Mais uma vez, o berro de acasalamento explodiu do nariz de Omar, e Angel se dobrou ao meio de tanto rir. Assim que escutou o barulho do pátio, Titi subiu para verificar se estava tudo bem. Saiu outra vez quando Angel acenou para ela ir embora.

"Ah não", continuou Omar, tentando recuperar o fôlego, "eu tive de sair para comprar cardamomo. Não queria me arriscar a mandar Eugenia para qualquer outro vizinho. Gostaria de ter sabido que você tinha um pouco aqui."

"Sempre", disse Angel, enxugando os olhos outra vez. "Você poderá consegui-los sempre aqui, porém acho que é um condimento que não vai deixar acabar outra vez."

"Verdade, verdade. Mas, Angel, o que devo fazer em relação a Sophie? Como explicar o engano a ela?"

"Eu posso fazê-lo, se você quiser", ofereceu-se Angel. "Então talvez vocês possam conversar sobre isso depois. Acho que ela ficaria nervosa se você fosse bater à porta dela antes de entender o que aconteceu."

Parecia que um peso tinha sido retirado dos ombros de Omar. "Ficaria muito grato se você fizesse isso por mim, Angel. Obrigado."

"Tudo bem. Assim que eu tiver explicado a ela o que aconteceu, eu o aviso. Então você poderá falar diretamente com ela." Angel bebericou o chá. "Agora, você disse que quer um bolo para sua filha."

"Quero. Ela ficará aqui pouco mais de uma semana e quero fazê-la se sentir bem-vinda, porque as coisas andaram difíceis entre nós desde que a mãe dela e eu nos separamos."

"E você tem ideia de como quer o bolo ou a mensagem que ele deve passar?"

"Sim. Vi um em seu álbum um com formato de coração. Acho que seria algo desse tipo."

"É um feitio muito bom para uma situação dessas", concordou Angel. "Que cor acha que deveria ser?"

"Oh, vermelho, sem dúvida. É a cor preferida dela. E talvez possa ter o nome dela em cima, Efra. Vou mostrar como se escreve em árabe para você copiar."

"Isso seria bom", disse Angel.

Passaram-se alguns minutos para completar a burocracia do "Formulário de pedido de bolo" e combinar a entrega. Depois os dois se encostaram na cadeira para terminar o chá.

"Sabe, Omar, ouvi dizer que alguns dos primeiros *wazungus* que vieram para cá achavam que o povo tutsi tinha originalmente vindo do Egito."

"Oh, esse mito está nos deixando malucos! Acho que você sabe que sou advogado nos julgamentos de genocídio aqui." Angel assentiu com a cabeça. "Muitos dos acusados tentam usar isso como desculpa. Algum explorador colonial idiota achou que os tutsis pareciam mais árabes que africanos, então especularam que eles deviam ter vindo do Nilo. Isso deu aos *génocidaires* uma desculpa perfeita para se livrarem das acusações." Omar fez com os dedos indicador e médio de cada mão o sinal que indicava aspas. "*Como eles não são daqui, vamos mandá-los de volta para o Nilo, de onde eles vieram!*"

"É, puseram todos aqueles corpos no rio Kagera, e o rio os levou para o lago Vitória."

"A fonte do Nilo."

"Mas eles não se parecem egípcios."

Omar apontou para si próprio com as duas mãos. "Quantos tutsis você conheceu que se parecessem comigo?" Um sonoro riso de escárnio trombeteou do nariz dele. "O tal colonizador semicego que fez essa observação deveria ser acusado de genocídio, mesmo que esteja morto há muito tempo. As palavras dele acenderam o fogo no qual o genocídio viria a ser cozinhado – e a administração belga atirou combustível às chamas ao exaltar as diferenças." Mais uma vez, Omar fez sinal de aspas com as mãos. "*Os tutsis são superiores, assim vamos privilegiá-los. E vamos obrigar todo mundo a carregar um cartão dizendo se é hutu ou tutsi, só para podermos saber a diferença.* Mas claro que são os próprios criminosos que usam o que os colonizadores inventaram como desculpa para a matança deles, e são eles os mais rápidos em rejeitar todo o resto que os colonizadores dizem."

Angel matutou um minuto. "Fico pensando se esses colonizadores tinham, na época, alguma ideia das consequências que suas ações viriam a ter."

"Ah, tenho certeza de que não poderiam saber. Duvido que tampouco fossem se importar." Omar esvaziou a caneca e a aninhou em suas grandes mãos. "É a mesma coisa hoje. Os líderes do governo não pensam duas vezes antes de pegar dinheiro emprestado das grandes instituições financeiras, porque eles só terão de pagar num prazo de quarenta anos – em quarenta anos, já não será responsabilidade *deles*, já que outro governo estará no poder. E quem se incomoda com a poluição da atmosfera e a destruição do planeta? *Nós* não vamos ter de viver com as consequências disso. Quantos de nós alguma vez paramos para pensar nas consequências de nossas próprias ações cotidianas? Olhe para mim. Eu prevariquei. Foi divertido. Então eu prevariquei mais. Aí meu casamento terminou e, por causa disso, meu filho se recusa a falar comigo e minha filha e eu lutamos para sermos amigos."

Angel tentou não pensar sobre ser amiga da própria filha. "Acho que você tem razão, Omar. Talvez não faça parte da natureza humana pensar em suas ações com muita antecedência."

Os dois ficaram em silêncio enquanto pensavam no assunto. Foi Angel quem recomeçou: "Mas agora você tem uma oportunidade de melhorar as coisas para sua filha, Omar. O que planeja fazer enquanto ela estiver aqui?".

"Bem, não fiz planos. Não quero que ela me acuse de tomar decisões sem consultá-la – sempre que faço qualquer coisa no gênero, ela grita: '*Objeção!*'" As aspas de Omar voaram em torno dessa palavra. "Vou apresentar a ela algumas opções e depois ela mesma poderá decidir."

"Ótimo. Você sabe, Efra não é muito mais velha que minhas meninas. Talvez elas possam passar algum tempo juntas enquanto ela estiver aqui."

"Boa ideia. Obrigado, Angel." Omar colocou a caneca vazia sobre a mesa de centro e se levantou, guardando a carteira de volta no bolso de trás. "E já lhe agradeço antecipadamente por conversar com Sophie por mim."

"Tudo bem", disse Angel, começando a rir outra vez.

Omar deu um sorriso largo e se despediu, tentando abafar o riso com dificuldade. Ele conseguiu se conter até subir um lance de escadas, mas logo o som da cópula dos hipopótamos no lago Vitória reverberou pelas escadas e explodiu para fora do prédio.

Gaspard e Modeste olharam por cima das bananas que estavam comendo, do lado de fora, e trocaram um olhar denunciador: o sol nem havia se posto, e o egípcio já começara a fazer sexo.

12

Uma crisma

Bosco deu um suspiro pesado e bateu a palma da mão direita com força no volante da Pajero de Ken Akimoto. Angel tinha razão: era *bom* para Alice que o pai realmente tentasse garantir uma bolsa para ela ir estudar nos Estados Unidos. Todavia, certamente não era bom para Bosco.

"Agora, tia, o que devo fazer enquanto ela estiver nos Estados Unidos para tirar o diploma? Serão três anos, tia. Três anos é muito tempo!"

"Tenho certeza de que ela virá para casa nas férias durante esse tempo, Bosco. *Eh*, Bosco! Tenha cuidado com esses buracos! Não quero que meu bule de chá quebre."

No colo, Angel aninhava um lindo bule de chá azul cinzento, feito a mão por ceramistas batwas, na oficina fora de Kigali que ela acabara de visitar com Bosco. Ela pensara muito e durante muito tempo sobre o que dar a Leocadie e Modeste como presente de casamento e, por fim, resolvera que o presente mais apropriado seria uma cerâmica dessas. Os batwas eram uma ínfima minoria em Ruanda, pequena não apenas em número, mas também em estatura, e Angel não tinha ouvido falar deles antes de vir morar em Kigali. Por certo ouvira falar nos hutus e nos tutsis – em 1994, o mundo inteiro ouvira falar neles –, porém quase não ouvira sobre esse terceiro grupo de pessoas minúsculas que há muito, muito tempo, morava nas florestas. Eles também sofreram terríveis violências e discriminações, contudo Angel não se lembrava de ter ouvido falar deles em qualquer reportagem da imprensa. Era apenas certo, pensou ela, comemorar a união de dois dos três grupos com um presente feito pelo terceiro.

Fora até a oficina de cerâmica sem uma ideia clara do que exatamente procurava. Foi Bosco quem chamou a atenção dela para o bule de chá. Ele disse que era um bom presente para Angel dar, porque ela sempre oferecia chá para as visitas. Era algo que faria Leocadie se lembrar sempre de sua madrinha de casamento. E ele tinha razão.

"Desculpe, tia", disse ele agora, diminuindo a velocidade. "Tia, não é só que Alice vai ficar fora durante três anos. Você sabe, depois que tive Perfect como sobrinha, quero um bebê meu. Como posso esperar por três anos para isso?"

"Mas, Bosco, você sabia, quando conheceu Alice, que ela tinha a intenção de estudar na universidade. Ela não era uma das Meninas a Sério."

"Sim, tia. Porém achei que ela iria estudar aqui, no KIST."

"E como ela iria estudar *e* ter um bebê?"

"Há aulas à noite, tia. Ela poderia cuidar do bebê durante o dia, enquanto estou trabalhando, e, à noite, eu poderia cuidar do bebê enquanto ela comparecesse às aulas."

"O plano é bom, Bosco. Entretanto esse plano foi feito por você e Alice juntos?"

"Não, tia", respondeu Bosco e diminuiu ainda mais a velocidade, já que agora dirigia perto de dois ciclistas.

"Hoje em dia um homem não pode tomar decisões sozinho, Bosco. Antes era diferente – quando eu tinha a sua idade –, porém agora um homem não pode simplesmente dizer a uma moça o que fazer. Tem de haver consulta, negociação. Tenho certeza de que Alice sabe disso, porque Sophie é professora dela."

O rapaz ficou calado por um tempo antes de dizer: "Então, tia, acha que posso pedir para ela que não vá para os Estados Unidos?".

Angel olhou para ele. "Qual você acha que será a resposta dela a esse pedido?"

Ele deu um estalo com a língua contra o céu da boca e soltou um profundo suspiro. "Não será afirmativa, tia."

"É. Se ela tiver oportunidade de ir, então é claro que deve ir. Ela ainda é jovem, Bosco."

"Sei disso, tia. Se ela for, então acho que terei de amar outra pessoa em vez dela. Alguém que não seja jovem."

"*Eh*, Bosco, o jeito como você diz isso me bota nervosa. Fico pensando se você já conhece essa outra pessoa que você vai amar."

"Não, tia."

"Tem certeza, Bosco?"

"Tenho, tia."

Angel não estava convencida. "Você tem muita, muita certeza, Bosco?"

"*Eh*, tia!" Bosco deu um sorriso envergonhado. "Tudo bem, por um tempo pensei em amar Odile, porém ela não pode ter filhos."

"*Eh? Não pode?*" Isso era algo de que Angel já suspeitara, pois explicava por que Odile nunca se casara. O objetivo do casamento é ter filhos, e uma mulher que não podia ter filhos não era de grande utilidade para um homem.

"Aham. No genocídio, eles cortaram as partes dela com um cutelo, as partes femininas. Gosto muito, muito de Odile. Ela é muito, muito legal. Contudo quero ter filhos, então não vou amá-la. Não, tia, ainda não há ninguém para eu amar. Ainda não."

"Isso é bom, porque Alice ainda não foi para os Estados Unidos, e talvez nem vá. Não é fácil conseguir uma bolsa de estudos."

"Eu sei, tia. Estou apenas tentando planejar com antecedência."

"*Eh*, Bosco!" Angel falou tão alto que Bosco quase jogou a Pajero para fora da estrada. Ela agarrou o bule de chá para protegê-lo. "Desculpe-me, Bosco. Me esqueci de contar para você! Só agora, quando você falou em planejar com antecedência, é que me lembrei."

"O que, tia?"

"*Eh*! O capitão Calixte propôs casamento a Linda!"

"A *Linda*?" Bosco arregalou os olhos para Angel, com a boca aberta. "Tia, você está falando sério?"

"Olha a estrada, Bosco! Claro que estou falando sério! Foi menos de uma semana depois de Linda ter sabido que saíra o divórcio dela. *Eh*, as notícias correm muito rápido aqui!"

"Muito, muito rápido, tia. Por favor, diga-me que Linda recusou."

"É claro que recusou."

"Ainda bem, tia."

"Ela ainda está dormindo com o CIA."

"Isso é ruim, tia. Será que a mulher do CIA desconfia?"

Era uma pergunta difícil. Pelo que Angel sabia, Jenna só desconfiava de que o marido trabalhava para a CIA. No entanto, Jenna era sua cliente, então ela não tinha liberdade para revelar isso a Bosco. Tudo bem, Linda também era cliente de Angel, todavia Linda jamais confiara a ela a respeito de dormir com o marido de Jenna, assim estava tudo bem em falar sobre isso. As suspeitas de Jenna eram uma questão diferente.

"Acho que ela pode desconfiar de algo. Mas agora está muito ocupada com sua aula de alfabetização."

"Será que o CIA desconfia?"

"Não. Ele não tem ideia do que acontece em seu próprio apartamento todas as manhãs." Angel riu, e Bosco riu junto.

"Ele não é um bom CIA", disse ele, sacudindo a cabeça.

Prosseguiram um pouco em silêncio. Angel passava as mãos pelo bojo do bule de chá em seu colo, sentindo-se muito feliz com a aquisição. Ela também estava feliz porque Ken tinha concordado em deixar Bosco levá-la até a oficina de cerâmica batwa. E claro que ela estava feliz por Bosco ser amigo dela.

"*Eh*, tia!", disse Bosco subitamente. "Me esqueci de dizer. Alice me contou que a amiga dela, aquela que é irmã da mulher do irmão de Odile, contou a Alice que Odile agora tem um namorado!"

"Um namorado? Odile? Tem certeza?"

"Muita, muita certeza, tia."

"*Eh!* Sabe o nome desse namorado, Bosco?"

"Não, tia. Mas a mulher do irmão de Odile contou à irmã dela, e então a irmã contou a Alice, que ele trabalha num banco."

Um amplo sorriso iluminou o rosto de Angel. Ela estava muito feliz mesmo.

MAIS TARDE, DEPOIS DO ALMOÇO, enquanto terminava de decorar um bolo que fora encomendado para uma festa de aposentadoria no dia seguinte, Angel recebeu a visita de Jeanne d'Arc. Como as crianças tinham acabado de se instalar na sala para fazer o dever de casa, Angel fez chá e levou a moça para o pátio do complexo, onde se sentaram sobre *kangas* abertas na sombra.

Jeanne d'Arc era uma muito bonita, era fácil ver por que os homens se sentiam atraídos por ela, embora ela se vestisse muito mais recatadamente do que muitas das outras moças em sua profissão. Hoje ela usava uma longa saia grená e sandálias pretas de salto baixo, que revelavam unhas dos pés pintadas de vermelho escuro. A mesma cor adornava as unhas de seus longos dedos delgados. Enrolado em torno dos ombros e preso com um pequeno broche de ouro num lado, um fino xale preto caía em dobras soltas até os joelhos. Trancinhas longas e finas desciam pelas costas, saídas de graciosas fileiras que vinham para trás, em raios, desde a testa.

"Fico feliz por você ter vindo me ver, Jeanne d'Arc", começou Angel. "Tenho algo para você."

"Para mim, tia?" Jeanne d'Arc parecia confusa.

"É." Angel botou a mão no sutiã, onde tinha guardado o dinheiro enquanto deixara Jeanne d'Arc na cozinha vigiando o leite para não derramar. Ela estendeu o rolo de francos ruandeses para a visita. Jeanne d'Arc olhou para o dinheiro, porém não o pegou.

Com a testa franzida, ela disse: "O que você quer que eu faça, tia?".

Angel deu a ela o que esperava ser um sorriso tranquilizador. "Este dinheiro é seu, Jeanne d'Arc. Recebi-o do canadense."

"*Eh?*" Ainda assim ela não pegou o dinheiro.

"É. Eu sei que ele pegou de volta de você o dinheiro que haviam combinado e também dinheiro que já era seu. Não sei quanto era, mas isso é o que consegui dele." Angel pegou a mão direita de Jeanne d'Arc e colocou as notas dentro, fechando os dedos em torno do maço.

"Oh, tia. Estou com tanta vergonha! Tentei roubar aquele homem. Eu não devia ter feito isso." Jeanne d'Arc procurou devolver o maço para Angel, contudo esta ergueu as mãos com as palmas voltadas para a frente e não o aceitou. "Por favor, tia, não posso ficar com isso."

"Jeanne d'Arc, você não fez sexo com o canadense?"

"Fiz, tia, mas..."

Angel não deu a ela tempo para continuar. "Então você não fez por ganhar este dinheiro?"

"Fiz, tia, mas..."

"E ele não tirou de você o dinheiro que você ganhara antes?"

"Tirou, tia, mas..."

"Não tem mas, Jeanne d'Arc! Tudo bem, você tentou roubar algum dinheiro dele. No entanto, ele o recuperou, questão encerrada. Na verdade, foi *ele* quem então roubou dinheiro de *você*. Este dinheiro é seu de direito, e você deve ficar com ele. Você não quer o dinheiro que ganhou? Não precisa dele?"

"*Eh*, preciso, tia."

"Então deve ficar com ele. Eu insisto. Não vou recebê-lo de volta, Jeanne d'Arc."

Angel bebericou um pouco do chá para dar à moça tempo de pensar. Observou-a respirar fundo várias vezes e rolar o bolo de notas na mão.

Por fim, ela olhou para Angel. "Obrigada, tia, ficarei com ele. Obrigada por consegui-lo para mim."

"Sem problemas."

Então Jeanne d'Arc separou uma das notas e a entregou a Angel. "Tia, eu gostaria de contribuir para o dote de Modeste e Leocadie. Eu ia contribuir só com uma pequena quantia, contudo agora posso dar mais."

Angel aceitou a nota e a enfiou no sutiã, enquanto viu a moça colocar o resto das notas dentro de uma pequena bolsa de mão.

"Obrigada, Jeanne d'Arc. O rebanho de vacas agora está ficando grande."

"Que bom, tia. *Eh*, estou tão feliz em ter meu dinheiro. Obrigada mais uma vez." Seu lindo rosto se abriu num sorriso. "Livrou-me de ter de pagar o aluguel de nosso quarto em troca de sexo."

"Bom. Você disse *nosso* quarto, Jeanne d'Arc. Por acaso divide o quarto com outra moça?"

"Não, tia, tenho duas irmãs menores e um menino pequeno. Tenho sido a mãe deles desde 1994."

"Mas me parece que *você* ainda precisa de uma mãe! Quantos anos tem?"

"Acho que dezessete, tia."

"Dezessete?"

"Sim, tia."

"Então você tinha onze ao se tornar mãe deles?"
"É, tia." Ela deu de ombros. "Eu era a mais velha. Nossos pais faleceram, bem como nossos irmãos mais velhos." Ela deu de ombros outra vez.
"E o menino pequeno?"
"Depois que fugimos para a floresta, nós o encontramos lá sozinho. Simplesmente não podíamos deixá-lo ali, ele era muito pequeno na época." Outro encolher de ombros.
"E como você tem cuidado dessas crianças, Jeanne d'Arc?"
"Primeiro voltamos para a fazenda de nossa família. Cultivamos lá batatas, mandioca e bananas. Entretanto, era muito difícil para nós, porque os homens que tínhamos visto matar nossa família ainda estavam ali, eram nossos vizinhos nos outros morros. Vieram algumas pessoas de uma organização, alguns *wazungus*, e tentaram nos ajudar, porém não conseguiram encontrar ninguém vivo da família do menininho. Realmente, não podíamos continuar lá. Então viemos para Kigali."
"E você vem se prostituindo desde então?"
"Sim, tia. Aqueles homens tinham me violado. Eu já estava estragada, então não importava. Mas minhas irmãs não estão estragadas, assim não deixo elas trabalharem. Meu trabalho paga a instrução das crianças, nossas roupas e comida, e também nosso aluguel." Ela deu um lindo sorriso tímido para Angel.
"*Eh*, estou orgulhosa de você, Jeanne d'Arc."
"Obrigada, tia. Agora, minha irmã Solange será crismada na igreja e quero que ela tenha uma festa com as amigas para comemorar. Vim pedir à tia que faça um bolo para a festa dela."
"*Eh!* Ficarei honrada em fazer esse bolo!"
"Obrigada, tia. Apenas algo pequeno e simples, por favor."
"Será um lindo bolo de crisma, Jeanne d'Arc. Vou fazer um bom preço. Diga-me, que idade tem Solange?"

"Na escola, dizem que ela tem onze. Acho que tem doze ou treze, porém ela é muito pequena. Não acho que seja pequena porque seja jovem, mas porque ela não teve comida suficiente durante muito tempo."

"Ela tem mais ou menos o mesmo tamanho de Grace ou Faith?"

Jeanne d'Arc pensou um pouco. "Talvez ela seja do tamanho de Faith, não tenho certeza. Talvez seja menor." Deu de ombros.

"Está bem. Minhas duas meninas já foram crismadas. Grace teve o próprio vestido de crisma, que depois foi reformado para Faith. Por que você não traz Solange para nos visitar? Aí podemos ver se o vestido cabe nela. Se precisar de ajustes, você poderá levá-lo a um lugar em Biryogo onde algumas senhoras estão aprendendo a costurar. Elas fazem um bom trabalho e é muito barato. Vou dizer a você onde fica. Solange terá um belo vestido para a crisma. Ela vai se sentir muito prosa."

Lágrimas começaram a rolar dos olhos de Jeanne d'Arc. "Tia, você é muito boa. Não tem sido fácil para mim ser mãe de crianças que não são meus filhos, e agora você está sendo uma mãe para mim, que não sou sua filha. E você também está sendo uma mãe para Leocadie, no casamento. E sei que seus filhos não são seus próprios, mas seus netos. Sinto muito que seus filhos tenham falecido. Eles tinham muita sorte de tê-la por mãe."

"*Eh*, Jeanne d'Arc. *Eh!*" As lágrimas agora também se acumulavam nos olhos de Angel.

"Tia?"

Angel pegou um lenço de papel dentro do sutiã. "*Eh*, desculpe, Jeanne d'Arc." Tirou os óculos, os colocou no colo e enxugou os olhos. "Só que não fui uma boa mãe para minha própria filha."

Jeanne d'Arc pegou a mão de Angel que não estava ocupada com o lenço de papel e a segurou firme. "Não, tia, não acredito nisso. Você foi uma boa mãe para ela."

O suspiro de Angel foi profundo, enquanto sacudia a cabeça. "Não, Jeanne d'Arc. Uma boa mãe não deixa a filha se casar com um homem que vai decepcioná-la, magoá-la."

Ainda segurando a mão de Angel, Jeanne d'Arc sorveu o chá. "Ela estava apaixonada por ele, tia?"

"*Eh!* Muito!"

"Já ouvi falar que estar apaixonada é algo bom, uma coisa feliz. Você não queria que ela fosse feliz, tia?"

"Bom, é claro que eu queria."

"Então pense que foi uma boa mãe porque a deixou ser feliz, mesmo que você não estivesse. Agora, digamos que não tivesse deixado ela se casar com ele, então você ficaria feliz, porém ela estaria infeliz. Uma boa mãe não põe a felicidade da filha antes da própria felicidade?"

Angel conseguiu sorrir, apesar das lágrimas. "Isso é verdade, Jeanne d'Arc. Mas algumas coisas nunca mais foram as mesmas depois do casamento. Ela estava longe de nós, em Arusha, enquanto nós estávamos em Dar es Salaam. Houve também outro tipo de distância entre nós. Falávamos frequentemente ao telefone, e ela sempre me disse que estava tudo bem, porém depois descobri que não estava. Ela teve outro bebê algum tempo depois de Faith e Daniel, mas ele era fraco, Jeanne d'Arc. Morreu em poucos meses."

"Sinto muito, tia."

"*Eh!* Aquele foi um ano ruim para todos nós, porque meu filho foi assassinado por um assaltante na casa dele."

"*Eh!* Sinto muito, tia."

"E então o marido de minha filha a largou e ela não me contou. Foi só por acaso que fiquei sabendo, pela empregada dela." Angel estalou a língua contra o céu da boca.

"Agora você está me confundindo, tia. Primeiro você me disse que não foi uma boa mãe. Agora acho que está me dizendo que ela não foi uma boa filha. Não tenho certeza do que a tia acha que tem de perdoar."

"Agora *você* está *me* deixando confusa, Jeanne d'Arc!"

A moça pôs a caneca no chão para que a mão que não estava segurando a de Angel pudesse ajudá-la a chegar aonde queria. "O que você me contou foi isso, tia. Você acha que foi um erro deixá-la se casar com um homem que não prestava. No entanto, esse homem a fez feliz por algum tempo. E, tia, o que sabemos aqui, neste país, é que nossa vida pode ser curta. Se tivermos a chance de sermos felizes, temos de aproveitá-la. Agora, sua filha, quando já não estava mais feliz, manteve isso em segredo. Por que, tia? Porque ela a amava. Ela não queria que você ficasse mais infeliz, pois você já estava triste por causa de seu filho."

"*Eh*, Jeanne d'Arc!" Angel apertou a mão da moça, lembrando-se das palavras de Thérèse a respeito de uma mentira carregar amor dentro do coração. "Parte de minha cabeça me diz que você tem razão, enquanto outra parte ainda está confusa. Esse é um assunto sobre o qual vou pensar mais tarde. Mas há ainda outro segredo que ela não me contou, um segredo que eu ainda não contei a mim mesma..."

Os mesmos cem sapos que tinham pulado, assustados, para uma lagoa tranquila, no centro de Biryogo, estavam agora em pânico dentro da barriga dela, pulando desesperadamente de um lado para outro. Talvez o dulçor do chá os acalmasse. Ela largou o lenço de papel molhado, pegou a caneca e a esvaziou.

"Tia, em kinyarwanda, nós dizemos que uma enxada não pode ser danificada por uma pedra exposta. Acho que isso quer dizer que a verdade só nos machuca se permanecer escondida."

"É um bom ditado, Jeanne d'Arc, e vou contar a você a verdade agora, porque sinto que é a hora. Eu mesma a ouvirei pela primeira vez, enquanto conto para você. É o que vim a desconfiar e agora, exatamente neste exato minuto, estou aceitando como verdade." Sentindo os sapos tentarem subir do estômago para a boca, onde poderiam impedir que ela falasse, Angel engoliu em seco. Depois, inspirou fundo e falou rapidamente, enquanto expirava, ansiosa por dizer, por ouvir: "Minha filha estava doente, Jeanne d'Arc. Ela descobriu que era soropositiva quando o bebê ficou doente. Foi por isso que o casamento dela se rompeu, porque a AIDS havia chegado à casa dela". Angel já não tinha mais fôlego para expelir.

Jeanne d'Arc terminara o chá, esperando silenciosamente enquanto Angel sorvia o ar e engolia em seco.

"No entanto, esse é apenas um pequeno segredo. Não é algo que eu teria vergonha de contar às pessoas, agora que já contei a mim mesma, embora muitos de nós não fiquemos à vontade em falar dessa doença. Pegar a doença não faz da pessoa um pecador. Uma pessoa tola, sim. Uma pessoa descuidada, sim. Uma pessoa sem sorte, sim. Mas um pecador, não."

Jeanne d'Arc assentia com a cabeça a cada sim, e abanou-a no não.

"Essa doença é apenas um pedregulho, Jeanne d'Arc. Não é a pedra que vai quebrar a enxada. Sabe, vou parar de ficar com raiva de Vinas por ela ter mentido para mim, porque eu também menti para mim mesma. Eu me contei histórias sobre estresse, sobre pressão arterial, sobre dores de cabeça. Porém, a enxada atravessou todas essas histórias. Tenho outra história, que está pronta para ser contada, mas sei agora que a enxada não vai nem notá-la. Essa história de que foi um acidente Vinas ter tomado tantos comprimidos para dor, que ela estava confusa pela dor de cabeça, essa ela não contou direito." Os sapos pararam de se mexer, atônitos. Nada mais podia parar Angel. "Jeanne d'Arc, a pedra que eu precisava desencavar, a verdade que eu precisava expor é esta: minha filha queria morrer. Ela tomou aqueles comprimidos para se suicidar."

Quando parou de falar, Angel ficou surpresa ao notar que já não estava chorando – percebeu que tinha de fato parado de chorar assim que resolveu contar a verdade. Sentiu-se vazia de emoção, assim como Françoise tinha ficado quando contou a própria história. Contá-la tinha desviado alguma coisa dentro dela. Recolocando os óculos, Angel olhou para Jeanne d'Arc e notou lágrimas nos olhos da moça.

"*Eh*, Jeanne d'Arc! Eu não queria perturbá-la. Como você pode chorar com a minha história quando a sua é muito pior?"

Jeanne d'Arc largou a mão de Angel, tirou um pedaço de papel higiênico cor-de-rosa de dentro da bolsa e delicadamente assoou o nariz. Depois, respirou fundo antes de dizer: "Tia, estou chorando por *você*, e não por sua história, porque a dor da perda está pesando em seu coração".

"Há uma carga mais pesada do que a perda em meu coração, Jeanne d'Arc. Todo mundo sabe que o suicídio é um pecado que manda a alma para o inferno. *Eh*, é muito difícil para mim saber que Vinas está lá."

"É." Jeanne d'Arc ficou um pouco em silêncio antes de continuar. "Mas acho que Vinas escolheu fazer o que fez para salvar os outros, tia. Ao se suicidar, ela não poupou os pais da dor de vê-la sofrer? Ela não poupou os filhos da dor de vê-la morrer? Acho que, quando uma pessoa morre para salvar as outras, o inferno não é local para sua alma. Acho que a *Bíblia* nos conta que essa alma pertence ao céu."

Angel olhou para Jeanne d'Arc. Como podia uma pessoa tão jovem ser tão sensata? "É verdade, Jeanne d'Arc. Afinal, Jesus morreu para salvar os outros. Você acha que Deus..."

A pergunta de Angel foi interrompida pelo som de um baque e um sonoro *eh!* ecoando pelas escadas. Aí veio Prosper, tropeçando pelo pátio e aterrissando estendido na poeira.

"*Merde!*", gritou ele, erguendo-se e sacudindo as roupas.

"Prosper?", disse Angel. "Você está bem?"

O homem observou Angel e Jeanne d'Arc através de olhos muito vermelhos. "Estou bem, madame. Tropecei nas escadas, em alguma coisa, ao descer. Modeste e Gaspard têm de tomar mais cuidado com a limpeza." Ele oscilava ligeiramente nos pés. "Madame, eu não pude deixar de escutar o que você estava dizendo a essa moça a respeito de Deus e Jesus. Isso é muito bom. A *Bíblia* nos fala muito sobre prostituição."

"É", disse Angel. "Conta-nos que Jesus perdoou as prostitutas e permitiu que entrassem no Reino dos Céus."

"*Eh*, madame, espero que não esteja perdoando esta pecadora!"

"Na verdade, Prosper", prosseguiu Angel, agora sorrindo, "*ela* que estava perdoando uma pecadora."

"*Eh!*" Prosper sacudiu a cabeça e se dirigiu cambaleante para seu escritório. "Vocês, senhoras, estão muito confusas. Eu mesmo vou encontrar alguns versículos da *Bíblia* para vocês lerem."

Elas o espiaram lutar com a chave e depois entrar no escritório. Esperaram que saísse com a *Bíblia*, porém ele não saiu. Então, primeiro baixinho, depois num volume mais alto, veio o som de roncos.

Angel e Jeanne d'Arc olharam uma para a outra e começaram a rir.

NAQUELA NOITE, enquanto Titi e Angel estavam na cozinha, ocupadas preparando o jantar da família, Pius se acomodou na sala para ler o exemplar do *New Vision* que o doutor Binaisa tinha emprestado para ele. O alarme do ebola agora estava encerrado e os meninos brincavam com os meninos Mukherjees na rua, sob o olhar atento de Miremba. No quarto delas, as meninas e Safiya faziam penteados umas nas outras.

Pius estava na metade de sua leitura sobre as novas alegações de contrabando de diamantes e columbita-tantalita para fora da

República Democrática do Congo quando sua concentração foi quebrada por uma batida à porta.

"*Karibu!*", gritou ele, mas ninguém entrou. Pôs o jornal na mesa de centro, resmungou, se levantou e foi abrir a porta. Ali estavam dois rapazes que visivelmente não eram desta parte da África.

"Boa noite, senhor", disse o que estava usando uma elegante calça de alfaiate cinzenta, camisa branca e gravata. "Espero não estarmos incomodando. Procuramos a senhora Angel."

"Oh, Angel é minha mulher", respondeu Pius, supondo que deviam ser clientes de bolos. "Por favor, entrem. Angel!", chamou ele. "Você tem visitas."

Angel veio da cozinha, limpando as mãos num pano. "Olá", disse ela com um sorriso.

"Oi, Angel", respondeu o rapaz de gravata. "Omar, no andar de cima, nos mandou conversar com você. Espero que a hora não seja inconveniente."

"Nem um pouco", ela mentiu. Emocionalmente esgotada depois da conversa com Jeanne d'Arc, ela não tinha a mínima vontade de pegar encomendas, porém, como mulher de negócios, era obrigada a se mostrar profissional o tempo todo.

"Sou Welcome Mabizela e este é meu amigo Elvis Khumalo."

Angel apertou as mãos dos dois e os apresentou a Pius, que fez o mesmo.

"Sentem-se, por favor", disse Angel, e os quatro se instalaram em torno da mesa de centro. "Seriam Mabizela e Khumalo nomes sul-africanos?"

"*Ja*", confirmou Welcome com um sorriso, "somos de Johannesburgo. Vim para cá para ajudar em workshops sobre reconciliação, com base em minha experiência de trabalho com a Comissão de Verdade e Reconciliação da África do Sul."

"*Eh!*", exclamou Pius, que avançou na cadeira, demonstrando interesse. "Tenho certeza de que você tem muitas histórias interessantes para contar."

"Não diga isso a ele, Pius! Ele nunca mais vai calar a boca. *Eish*, Welcome ficará contando histórias a noite inteira!" Elvis sacudiu a cabeça e riu.

Angel olhou para Elvis, que estava vestido de maneira bem menos conservadora que o amigo, com uma elegante camiseta vermelha e jeans justos, pretos. Trancinhas balançavam soltas em torno de sua cabeça.

"E o que *você* faz, Elvis?", perguntou ela.

"Sou jornalista, trabalho principalmente como freelance, sempre procurando uma matéria que eu possa vender." O sorriso dele era branco e brilhante. "Na verdade, foi por isso que Omar sugeriu que viéssemos vê-la. Ele disse que você está organizando um casamento, quero saber mais sobre isso. Talvez valha uma matéria."

"Angel", disse Pius, "quero que Welcome me conte suas histórias sobre a África do Sul, e Elvis quer conversar com você sobre o casamento. Por que não convidamos nossas visitas para se juntarem a nós no jantar?"

"Claro", concordou Angel, unindo as palmas das mãos. "Por favor, digam que vão jantar conosco."

"Oh, não podemos incomodá-los desse jeito...", respondeu Welcome.

"Bobagem!", declarou Angel. "Há comida de sobra para todos. Insistimos para que fiquem."

Elvis lançou um olhar a Welcome antes de dizer: "Neste caso, não podemos recusar. Obrigado, Angel, nós adoraríamos".

Ela foi para a cozinha reorientar o preparo do jantar de modo a satisfazer mais duas bocas. As visitas eram magras, porém rapazes saudáveis geralmente tinham grande apetite, independentemente do tamanho que tivessem. Os pedaços de frango que estavam assando no forno teriam de ser desossados, depois de cozidos, e picados em pedaços menores. Ela faria um ensopado de ervilhas e cenouras em molho de amendoim e acrescentaria o frango a ele. O arroz, que já estava sendo cozido, não seria suficiente, e era tarde demais para aumentá-lo, mas ela podia terminá-lo e a família o comeria no dia seguinte. Em vez disso, faria uma grande panela de *ugali* para comer com o ensopado de frango.

Enquanto se desincumbia de suas tarefas na cozinha com Titi, Angel escutava trechos da conversa na sala. Pius questionava Welcome sobre o significado da diferença entre o que a África do Sul chamava de *"verdade* e reconciliação" e o que Ruanda chamava *"unidade* e reconciliação". "Será que a verdade não tornaria impossível a reconciliação?", perguntava ele. "Será que a unidade seria uma possibilidade na ausência da verdade?" Angel estava contente porque nesta noite havia mais gente em casa para responder as questões do marido – aquele não era um debate para o qual ela se sentisse muito confiante quanto às respostas.

Quando o *ugali* estava quase pronto, Angel e Titi vieram da cozinha, e Titi foi apresentada às visitas antes de ir buscar os meninos na casa dos Mukherjees.

"Leve a lanterna, Titi", recomendou Pius. "Não há lua hoje e a rua está escura."

Angel acompanhou Safiya até o andar de cima para ter uma palavrinha com a mãe da menina.

"Amina, temos visitas inesperadas para o jantar, e você sabe como temos pouco espaço. Posso mandar as meninas cá para cima, com os pratos delas?"

"Claro, Angel", respondeu Amina, enxugando as mãos numa toalha. "Estaremos prontos para jantar assim que Vincenzo tiver terminado o banho."

"Obrigada, Amina. Elas virão em poucos minutos."

De volta ao apartamento, Angel fez Grace e Faith lavarem as mãos. Depois as mandou para cima, cada qual com um prato de *ugali* com o molho de frango ensopado. Os meninos chegaram com Titi, lavaram as mãos e foram despachados para o quarto com seus pratos de comida. Titi logo se juntaria a eles.

Então Titi trouxe uma grande tigela de plástico para a sala. Enquanto as visitas e Pius estendiam as mãos sobre ela, Angel entornava água quente de um jarro para eles as lavarem. Titi se serviu na cozinha e foi para o quarto com seu prato.

Angel, Pius e os rapazes se sentaram em torno da mesa de centro. Eles formavam bolas de *ugali* com os dedos e as mergulhavam na grande tigela com o ensopado de frango. Enquanto comiam, Pius e Welcome discutiram sobre aspectos teóricos e filosóficos da reconciliação, enquanto Angel e Elvis se concentravam num exemplo prático: o casamento de Leocadie e Modeste.

"Acho que essa matéria é mais para uma revista que para um jornal", sugeriu Angel. "Tem de haver fotografias do casamento, para que os leitores possam ver que são gente de verdade e que reconciliação não é apenas uma ideia."

"Concordo cem por cento", disse Elvis. "Será muito mais longa que uma matéria média de jornal, de qualquer modo. As duas partes vão ter de contar sua história."

"É verdade", continuou Angel, estendendo a mão para a tigela de *ugali* e começando a formar outra bola, com uma mão mergulhada no molho quente. "Mas, Elvis, tenho de dizer a você que essa é uma história que interessará a muitos jornalistas. Muitos mesmo. Da África inteira, e até da Europa e dos Estados Unidos. Revistas como *Hello!* e *O*, da Oprah, vão se interessar. Você sabe que uma revista na África do Sul não vai querer comprar a matéria de você se todas as demais revistas no mundo contarem a mesma história."

"Sem dúvida", concordou Elvis. "Claro que vou querer exclusividade de direitos para a matéria e exclusividade de acesso a todos os envolvidos."

"Sim, e sou eu quem resolve quem tem acesso exclusivo, porque sou a madrinha do casamento. E sou eu quem pode aconselhar as duas partes a falarem ou não com um jornalista."

"Compreendo", disse Elvis, sorrindo. "Então vamos ao que interessa, Angel. O que a convenceria a conceder os direitos exclusivos da matéria a um jornalista em particular?"

Ela já tinha a resposta pronta: "A revista que publicar a matéria deverá patrocinar uma pequena parte do casamento".

"Certo. E de que 'pequena parte do casamento' estamos falando?"

"Do bolo."

"Do bolo?" Elvis olhou para Angel com uma mistura de alívio e preocupação. "Só do bolo?"

"Sim. Será um bolo muito lindo que eu mesma vou fazer. Quando terminarmos de jantar, vou lhe mostrar fotografias de outros bolos que já fiz."

"Está bem. Deixe-me dar alguns telefonemas amanhã e, no dia seguinte, saberei se vai ser possível."

"Está certo, Elvis. Não vou dar a mais ninguém esses direitos exclusivos até ter sua resposta."

A refeição prosseguiu com um misto de debate político, histórias contadas e risadas alegres. Depois, Elvis fez ruídos aprobatórios enquanto olhava o álbum de fotos de Angel, especialmente quando viu o bolo com a bandeira sul-africana.

As visitas expressaram relutância por terem de ir embora, contudo acharam melhor se retirar porque havia crianças pequenas na casa que precisavam dormir.

"Onde vocês estão hospedados?", perguntou Pius. "Posso dar-lhes uma carona?"

"Oh, não, obrigado. Estamos aqui perto", respondeu Welcome. "Na Presbyterian Guesthouse. É uma caminhada de menos de dez minutos daqui."

"*Eh*, mas não dá para caminhar nesta noite", declarou Pius. "Não há luar e a rua não tem iluminação. Vocês vão se perder, garanto. Eu os levo até lá no micro-ônibus. Eu insisto."

Assim que Pius saiu com os sul-africanos, Angel e Titi começaram a arrumar a cozinha e Benedict foi ao andar de cima buscar as meninas. Titi levou os ossos de frango, as cascas de cenoura e o resto do lixo para a rua, para que não atraíssem baratas e não deixassem mau cheiro na cozinha durante a noite. Angel transferiu o arroz não comido da panela para uma tigela de plástico, para guardá-lo na geladeira. Enquanto se ocupava com essa tarefa, Angel pensou sobre os dois rapazes que tinham acabado de jantar com eles. A não ser que ela estivesse muito enganada – e ela tinha certeza de não estar –, eles eram mais que apenas amigos. A África do Sul era realmente um país muito moderno.

De repente, a porta do apartamento foi aberta com violência e Titi veio correndo para a sala, tremendo e com lágrimas escorrendo pelo rosto.

"*Eh*, Titi!", exclamou Angel, saindo da cozinha. "O que aconteceu?" Ela se aproximou da moça, apoiou os braços ao redor dos ombros dela e a levou até o sofá, onde se sentou a seu lado. As crianças se reuniram em torno, olhando para Titi com os olhos arregalados enquanto ela tentava controlar o fôlego.

"Grace, traga um copo de água", mandou Angel. "Faith, traga lenços de papel. *Eh*, Titi, seja lá o que tenha acontecido, agora você está em segurança. Não precisa chorar. Nada de ruim vai acontecer a você aqui."

Titi limpou as lágrimas com o lenço de papel que Faith tinha trazido e tomou um gole da água que Grace lhe entregara.

"*Eh*, tia!", começou ela, sacudindo a cabeça. "*Eh!* Eu não estava atenta quando levei o lixo para a caçamba. Esqueci que ela tinha sido esvaziada." Tomou outro gole de água. "Ao abrir a tampa para jogar o lixo, uma voz lá dentro falou comigo e mãos arrancaram o lixo de minhas mãos."

"*Eh*, os *mayibobos* estão de volta", concluiu Angel. Às vezes, um grupo de meninos de rua dormia na caçamba à noite, quando havia espaço suficiente lá dentro. Ela propiciava calor, abrigo e – talvez o mais importante – acesso instantâneo a qualquer coisa que os vizinhos jogassem fora, parte do que poderia passar por comida.

"Estava muito escuro, tia", continuou Titi. "Eu não via nada. Então escutei uma voz, e as mãos começaram a puxar... *Eh*, fiquei assustada!"

"Claro que ficou, Titi. Você tomou um grande susto. Mas agora você está bem. Por que não vai tomar um banho e se preparar para dormir, enquanto faço um pouco de leite quente com mel para você?"

"Obrigada, tia."

Ao esperar a chaleira ferver, Angel verificou se as crianças tinham lavado os pés, escovado os dentes e se instalado em suas camas, com a promessa de que Baba viria dizer boa-noite em poucos minutos. Depois de ter levado o leite quente para Titi na cama, ela voltou para a cozinha e encheu a panela de arroz com água, para ficar de molho até o dia seguinte. Enquanto fazia isso, pensou que os poucos grãos de arroz que tinham grudado nos lados e no fundo da panela provavelmente seriam uma grande refeição para um dos *mayibobos* lá fora, na caçamba. Então ela se lembrou do menininho que morava com Jeanne d'Arc e de Jeanne d'Arc e suas irmãs mais novas. Se Jeanne d'Arc não estivesse disposta a fazer o que provavelmente estava fazendo neste exato momento – talvez até mesmo ali no prédio – para manter aquelas crianças fora da rua, elas poderiam muito bem estar naquela caçamba.

Quando Pius voltou, depois de deixar os visitantes em sua pousada, ele encontrou Angel fritando cebolas numa grande panela.

"*Eh*, por que você está cozinhando a essa hora da noite?"

"Há alguns *mayibobos* na caçamba. Quero levar algo para eles comerem."

"Sei. E você esqueceu o motivo pelo qual todos nos mudamos pra cá, perdendo nossas raízes, e por que eu deixei um emprego confortável em Dar para vir trabalhar aqui em Kigali como consultor especial?"

"Não, Pius, não esqueci."

"Foi porque preciso ganhar mais dinheiro para podermos dar a nossos netos uma vida boa."

"Eu sei disso."

"Mas agora parece que você tem a intenção de usar meu salário para alimentar o mundo inteiro."

Angel despejou o arroz da tigela na panela com as cebolas e deu uma boa mexida. "Não, Pius. Eu só tenho a intenção de usar um pouquinho do dinheiro de meu negócio de bolos para pôr um pouco de comida na barriga dessas crianças sem teto antes de elas caírem no sono em cima do lixo fedorento de todo mundo." Silenciou o marido com um olhar. "Nossos filhos estão esperando em suas camas quentinhas que Baba vá dizer boa-noite."

Angel acrescentou uma pequena quantidade de *pilipili* ao arroz com cebolas para dar algum sabor e calor ao prato. Mexeu até o preparo estar inteiramente aquecido. Depois, transferiu outra vez a comida para a tigela de plástico.

Pius saía do quarto das crianças quando ela levou a tigela na direção da porta do apartamento. Hesitou um breve momento antes de falar: "Pius, quando eu voltar, quero conversar com você".

"A respeito do quê?"

"A respeito de uma coisa que eu disse a mim mesma hoje."

"*Eh?*"

"Oh, Pius. Já não é hora de verdade, unidade e reconciliação pararem de ser apenas teoria em nossa casa?"

"O que você quer dizer, Angel?"

"Quero dizer...", ela baixou a voz num sussurro, consciente de que as crianças ainda não estavam completamente adormecidas. "Não foi um acidente, não é?"

Os olhos de Pius se arredondaram e ele mirou a mulher durante quase um minuto inteiro sem piscar. Era como se um pequeno animal num arbusto à beira da estrada olhasse para um carro vindo em sua direção à noite.

"Quero dizer, Vinas", murmurou ela. "As pílulas..."

Ele sacudiu a cabeça soltando o ar com força, como se tivesse segurado a respiração por um tempo muito, muito longo. "Não. Não foi um acidente." Os olhos dele estavam úmidos quando estendeu a mão e apertou o ombro de Angel delicadamente. "Volte logo, Angel. É realmente hora de enfrentarmos a verdade juntos."

Do lado de fora, Angel encontrou Kalisa sentado numa das grandes pedras que orlavam o caminho para a entrada do prédio. Ela pediu que ele levasse a comida para os *mayibobos* na caçamba.

"Quando eles tiverem terminado, a tigela tem de voltar para mim. Vou esperar aqui."

"Sim, madame."

Angel tomou o lugar de Kalisa sobre a pedra e olhou para as estrelas no céu muito negro. Havia pessoas que conheciam as estrelas, que sabiam dizer o nome de cada uma delas. Ela sabia que uma das estrelas se chamava Vênus, como o nome de sua filha. Está bem, era na verdade um planeta, não uma estrela – ela sabia disso pelo atlas das crianças –, mas brilhava no céu exatamente como uma estrela. No entanto, ela não entendia como podia ser importante aprender o nome de cada estrela no céu; certamente era melhor saber o nome de cada pessoa de sua rua.

Angel pensou no bolo que ia fazer para a crisma de Solange. Ela e Jeanne d'Arc tinham planejado um bolo de baunilha no formato de uma cruz cristã, branca no topo, para representar pureza, e com um desenho trançado em turquesa e branco nos lados, para combinar com o vestido, que era branco com fitas turquesa. O nome de Solange seria escrito no topo, também em azul-turquesa.

Subitamente, Angel foi cegada por luzes que brilhavam na direção de seus olhos. Um veículo grande desceu o morro e virou da rua asfaltada para a rua de terra. A Pajero parou junto dela.

"Tudo bem, Angel?", perguntou Ken Akimoto.

"Tudo bem", disse ela, sentindo que sim, tudo ia ficar bem. "Obrigada, Ken. Estou apenas curtindo o ar da noite."

"Está bem." Ele se dirigiu para a outra extremidade do prédio e estacionou em frente ao próprio apartamento. Bosco só era motorista durante o expediente do escritório – depois disso, Ken era perfeitamente capaz de dirigir o próprio carro. Claro, Bosco era muito mais que o motorista de Ken e ficava feliz de se encarregar de um sem-número de incumbências.

Angel sorriu ao pensar no que Bosco tinha lhe contado naquela manhã: Odile tinha um namorado! Dieudonné seria um bom parceiro para uma mulher que não podia ter filhos. Como crescera sem os pais, aos cuidados de outras pessoas, ele poderia facilmente ser convencido a adotar uma ou duas das milhares de crianças que enchiam os orfanatos do país. O que era muito melhor para eles, pensou Angel, do que encher as caçambas de lixo do país.

Então Angel se deu conta de que algo muito importante acontecera. Ela estava sentada ali, exatamente ao lado da mesma planta que floria à noite e que havia no jardim de Vinas, em Arusha, e não estava pensando na filha. Ela não se sentia arrasada pela morte dela. Farejou o ar. Sim, a planta exalava o perfume enquanto ela estava sentada ali, porém ele não a havia aniquilado.

"*Eh!*", disse consigo mesma, sem saber se era certo ou errado abandonar parte de sua dor. Tirou os óculos para limpá-los, porém viu que não precisavam, então os colocou de volta. Fechou os olhos para adquirir uma dimensão melhor do que estava sentindo. Sim, ela ainda estava muito triste. Entretanto, de alguma forma, um pedacinho, uma parte de seu desespero tinha mudado. Tinha se transformado em esperança.

Ao abrir os olhos, viu Kalisa sair da escuridão total e se aproximar dela com uma criança pequena vestida com trapos fedorentos. A menininha passava os dedinhos em torno da parte de dentro da tigela antes de lambê-los até ficarem limpos. Entregou o recipiente a Angel com um grande sorriso.

"*Murakoze cyane*. Muito obrigada", ela disse.

13

UM CRESCIMENTO

DUAS COISAS DEIXARAM ANGEL CONTENTE na manhã do domingo seguinte. Uma delas pulava freneticamente em sua cabeça como um macaco numa gaiola de arame.

A primeira coisa que a deixou feliz foi que, no caminho da igreja para casa, a família tinha visto um homem à beira da estrada vendendo *senene*. Eles souberam que os *senenes* finalmente tinham chegado a Kigali para a segunda visita naquele ano porque, durante as últimas duas noites, eles os tinham visto em torno dos postes de luz da rua asfaltada, ao lado do complexo.

Na noite passada, eles pegaram a lanterna de parafina, que ficava guardada caso acabasse a luz, e a colocaram do lado de fora, para atrair os gafanhotos de cor verde vivo. Daniel e Moses se divertiram muito, apesar do pouco sucesso na tarefa de tentar apanhá-los com as mãos e guardá-los dentro do pote vazio de sabão que Faith segurava, com um pedaço de papelão para cobrir a abertura. Ela não se importava de segurar um pote cheio de insetos e não se chateava de deslizar o papelão para o lado para que outro fosse posto lá dentro. No entanto, cada vez que um deles voava em sua direção ou chegava a aterrissar nela, a menina gritava e deixava o pote cair, e todos os bichos fugiam. Finalmente, Angel e Pius fizeram uma pausa no divertimento das crianças chamando-as para entrar, preocupados com a possibilidade de a lâmpada atrair mosquitos para perto delas. Nessa altura, só havia oito *senenes* no pote: um para cada membro da família.

Mas agora eles tinham comprado um saco inteiro deles, e o almoço ia ser delicioso! Pius tirara todas as asas e pernas dos insetos para Angel, e ela já os tinha cozinhado em água salgada por uma hora. O passo final no preparo seria fritá-los, porém Titi só faria isso na hora da refeição, para que ficassem crocantes e quentes.

Sozinha no apartamento, Angel olhou para o relógio. O que faria durante a próxima meia hora? Jenna tinha ido à igreja com eles naquela manhã e, quando encontraram o vendedor de *senene* no trajeto para casa, Angel se oferecera para cozinhar um pouco de gafanhotos para ela, contudo Jenna não quis nem ouvir falar. Se ela tivesse aceitado, Angel estaria ocupada no preparo deles agora. Todavia, infelizmente, ela teria de encontrar alguma outra coisa com que ocupar seu tempo.

Sem querer estar ali, ela se viu de pé ao lado da mesa de trabalho, mirando o bolo que entregaria à tarde. Nenhum bolo a perturbara tanto quanto este. Está certo, não era o bolo em si o que a perturbava. Na verdade, era um bolo realmente muito lindo: um pão de ló redondo de baunilha, em duas camadas, com uma cobertura branca, um salpico de minúsculas rosas vermelhas e mais algumas folhas verdes por cima. O que a incomodava era a ocasião para a qual o bolo tinha sido encomendado: a mutilação de uma menina.

Claro que ela já tinha ouvido falar dessa prática, embora não fizesse parte de sua cultura. Catherine lhe explicara – em resposta à discreta pergunta de Angel – que não era algo comum em Ruanda, mas que algumas pessoas que a praticavam em seu país de origem também o faziam aqui. Angel não gostava nem um pouco da ideia, certamente não escolheria isso para Grace ou Faith. Cortar e costurar as partes íntimas de uma menina para lhes dar uma aparência mais atraente para os homens com certeza não era algo racional de se fazer. E dizia-se que isso tornava o sexo doloroso para a menina depois de crescida, de modo que ela não seria tentada a fazer sexo com ninguém além do marido. Mas que tipo de marido seria capaz de ter prazer, sabendo que o que estava fazendo causava dor física à mulher? Havia muitas complicações decorrentes desse tipo de prática, mesmo quando é feita de maneira menos severa, em que a menina é menos cortada – se ela não morre de infecção, seu filho pode muito bem morrer durante o parto, caso não haja alguém lá para abrir suas partes outra vez e deixá-lo passar.

Então, por que Angel concordara em fazer este bolo? Ela ainda não tinha muita certeza, embora soubesse que seus motivos eram complicados. Está certo, ela podia ter recusado. Ela se recusara a fazer um bolo para o capitão Calixte porque, se ele se tornasse seu cliente, a ética profissional não lhe permitiria avisar Sophie sobre as intenções dele. Porém, neste caso, a quem ela avisaria sobre a intenção de mutilação da menina? À própria menina? Ela não tinha o direito de fazer isso. Às autoridades ruandesas? Não podia fazer isso com a família da menina. De qualquer forma, tinha jurado segredo antes mesmo de concordar em fazer o bolo, então não podia contar a ninguém, mesmo se tivesse recusado a encomenda. *Eh*, isso seria um dilema ético muito difícil para as Meninas a Sério discutirem!

Mas outra coisa roía Angel como um macaco mastiga as barras que o retêm: será que ela aceitara a encomenda por... Curiosidade? Fora convidada não só porque faria o bolo, mas também como testemunha. Será que sua curiosidade sobre a circuncisão era mais importante que a dor da menina? *Eh!* Essa era uma questão a que não queria responder. Ela tinha de parar de pensar nisso imediatamente ou ficaria com dor de cabeça.

Sentou no sofá, colocou os pés sobre a mesa de centro e deu uma boa limpeza nos óculos com a beirada da *kanga*. Ao fazer isso, sentiu um calor subir pelo pescoço até o rosto. Fechou os olhos e investigou a sensação: não era porque ela se sentia envergonhada com o que faria à tarde, nem porque estava incomodada por seus motivos obscuros. Era simplesmente outro fogacho. Realmente, isso estava se tornando muito incômodo, apesar de ocorrer cada vez menos. Tinha de se lembrar de perguntar à doutora Rejoice exatamente por quanto tempo isso ainda ia continuar. É pouco provável que uma mulher fique empacada na "modificação" para sempre. Certamente, ela acabaria por chegar a um ponto em que ela tivesse... Bem... *Modificado*? Angel limpou a transpiração do rosto quente com um lenço de papel e resolveu pensar em algo mais alegre.

A outra razão para ela estar muito contente naquele dia – fora os *senenes* – era o fato de que, muito em breve, Grace e Benedict estariam em casa, depois de passarem duas noites fora. Concentrou-se para lembrar como foi que eles resolveram sair no fim de semana.

Ela acabara de voltar para o prédio depois de ter comprado açúcar na loja de Leocadie. Lá, a noiva tinha lhe mostrado o lindo véu de casamento que a turma de costura em Biryogo havia feito para ela. O tecido usado era o cortinado que Sophie e Catherine lhe deram quando Beckham nasceu e que Leocadie nunca usou.

"Elas me disseram que o bebê tinha de dormir embaixo desta rede todas as noites", dissera Leocadie, sacudindo a cabeça. "*Eh*, esses *wazungus*! Será que elas pensam que os mosquitos só vivem em nossos quartos e só nos picam quando estamos dormindo?"

"Os *wazungus* têm muito medo de malária", dissera Angel.

Na verdade, um ou dois *wazungus* chegaram a convencê-la a pelo menos pensar em instalar cortinados por cima dos beliches das crianças. Mas foi quando Angel discutiu a ideia com a doutora Rejoice, durante o último ataque de malária de Benedict, que ela se convenceu de que era realmente uma ideia muito boa. A médica explicara que, se um mosquito não contaminado picasse Benedict, estando ele com malária, esse inseto agora passaria a ser portador da doença por causa de Benedict. Assim, esse mosquito poderia levar a malária, transmitida por Benedict, para alguém que estivesse doente demais para lutar contra a doença – alguém com AIDS, por exemplo. Isso fez com que Angel visse a malária sob uma nova perspectiva – ela não queria que ninguém de sua família fosse responsável pela morte de uma pessoa cujo corpo estivesse fraco pela AIDS. Não era apenas uma questão de proteger a própria família da malária: era uma questão de proteger também a saúde de todos da comunidade.

Então, no mesmo dia, ela foi a uma farmácia pedir os cortinados que a doutora Rejoice havia recomendado – os que tinham inseticida especial –, porém eles eram muito caros. O farmacêutico lhe dissera que eles tinham aquele preço para os *wazungus*, porque só os *wazungus* os compravam. Assim, ela resolveu comprá-los quando fossem para casa, em Bukoba, nas férias de final do ano. Lá, eles seriam mais baratos.

No entanto, Angel não contara nada disso a Leocadie, pois não queria que ela se sentisse mal por usar o cortinado para fazer o véu de casamento, que estava, afinal, muito bonito.

Quando Angel voltou para o prédio com o pacote de açúcar, Omar e a filha desciam as escadas. Ela já fora apresentada a Efra, que passara algum tempo no apartamento dos Tungaraza, assistindo a um vídeo com Grace e Faith. Era uma menina delgada que seria linda, se não fosse pela réplica do enorme nariz do pai a lhe dominar o rosto. Infelizmente, não era possível esquecer aquele nariz mesmo quando não se olhava para o rosto da menina, porque sua voz parecia sair dele quando ela falava, igualzinho ao pai. Pelo menos o riso vinha da boca, e não fazia as pessoas pensarem em acasalamento de animais.

"Angel!", trombeteara Omar. "Fico tão contente em encontrá-la. Efra quer ver os gorilas neste fim de semana e imaginou se dois de seus filhos não gostariam de ir com a gente."

"*Eh*, Omar. É uma ótima ideia, obrigada, mas é muito caro ir ver aqueles gorilas."

"Oh, eu estou convidando! Não iria lhe custar nada, porque eu cobrirei o custo das autorizações, do hotel, de tudo. O prazer será todo meu. E Efra adoraria compartilhar a experiência com outras crianças. Por favor, diga que sim!"

"Como posso dizer não, Omar? Muito obrigada. Deixe-me conversar com eles esta noite e ver quem gostaria de ir."

"Só dois deles, Angel, se isso não provocar muita discussão. Não haverá lugar para mais que dois no Land Rover. Sophie também irá conosco."

"Sophie?!" A surpresa de Angel fora óbvia.

O riso de Omar reverberara pelo hall de entrada e se precipitara pela porta, onde um menino, que descia a rua com ovos cozidos para vender, parou. Ele olhara para a entrada do prédio com um misto de surpresa e medo, como se um hipopótamo adulto pudesse sair da porta e atacá-lo a qualquer momento. Angel notara os olhos baixos e envergonhados de Efra.

"Sophie me perdoou desde que conversamos sobre o mal-entendido em relação àquele condimento. Muito obrigado por explicar a ela o que aconteceu, Angel. Sei que uma voluntária não tem meios para pagar uma viagem para ver os gorilas, então me ofereci para levá-la conosco, para compensar qualquer constrangimento que eu tivesse causado."

"*Eh*, você é muito generoso, Omar!"

"Nem um pouco. Não precisa me contar quais dos seus filhos virão. Já reservei duas suítes no Hotel Muhabura, em Ruhengeri – os meninos ficarão comigo, e as meninas, com Efra e Sophie. Vamos sair depois da escola, sexta-feira à tarde, e estaremos de volta no domingo pela manhã. Estaremos aqui antes do almoço, é garantido."

Naquela noite, Angel discutira a oferta de Omar com Pius, antes de dizer qualquer coisa às crianças. Acharam que seria melhor eles próprios escolherem quem iria, em vez de deixarem as crianças resolverem. Optaram por Grace e Faith, já que elas eram as mais velhas e estavam amigas de Efra. Contaram às meninas a oferta generosa de Omar antes de as colocarem na cama.

Mais tarde, na mesma noite, quando Angel e Pius desligaram a televisão, depois do noticiário das nove em inglês, e estavam prestes a se retirar para o quarto, Faith e Benedict apareceram silenciosamente na sala.

"Mama, eu não quero ver gorilas", Faith suplicara a Angel. Ela estava à beira das lágrimas. "Eles são muito grandes, Mama, e eu ainda sou pequena."

"Baba", Benedict pedira para Pius, "*por favor*, deixe *eu* ir no lugar de Faith! Eu quero ver os gorilas. Por favor, Baba. Por favor!"

Então Grace e Benedict iriam, o que foi bom, pensaram Angel e Pius depois que as crianças voltaram para a cama: os dois filhos mais velhos de seu filho Joseph teriam um pequeno feriado juntos. Talvez isso ajudasse a criar uma ligação mais forte entre eles.

Agora, sentada no sofá de seu apartamento vazio e abanando o rosto acalorado com um "Formulário de pedido de bolo", Angel esperava o retorno deles. Um rápido choque de excitação a atravessou ao escutar um veículo parando fora do prédio, porém logo reconheceu o som do motor: era Pius no micro-ônibus vermelho, de volta do escritório, após ter ido enviar e-mails. No andar de cima, com Safiya, Faith também escutou o carro e correu escada abaixo, só para se decepcionar por não ver os irmãos atravessarem a entrada do prédio. Pius e Faith se encontraram com Angel na sala. Mal tinham acabado de se sentar, ouviram vozes infantis vindas da rua. Faith correu para a entrada do prédio e ficou mais uma vez desapontada: eram Daniel e Moses voltando da casa dos Mukherjees com Titi.

Por fim, quando Faith já estava quase sem paciência com a espera, e Pius com a agitação de Faith, Grace e Benedict chegaram em casa num tropel de excitação. Omar, Efra e Sophie entraram com eles no apartamento dos Tungarazas.

"Como foi a viagem?", perguntou Pius, apertando a mão de Omar.

"Excelente!", o egípcio respondeu. "Muito divertida! Acho que seus dois também gostaram, especialmente Benedict."

"Ele era outra pessoa!", comentou Sophie. "Não dava para acreditar, Angel! Normalmente, ele é tão calado, mas mal parou de falar ontem, o dia inteiro. Falou com nosso guia durante toda a subida da montanha, e com um dos rastreadores durante a descida inteira. Depois, na sede do parque, nos encontramos com um veterinário que trata os gorilas, e Benedict não desgrudou dele."

Angel estava surpresa. "Do que ele estava falando?"

"Vai ter de perguntar isso a ele", disse Sophie. "Estavam falando swahili."

"E vocês viram os gorilas?", perguntou Pius.

"Oh, muitos", respondeu Omar. "Quantos nós contamos, Efra?"

"Onze", disse Efra pelo nariz. "Contudo não temos certeza, porque podemos ter contado o mesmo gorila duas vezes. É difícil distingui-los, mas o guia sabe o nome de cada um deles."

"*Eh!* Eles têm nome?"

"E, Mama, havia um bebê!", contou Benedict. "O guia falou que ele nasceu em julho. A mãe estava sentada no chão, com as costas apoiadas numa árvore, e o segurava igualzinho como Leocadie segura Beckham." Benedict imitou uma mãe aninhando e ninando seu bebê.

"*Eh!*"

"Ficamos em Gisenyi na noite passada", disse Omar. "Seus filhos disseram que não conheciam o lago Kivu, então resolvemos ir ontem até lá. Decidimos que, depois de vermos os gorilas, em vez de passar outra noite em Ruhengeri, iríamos para lá."

"*Eh*, Omar, você foi muito gentil com eles!"

"Nem um pouco. Eu estava feliz com a curtição deles, e foi bom para Efra ter companhia. Mas deixem-nos ir que eles mesmos contarão tudo para vocês. Vamos, Efra."

"É, eu também preciso ir", disse Sophie, "se minhas pernas aguentarem subir estas escadas... Honestamente, Angel, achei que estava em forma, porém tentar caminhar em meio a toda aquela vegetação escorregadia, a altas altitudes, realmente me deixou exausta. Depois, minhas pernas ficaram feito gelatina durante horas."

Alguns minutos mais tarde, Angel foi para a cozinha, onde Titi mexia o *ugali*, numa grande panela, para acompanhar o *senene*. Trazia nos braços as roupas que as crianças tinham usado ao subir na montanha para ver os gorilas.

"Olhe só para isto, Titi!"

"*Eh!*" Ela parou o movimento e cobriu a boca com as duas mãos, os olhos arregalados voltados para os trajes imundos. Cobertos de lama e endurecidos, estavam duros como papelão.

"Agora, como conseguiremos que estas peças fiquem limpas?", perguntou Angel.

Titi pensou um minuto, tocando as roupas de modo hesitante. "Depois do almoço, vou levá-las lá para fora, tia. Acho que, se as pendurarmos na corda e batermos, muita dessa lama vai cair."

"Boa ideia."

"Então poderemos passá-las na água, para retirar um pouco mais da terra, e deixá-las de molho no sabão em pó até amanhã de manhã."

"Parece ser um bom plano. *Eh!* Você precisa ver os tênis deles! Esses eu pus lá fora, no balcão. Não quero nem pensar na aparência dessas crianças ao descer da montanha vestidos nessas roupas!"

"Oh, ahn-ahn", soltou Titi, sacudindo a cabeça e pegando outra vez a colher. "Acho que eles pareciam os *mayibobos* em nossa caçamba."

"Ahn-ahn!", Angel sacudiu a cabeça. "Espero que não."

O almoço estava delicioso. Alegre, a família comeu com apetite o *ugali* com *senene*, enquanto Grace e Benedict contavam tudo sobre sua aventura.

"Tínhamos TV por satélite no hotel", disse Grace. "Telefonamos para a cozinha de nosso quarto e nos trouxeram chá!"

"*Eh!*", admirou-se Titi.

"O gorila grande", explicou Benedict, "o que era o chefe do bando que vimos, o nome dele é Guhonda. Chamam-no de 'costas prateadas', porque ele é velho e o pelo em suas costas está grisalho."

"Como os cabelos de Baba?", perguntou Moses.

Benedict olhou para Pius. "Sim, mas o pelo nas costas dele. *Eh!* Ele era muito grande, maior até do que Baba."

"E você não teve medo?", perguntou Angel.

"Eles não queriam nos machucar, Mama. Eles são meigos e pacíficos."

"Havia uma piscina no hotel em Ruhengeri, e outra no hotel em Gisenyi", disse Grace. "Efra sabe nadar. Posso aprender, Baba?"

"Vamos ver", respondeu Pius.

"O veterinário estava com um macaco no ombro, não como os macacos que vendem aqui. Era preto e branco, com uma longa cauda. Ele disse que é da floresta Nyungwe."

"Tinha uma discoteca no hotel, em Gisenyi. Efra e eu observamos todas as pessoas que estavam indo dançar. Um homem estava vestido como o Michael Jackson!"

"O veterinário deixou o macaco vir para meu ombro. *Eh!*"

"Efra vai ganhar um nariz novo em Paris. Ela me mostrou uma foto que o computador fez do rosto dela com um nariz menor."

"Cada gorila tem uma marca diferente no nariz, exatamente como cada pessoa tem uma impressão digital diferente."

"Comemos bife com fritas no hotel e, no café da manhã, ovos com torrada."

"Os gorilas também comem *senene*, mas crus. E formigas. Mas comem principalmente folhas."

"O Land Rover de Omar tem ar-condicionado."

"Posso ter um macaco, Baba?"

"Posso ganhar um nariz novo, Baba?"

Depois do almoço, Pius – que não queria nem ouvir falar em macaco de estimação ou em nariz novo – foi fazer uma sesta, e Titi levou as crianças para brincarem no pátio, enquanto ela tentava bater a lama das roupas.

Angel ficou de olho no relógio, sem querer chegar nem cedo nem tarde para a circuncisão. Ela ainda não tinha certeza se queria ir – ou, se ela *queria mesmo* ir, o porquê disso.

Silenciosamente, para não incomodar Pius, que cochilava na cama, ela ficou em frente ao guarda-roupa aberto e examinou seu conteúdo. O que se usava numa circuncisão feminina? O vestido preto que ela usava nos enterros? Não, ninguém tinha morrido, e a família obviamente encarava isso como uma ocasião alegre, porque tinham encomendado um bolo. Os bolos eram para comemorações. Ela tinha de usar algo elegante, mas não chique demais: não queria que seu traje sugerisse, de algum modo, que ela aprovava o que estava acontecendo. Finalmente, decidiu-se pelo confortável *boubou* verde-esmeralda com tranças de batique verde-limão, que ela comprara numa das lojas na avenue de Commerce, e por refinadas sandálias pretas, de salto baixo e fino.

Depois de uma limpeza final nas lentes dos óculos, era hora de sair. Pegou o pequeno suporte quadrado sobre o qual estava o bolo e deixou o apartamento, fechando a porta atrás de si para que ninguém entrasse e fosse perturbar Pius enquanto ele dormia. Subiu um lance de escadas até o apartamento de Amina e bateu à porta.

"Angel, *karibu!*" Vincenzo deu um enorme sorriso quando abriu a porta e fez um gesto exagerado para mandá-la entrar.

Angel quase deixou cair o bolo ao ver as outras visitas que estavam sentadas na sala de Amina. Por sorte, Amina correra para pegar o suporte de sua mão.

"*Eh*, Angel, este é um bolo muito lindo", declarou Amina. "Vejam!"

Safiya, a doutora Rejoice e Odile se levantaram das cadeiras e vieram admirar o bolo, afirmando que era um dos mais bonitos que já tinham visto. Angel fez esforço para se concentrar nas respostas às perguntas que fizeram sobre como ela confeccionara as minúsculas rosas vermelhas, porém sua cabeça girava com as próprias dúvidas. Por que a doutora Rejoice e Odile estavam ali? Como elas conseguiam ficar à vontade com a circuncisão de uma menina? Não fazia parte da cultura a que elas pertenciam. Angel parou de falar consigo mesma no meio da frase quando se deu conta de que elas podiam estar fazendo exatamente os mesmos questionamentos a seu respeito. Talvez as respostas delas fossem tão complicadas quanto suas próprias.

"Angel?"

"Hum?"

"Você estava para nos dizer qual é o recheio do bolo", disse a doutora Rejoice.

Angel se recuperou rapidamente. "Isso", continuou com um sorriso forçado, "é uma surpresa. Só saberão quando cortarmos o bolo."

"E, por falar em cortar", disse Vincenzo, "vamos começar?" Ele fez um gesto para que todas se sentassem em torno da mesa de centro.

Eh, pensou Angel, será que eles iam cortar Safiya bem ali? Bem ali na mesa de centro? Porém a menina se sentou numa das cadeiras.

Vincenzo pôs seu *Alcorão* no centro da mesa. "Tenho certeza de que o que acontecerá aqui hoje não é compreendido por todo o mundo. Em alguns lugares, chega a ser ilegal. Entretanto, faz parte de nossa cultura, e isso é uma coisa que as pessoas não têm o direito de questionar. Não têm nenhum direito. Mesmo assim, há aqueles que podem querer nos perseguir, ou até nos processar, por causa dessa prática. Então, pedirei a vocês que jurem que nunca dirão a qualquer pessoa o que aconteceu aqui, neste apartamento, nesta tarde. Ninguém: nem maridos, nem namorados, amigos, parentes, filhos. Ninguém mesmo. Jamais."

"Safiya, isso inclui você", avisou Amina. "Lembra que falamos a esse respeito? Você não pode falar com *ninguém*."

"Eu juro, Mama."

"Certo, vamos jurar sobre o *Sagrado Alcorão*", prosseguiu Vincenzo, colocando a mão sobre o livro que estava na mesa. Todas seguiram seu exemplo. "Agora, jurem que jamais vão contar."

Cada uma das mulheres jurou em voz alta, a próprio modo, que jamais contaria.

"Agora", continuou Vincenzo, retirando o *Alcorão* e guardando-o a seu lado, no sofá, "sua *Bíblia Sagrada*, Odile, por favor."

Odile apresentou sua *Bíblia*, tirada da bolsa, e a pôs no centro da mesa, onde estivera o *Alcorão*. Cada uma pôs a mão sobre o livro e fez o juramento outra vez.

"Certo", disse Vincenzo, "agora que vocês juraram sobre nossos dois livros sagrados, podem continuar. Safiya, venha dar um abraço no Baba. Vou esperar por vocês na cozinha. Quando terminarem, estarei com o café pronto."

Angel seguiu a menina e as outras mulheres até o quarto de Safiya. A doutora Rejoice carregava sua maleta de médica. Quando estavam todas no quarto, Amina trancou a porta. Angel sentiu seu coração bater mais forte. Ela estava nervosa com o desconhecimento da prática, e o fato de envolver uma pessoa conhecida a deixava confusa. Tudo bem, ela provavelmente ficaria ainda mais ansiosa se as pessoas envolvidas fossem estranhas. Mas ela nunca esperaria que *aquelas* pessoas estivessem envolvidas.

"Onde devo me sentar?", perguntou ela.

Amina surpreendeu Angel falando num sussurro. "Qualquer lugar está bom, Angel."

Então, em vez de se deitar na cama, como Angel esperava, Safiya se ajoelhou no chão e estendeu a mão para pegar algo embaixo da cama. Ela puxou uma bandeja onde havia garrafas de refrigerante deitadas, junto com um abridor. Isso era realmente muito desconcertante.

Amina deu uma risada silenciosa, abafando-a com a palma da mão. Depois falou outra vez num sussurro: "*Eh*, Angel! Você devia ver sua cara!".

A doutora Rejoice e Odile também começaram a rir.

"Angel, você acreditou que íamos realmente mutilar Safiya?", cochichou Odile.

"Desculpe, Angel", disse Amina com delicadeza, pegando a mão dela. "Venha sentar-se aqui comigo." Angel se acomodou ao lado da amiga na cama, enquanto Safiya começou a abrir as garrafas de refrigerante. Ainda segurando a mão de Angel, Amina murmurou: "Eu não podia dizer a verdade até que você tivesse jurado, sobre seu livro santo, que nunca contaria. Desculpe, minha amiga. Eu sei que você é uma profissional e sabe guardar segredo, contudo este é um segredo muito grande, que poderia destruir nossa família. Safiya compreende isso, não é, querida? Você sabe que Baba jamais deverá saber que não a cortamos, não é mesmo?".

"Compreendo, Mama. Fico feliz por vocês não me cortarem. Quer Fanta ou Coca, Mama-Grace?"

"Uma Fanta, Safiya, por favor. Obrigada."

"Desculpem termos de beber da garrafa", disse Amina às visitas. "Mas Vincenzo ficaria desconfiado se visse que faltam copos na cozinha."

"Quero ter a certeza de que estou entendendo", comentou Angel, enquanto a doutora Rejoice se sentava numa cadeira ao lado da cama e Odile e Safiya se instalaram num tapetinho no chão. "Você não vai cortar sua filha, porém vai deixar seu marido acreditar que isso aconteceu?"

"É", Amina respondeu.

Angel sacudiu a cabeça, ainda muito confusa. Tirou os óculos e procurou no sutiã um lenço de papel com que limpá-los. Mentiras, ou pelo menos fingimentos, entre marido e mulher não eram uma coisa boa. Ela sabia pelo que estava acontecendo em seu próprio casamento. Está bem, ela não mentira para Pius, simplesmente mentira para si mesma. Contudo os dois estavam evitando a verdade – e, realmente, era um grande alívio para eles voltarem a conversar com sinceridade. Não seria melhor para Amina ser sincera com Vincenzo? "Por que você simplesmente não recusou, Amina? Por que não disse a seu marido que não deixaria sua filha ser cortada?"

"*Eh!* Se eu tivesse recusado, Vincenzo teria levado Safiya a outra pessoa, escondido de mim, e ela *teria* sido cortada!"

"Mas você não poderia convencê-lo de que a circuncisão não é uma boa ideia?"

"Angel, ele fala sobre a circuncisão de Safiya desde que ela era bem pequena. Eu dizia a ele que, como mãe dela, saberia a época adequada para isso. Não dava para adiar mais, porque muito em breve Safiya se tornará uma mulher. Se eu tivesse discutido mais uma vez com ele, ou tivesse dito a ele que não concordava, ele a teria levado para ser cortada. Ou teria ficado desconfiado de mim.

Mas, como nenhuma vez eu disse que não faria, ele não vai nem desconfiar de nada."

"Ela tem razão, Angel", disse a doutora Rejoice. "Você sabe como são os homens. Se eles nos dizem, por exemplo, que nunca devemos beber álcool – *eh*, desculpe-me dar este exemplo numa residência muçulmana, Amina –, mas se nos dizem que não podemos tomar álcool e respondemos 'Quem é você para me dizer isso?' ou 'Vou beber quando quiser' ou ainda 'Por que razão me diz isso?', então eles ficarão sempre cheirando nosso hálito e procurando garrafas nos armários. Eles não confiam em nós se questionamos o que dizem. No entanto, se nos dizem que nunca devemos beber álcool e nós dizemos 'Claro, meu marido, farei como você diz, nunca beberei álcool', então podemos beber bem no nariz deles, e eles nem vão ver."

Odile abafou um riso. "Você tem razão, doutora Rejoice. Lembro-me de um tio que não queria que a mulher plantasse mandioca, porque ele não gostava. Ele queria que ela só plantasse batatas. Em cada época de plantio, ela lhe dizia que não ia plantar mandioca, porém sempre plantava. Ele caminhava pelos campos sem nem reparar – ele nunca notou que era mandioca porque acreditava que aquilo não estava lá."

Angel pôs os óculos de volta. "Vocês têm razão", cochichou ela, sabendo o quão cega ela própria escolhera ser. E olhou para Safiya. "*Eh*, Safiya, você está aprendendo algumas lições muito boas enquanto é ainda bem jovem!"

A menina sorriu timidamente. "É, Mama-Grace. Estou feliz porque não vou ser cortada do jeito que Mama foi."

"Foi um dia péssimo para mim", contou Amina. "Eu era jovem, alguns anos mais nova que Safiya agora. Ninguém me disse o que estava para acontecer. Ninguém me preparou. Estava brincando no quintal quando, de repente, me chamaram. Minha mãe me segurou no chão, e outra mulher, que eu não conhecia, me cortou com uma lâmina de barbear. *Eh*, não consigo descrever para vocês a dor que senti! E o choque!" Amina cobriu o rosto com as mãos por um momento antes de continuar. "Quando minha filha nasceu, eu disse a mim mesma que nunca, jamais deixaria isso acontecer a ela."

"Entendo", disse Angel. "Mas como a doutora Rejoice e Odile estão aqui? Eu não sabia que vocês se conheciam."

"Não pense que Amina é a única mulher a fazer isso", comentou a doutora Rejoice. "No Quênia, há muitas mulheres recusando essa prática. Ajudei algumas delas lá, inclusive algumas do Sudão."

"Sim", continuou Amina, "e, por sorte, encontrei uma dessas mulheres no mercado há alguns meses. Dava para ver que era sudanesa. Conversamos e ficamos amigas. Foi ela que me falou da doutora Rejoice, então a doutora me apresentou a Odile. Eu sei, elas não pertencem a nossa cultura, contudo eu sabia que Vincenzo não faria objeções a uma médica e uma enfermeira fazerem a circuncisão. Decidi que era preciso fazer isso neste fim de semana, porque o Ramadã começará em algum dia da próxima semana e, depois de terminado, sabe-se lá para onde os novos contratos vão nos levar no novo ano. Não seria fácil eu encontrar amigas assim, que me ajudassem, num lugar novo."

"É, não seria fácil", concordou a doutora Rejoice, "mas você as encontraria, querida. Estamos nos apoiando cada vez mais. É como se compreendêssemos agora que somos muito mais fortes quando nos unimos, especialmente em lugares onde nos subjugam."

"É, feito pão", sugeriu Odile, e todas olharam para ela, sem entender o que ela queria dizer. "Digo, como os ingredientes para o pão", ela continuou. "Andei observando as mulheres fazendo pão no centro. Os ingredientes não fazem nada sozinhos, porém, quando estão juntos, se unem e crescem. São sovados e crescem outra vez."

"Exatamente", sussurrou a doutora Rejoice. "Mas, Angel, você não parece contente."

"Bem, estou apenas pensando se algo ruim poderia resultar disso no futuro – porque é sempre sensato pensar no futuro, nas consequências de nossas ações. Claro, nenhuma de nós jamais vai contar..." Todas murmuraram em concordância. "Mas uma pessoa com certeza vai descobrir."

"Você está pensando no homem com quem vou me casar, Mama-Grace?"

"Sim, Safiya, estou."

"Não vou me casar com um homem que queira uma mulher circuncidada. Vou me casar com um homem que seja moderno."

"É", concordou Amina. "Se estivéssemos morando em Kismaayo, onde nasci, ou até mesmo em Mogadishu, onde cresci e fui cortada, então isso seria difícil. Mas passamos muito tempo na Itália e moraremos seja lá onde Vincenzo trabalhar. Haverá muitas oportunidades para Safiya encontrar um homem que seja moderno."

"E talvez", sugeriu a doutora Rejoice, "na ocasião em que Safiya estiver pronta para se casar, todos os homens sejam modernos e não vamos mais precisar fingir que obedecemos a eles."

Todas riram com essa ideia, cobrindo a boca com as mãos, para não fazerem barulho.

"Mas, minhas queridas, agora é hora de começar", disse a doutora Rejoice. "Fiquemos sérias."

"Acabaram de tomar seus refrigerantes? Está bem. Safiya, ponha as garrafas vazias de volta na bandeja e empurre-a para baixo da cama. Eu as levo daqui amanhã, quando Baba estiver no trabalho."

Sem se levantar da cadeira, a doutora Rejoice estendeu a mão para sua maleta e dela tirou um jaleco branco enrolado. Enquanto enfiava os braços pelas mangas, Odile buscou na maleta dois pares de luvas cirúrgicas. Ela e a médica as vestiram. Então Odile entregou à doutora Rejoice um cotonete e uma agulha com seringa numa embalagem estéril.

"Venha se sentar em meu colo, querida", disse a doutora Rejoice para Safiya. "Boa menina. Agora, vou espetar seu dedo, porque Baba tem de ver seu sangue. Vai doer um pouquinho, mas quero que você chore como se estivesse doendo muito. Entendeu?"

Safiya fez que sim com a cabeça.

"Grite bonito, para o Baba", instruiu Amina.

Quando a doutora Rejoice enfiou a agulha no dedo da menina e imediatamente a retirou, Safiya soltou um grito de dor tão convincente que Angel teve de abafar um impulso maternal de abraçá-la e consolá-la.

"Boa menina", encorajou-a a médica, espremendo algumas gotas de sangue do dedo da Safiya no cotonete. "Tudo bem, a outra mão. Odile, cuide deste dedo, por favor."

Com outro cotonete, Odile limpou o dedo espetado de Safiya com álcool metilado e apertou com força a ferida, para parar o sangramento. A doutora Rejoice estava pronta a espetar um dedo na outra mão de Safiya.

"Dê um belo grito para o Baba outra vez", orientou Amina. "Ele ficará feliz em ouvi-lo."

O segundo grito de Safiya foi mais alto e mais prolongado que o primeiro.

"Agora chore um pouco, querida", instruiu a doutora Rejoice enquanto espremia mais sangue no cotonete. "Muito bem. Odile, agora é com você."

A enfermeira cuidou do segundo dedo exatamente como fizera com o primeiro.

"Pronto, está feito", disse a doutora Rejoice com um sorriso. "Agora você já pode dizer às pessoas que sua filha foi *circuncidada*", a doutora Rejoice fez um sinal de aspas no ar com os dedos, assim como Omar. "Ao fazer esse movimento com os dedos, vão achar que você sabe que *circuncidada* não é a palavra certa para o que aconteceu a sua filha, porque a mutilação da genitália feminina não parece nem um pouco com a circuncisão de um menino. Entretanto, na verdade, seus dedos vão significar que ela não aconteceu, só que eles não vão saber disso."

"*Eh!* É um truque muito esperto!", comentou Angel, grata por ter uma conversa sincera com Pius a esse respeito, caso ele perguntasse, sem quebrar o juramento feito sobre a *Bíblia Sagrada*. "Tenho de me lembrar disso no futuro." Ela se levantou, as outras fizeram o mesmo. "Mas, Amina, você tem certeza de que você e Safiya vão conseguir esconder a verdade de Vincenzo?"

"Vincenzo pediu que não contássemos a verdade a ele", explicou Amina, esforçando-se ao máximo para aparentar inocência. "O próprio Vincenzo nos fez jurar que não contaríamos a *ninguém* o que aconteceu aqui. Então, se contarmos a ele, estaremos quebrando o juramento que fizemos sobre o *Sagrado Alcorão*."

As mulheres riram baixo, e Safiya, que estivera chorando lamentosamente, achou difícil continuar.

"Certo", retomou a doutora Rejoice. "Odile e eu sairemos primeiro. Safiya, quando nos sentarmos para beber nosso café, você precisa fingir que é um tanto doloroso. Tudo bem, todo mundo?"

Todas assentiram com a cabeça e a médica destrancou a porta. Saiu do quarto e se dirigiu para a cozinha, onde Vincenzo esperava no balcão.

"Vincenzo, querido, você tem um saco plástico sobrando?", perguntou ela, certificando-se de que ele notasse que o cotonete estava ensanguentado, junto com a seringa e agulha que ela levava. "Esqueci de trazer um."

Ele entregou a ela um saco plástico, que estava guardado no armário para ser usado como forro da lata de lixo mais tarde. Ele segurou o saco aberto enquanto a doutora Rejoice deixava cair dentro dele o cotonete, a seringa e a agulha, e depois retirou as luvas e também as jogou lá. Então Odile jogou o próprio cotonete dentro do saco, tendo a certeza de que Vincenzo o tinha visto, e descalçou as luvas.

"Tudo correu bem", garantiu a doutora Rejoice com um sorriso. "Sua filha é muito corajosa. Obrigada, Vincenzo, vou levar este saco e jogá-lo fora lá na clínica, onde é apropriado."

Vincenzo foi até a sala, abraçou a filha e depois a mulher. "Estou muito feliz hoje", sorriu ele. "Venham sentar-se", disse ele a todas. "O café está pronto."

"Podemos, a doutora e eu, usar seu banheiro para lavar as mãos?", perguntou Odile.

"Claro, claro. É aqui, ao lado da cozinha."

Ele voltou correndo para a cozinha, enquanto Amina levava o bolo para a mesa de centro. A doutora Rejoice e Odile voltaram do banheiro e se sentaram no exato momento em que Vincenzo voltava com uma bandeja cheia de xícaras fumegantes de café, alguns pratinhos e uma faca.

"Este bolo é tão lindo", disse ele. "É quase uma pena cortá-lo."

"Mas *tem* de ser cortado, Baba", retrucou Safiya, sorrindo docemente para o pai enquanto se encarapitava bem na ponta do sofá, tentando parecer desconfortável. "Foi para isso que ele foi feito."

As mulheres não ousavam olhar umas para as outras.

"Você tem razão", declarou Vincenzo, inclinando-se e beijando Safiya na testa. "Amina, você gostaria de cortar o bolo?"

"Não, não, Vincenzo." Amina se atarefava com o café para não ter de olhar para o marido. "Você corta. Acho que todas nós já terminamos com os cortes."

Jogando a cabeça para trás, Vincenzo soltou uma boa gargalhada. Aliviadas, as mulheres o acompanharam. "Essa foi muito boa, Amina", respondeu ele. "Tudo bem, eu corto para todos nós."

"Sim, vamos ver essa surpresa especial que Angel pôs no bolo, esse recheio entre as camadas", comentou a doutora Rejoice.

Com um gesto dramático, Vincenzo mergulhou a faca no bolo e a empurrou até o suporte. Depois, desviou a faca alguns centímetros e repetiu o gesto. Enquanto ele deslizava a lâmina sob a fatia, todas observavam numa expectativa silenciosa. Ele puxou a fatia de lado. Entre os dois pães-de-ló havia uma grossa camada de glacê verde vivo. Depois, era vermelho escuro. Então, verde outra vez. Depois, vermelho.

Vincenzo pôs a fatia num prato e a tombou de lado para que pudessem ver os quadrados vermelhos alternados com os verdes que enchiam o espaço entre as camadas.

"*Eh*, Angel", admirou-se Amina, "isso é muito engenhoso. Como você fez?"

"Você acha que vou revelar meus segredos a alguém?", perguntou Angel.

"Está lindo", elogiou Odile. "Todo mundo já ouviu falar em decoração na parte externa de um bolo, porém eu nunca tinha visto nada parecido com isso *dentro* de um bolo."

"De fato", concordou a doutora Rejoice, "quando você olha para o lado de fora, não é isso que espera ver dentro. É uma bela surpresa, não é, senhoras?"

"Não é nada demais...", emendou Angel, embora ficasse muito feliz com o cumprimento.

Na verdade, ela estava tão confusa com seus sentimentos sobre qual era o objetivo do bolo que sentiu necessidade de aplicar o princípio do símbolo do yin-yang de Ken Akimoto à ideia. Lembrando-se do bolo vermelho e verde que fizera para ele, Angel misturou um pouco de glacê vermelho e verde no recheio, que, de qualquer modo, eram as cores que ela usaria para fazer as rosas e as folhas na parte externa do bolo.

Sabia de duas coisas: primeiro, não poderia pôr um símbolo de yin-yang dentro do bolo de Amina, porque alguns receberiam fatias com verde, e outros, fatias com vermelho, o que seria difícil para ela explicar; e segundo, que os sentimentos dela sobre a questão eram muito complicados para separar em yin e yang. Então, começando com um ponto vermelho no meio da camada inferior, ela desenhara círculos concêntricos de verde, alternando com vermelho. Ao fazer cada círculo verde, tentou pensar em coisas positivas, como a fidelidade que sentia em relação à amiga Amina e a importância de preservar as tradições culturais. E, para fazer o círculo vermelho, ela se preocupou com coisas como a opressão das mulheres e a dor que Safiya iria sofrer. Achou o desenho concêntrico mais interessante que o símbolo yin-yang – e também mais confuso, porque cada novo círculo vermelho era maior do que os outros confinados dentro dele e podia, portanto, sobrepujar todos os círculos verdes. Ela ficou aliviada, embora não totalmente consolada, de o último círculo a caber no bolo ter sido um verde.

"Este café vem da Itália", vangloriou-se Vincenzo ao passar uma xícara para Angel. "O melhor café do mundo."

Angel acrescentou um pouco de leite e uma boa quantidade de açúcar. "Tenho certeza de que é um café muito bom", disse ela, "mas sei, sem prová-lo, que não é o melhor do mundo. Este é o que vem de minha cidade natal, Bukoba, às margens do lago Vitória."

Enquanto tomavam café e comiam bolo, a conversa fluía livremente, e o astral estava leve. De vez em quando, um olhar penetrante de Amina lembrava Safiya de parecer desconfortável. Quando Safiya e Amina começaram a conversar sobre o Ramadã que se aproximava, e a doutora Rejoice ficou presa à conversa com Vincenzo a respeito de construção de estradas, Angel aproveitou a oportunidade para conversar com Odile.

"Quero agradecer-lhe, Odile", disse em voz baixa. "Você tem sido muito gentil e paciente comigo, ajudando-me a ficar preparada para ver o que já estava claro sobre minha filha para você." Odile reconheceu as palavras dela com um rápido aceno de cabeça e um sorriso solidário. Angel continuou, mantendo a voz baixa. "Contudo, agora não é o momento para essa conversa particular. As pessoas estão dizendo que você tem um namorado, Odile!"

"*Eh!*" Odile olhou para baixo, envergonhada. "Estão mesmo falando de mim?"

"Você conhece este país melhor que eu, Odile. Pius diz que fofoca é o esporte nacional."

A jovem sorriu e deu de ombros. "Ele tem razão, Angel, e é provável que ganhemos uma medalha de ouro nas Olimpíadas. Sim, tenho saído com seu amigo Dieudonné."

"Fico muito feliz em ouvir isso. Eu sabia que vocês iam gostar um do outro."

"*Eh*, eu fiquei um pouco zangada quando você planejou nos apresentar no Terra Nova. Mas agora eu a perdoo!"

"Ótimo."

"Ah, e eu queria contar a você. Sua amiga Jeanne d'Arc veio na semana passada para fazer reformas no vestido de crisma. Eu fiz como você sugeriu, Angel. Expliquei a ela que as aulas de costura eram para profissionais do sexo, para ajudá-las a ganhar a vida de uma maneira mais segura."

"E ela ficou interessada?"

"Ela pareceu se interessar. Estavam com ela as duas irmãs mais novas e um menininho, porém ela disse que voltaria outro dia. *Eh*, o menininho é um doce! Você já o viu?"

"Não."

"Ele é muito pequeno e aparenta ter uns seis anos, mas é muito mais velho, porque já andava quanto Jeanne d'Arc o encontrou."

"Qual é o nome dele?"

"Chamam-no de Muto, que significa 'pequeno'. Quando o encontraram, ele não sabia nem o nome."

"Ele está bem? Quero dizer, ele pode ser pequeno por não ter recebido alimentação suficiente."

"Fisicamente ele está bem, e parece não haver danos mentais. Na verdade, Dieudonné acha que é um menino inteligente."

"Dieudonné o conheceu?"

"Sim, ele veio almoçar comigo em nosso restaurante quando Jeanne d'Arc estava lá. Ficamos com Muto enquanto Jeanne d'Arc e as irmãs estavam combinando as alterações no vestido."

A esperança atravessou o corpo de Angel como a dor de caminhar sobre uma pedra aguda com os pés descalços: foi repentina e intensa, porém sumiu rapidamente.

Ela não devia se permitir ter esperança demais.

14

Um casamento

NA MANHÃ DO DIA ANTERIOR AO CASAMENTO, Angel ficou à mesa de trabalho, decorando o bolo de casamento. Havia seis pedaços: um muito grande e cinco menores, todos redondos. Thérèse viera no dia anterior para ajudar a misturar e bater aquela massa toda. Isso dera a Angel o tempo de que precisava para confeccionar a grande quantidade de flores de açúcar – pétalas em cor amarela viva, com miolo cor de laranja – nas quais andara trabalhando a semana inteira. Agora estava concentrada em posicionar perfeitamente as flores sobre os cinco bolos menores. Os lados tinham o mesmo glacê laranja vivo do miolo das flores, e estrelas de um amarelo-limão claro, desenhadas com saco de confeitar, rodeavam a beirada de cada bolo no lugar em que os topos brancos se encontravam com os lados laranja.

Angel já terminara de decorar o bolo maior. A parte superior era do mesmo laranja vivo que as laterais dos bolos menores, e suas laterais estavam enfeitadas com um desenho trançado de branco e do mesmo amarelo das pétalas das flores. Ela enfeitou as arestas dos bolos menores com um salpicado de estrelas amarelo-limão claro. Na direção das beiradas externas da superfície laranja, circulava um padrão que Angel criara, repetindo o desenho dos nós de reconciliação do tecido do vestido de Leocadie, em amarelo-limão sublinhado com amarelo vivo. E bem no centro do bolo ficavam as figuras da noiva e do noivo, de plástico, com o cor-de-rosa da cor da pele pintado de marrom-escuro com a tinta aquarela das crianças.

No dia seguinte, Angel montaria os seis pedaços no suporte especial de metal que fora manufaturado, sob suas especificações, por um dos colegas de Pius, um professor de adequação tecnológica. Da base pesada subia uma haste central de cerca de meio metro de altura, em cima da qual havia uma plataforma redonda de metal com um pequeno espeto no meio. Isso seguraria o suporte em que o bolo grande iria ficar. Saindo em torno da haste central, em ângulos de cerca de quarenta e cinco graus, havia mais cinco hastes do mesmo comprimento, cada qual terminada numa plataforma horizontal, com um pequeno espeto no centro. Os cinco bolos menores ficariam nessas plataformas.

Angel olhou na direção do balcão, onde estava o suporte do bolo. Assim que ela terminasse de posicionar as flores nos bolos menores, iria verificar se já estava seco. Bosco dera um jeito de encontrar algumas latinhas de tinta dourada numa loja indiana na avenue de la Paix e passara cerca de uma hora da tarde anterior transformando o monótono cinza do alumínio do suporte em um reluzente dourado.

Angel sorriu para si mesma enquanto trabalhava, certa de que este bolo de casamento ia ficar espetacular – e que ela também ia parecer espetacular de pé ao lado dele – na fotografia que Elvis tiraria para a revista sul-africana *True Love*. Noëlla já arrumara seu cabelo naquela semana: trancinhas negras elaboradas desde a testa até o topo da cabeça, de onde trancinhas pretas e douradas se penduravam frouxamente até os ombros. O estilo era charmoso, sem ser impróprio para uma avó, e era parecido com o estilo mais solto, longo e juvenil que Agathe tinha trançado em Leocadie. Angel relutara em gastar dinheiro para fazer seu cabelo, porque estava planejando usar um penteado elaborado, porém Leocadie a convencera a optar por um solidéu menor, debaixo do qual as tranças poderiam sair, ecoando as próprias tranças da noiva.

"Quero que as pessoas vejam que somos mãe e filha", dissera Leocadie. É claro que fora impossível para Angel fazer qualquer oposição.

No guarda-roupa de Angel estava pendurado o vestido que Youssou criara para ela no macio tecido ganense, com o desenho que significava "ajude-me a ajudá-la". Titi fora com ela tomar as medidas e ficara atrás de Angel – secretamente, ela inseriu dois dedos entre o corpo da cliente e a fita métrica de Youssou. O resultado foi um vestido que se ajustava perfeitamente: um corpete bem cortado, com mangas soltas, que descia justo até os quadris, para então se abrir e criar uma saia ampla, solta, que caía suavemente até os pés. Uma faixa do mesmo tecido seria elaboradamente amarrada em torno da cabeça. Os sapatos dourados que ela comprara completariam o conjunto.

Tinha sido um dia caótico para Angel: uma semana de organização de fornecedores, floristas e o que parecia ser uma centena de pessoas, cada qual com uma função específica para garantir que o casamento e a recepção corressem sem percalços. O florista e os comerciantes que alugavam mesas, cadeiras e a tenda tinham tentado cobrar preços inflacionados, até ela voltar ao escritório deles com Françoise.

"Esta mulher parece uma *mzungu* para vocês?", perguntara-lhes Françoise em kinyarwanda, com a mão esquerda firmemente plantada nos quadris enquanto gesticulava com a direita. "Claro que não! Nossa irmã aqui é de Bukoba, logo ali, do outro lado da fronteira, uma fronteira que só está ali porque, há muito tempo, os *wazungus* traçaram uma linha e disseram que aqui seria Ruanda e, ali, Tanzânia. Agora, se vocês quiserem que as pessoas daquele lado da linha paguem mais, é porque estão contentes por esses *wazungus* terem traçado todas essas linhas na África há muito tempo, que eles tinham razão em tirar nossa terra e cortá-la como quisessem. É isso o que vocês querem dizer? *É isso*? Claro que não! Nossa irmã vai pagar o que *banyarwanda* paga."

Todas as noites, no final de cada dia caótico, Angel e Pius conversavam do jeito que costumavam antes que as circunstâncias da morte da filha lhes dessem algo sobre o qual não queriam falar. A AIDS tinha sido uma palavra difícil de pronunciar quanto ao filho, porém a bala que o matara tinha eliminado a necessidade de dizê-la. Agora a diziam a respeito da filha, e com outra palavra: suicídio. Durante a última semana, essas duas palavras tinham passado entre eles com tanta frequência que tinham perdido a força, assim como uma moeda velha que perdeu seu brilho e parece ter menos valor. Agora, não passavam de palavras, palavras que eles já conseguiam pronunciar com entendimento, e não com medo.

Os dois tinham ficado feridos pelo fato de Vinas não ter conseguido contar a eles que estava doente – embora, na verdade, eles entendessem os motivos dela. Afinal, Joseph esperara para lhes contar até que a mulher dele estivesse muito doente e passassem a precisar da ajuda dos avós para cuidar das crianças. Ele fizera isso para poupá-los da preocupação, exatamente como Vinas. E tanto Pius como Angel tinham de admitir que, se um deles – Deus nos livre – tivesse notícias assustadoras ou arrasadoras sobre a própria saúde, o amor muito bem poderia convencê-los a guardá-las na prateleira de cima do armário mais alto durante algum tempo antes de trazê-las para baixo e mostrá-las um ao outro. Realmente, não era uma coisa muito difícil de entender.

"Mesmo assim, eu gostaria que Vinas tivesse me deixado ficar mais perto durante o casamento dela, Pius."

"E *eu* ainda gostaria que Joseph tivesse escolhido seguir uma carreira acadêmica. Mas cada ave deve voar com as próprias asas, Angel."

Pius ainda não estava totalmente convencido de que Vinas não se condenara à eternidade no inferno. Ele achava que era uma confusão complicada de doutrina e ética, uma confusão que ele precisava elaborar e esclarecer na própria cabeça, apesar de ele ansiar pela aceitação mais direta que Jeanne d'Arc ajudara Angel a alcançar.

"*Eh*, Angel, se eu pudesse ter de novo aquele sonho em que procurava por Joseph entre os mortos no alto daquele morro em Gikongoro, acho que ele me diria: 'Vinas está aqui, Baba'. Ele me levaria até ela, e os dois estariam juntos no mesmo lugar."

Na noite passada, quando Pius voltara do trabalho, ele parecia estar muito mais em paz do que há muito tempo. Em vez de almoçar na cantina, ele se unira ao doutor Binaisa em seu jejum e lhe contara a história completa do que acontecera com Vinas.

"Um de meus irmãos fez a mesma coisa", lhe dissera o doutor Binaisa, sem rodeios. "Logo depois de ser diagnosticado, ele jogou o carro contra a traseira de um caminhão cheio de *matoke*, bananas. Todos diziam ter sido um trágico acidente, mas nós sabíamos que não era. E meu outro irmão simplesmente desapareceu quando começou a ficar doente. *Eh*, suspeitamos que os peixes do lago Vitória devem ter se alimentado bem com ele!"

Pius ficara chocado com a atitude dele. "Mas o que o islamismo diz a respeito do suicídio?"

"*Eh*, é um pecado terrível! Se você se suicida, será assado no fogo do inferno."

"Então você não se preocupa com que seus irmãos estejam torrando no inferno?"

"Tungaraza, há coisas mais importantes com que me preocupar nesta Terra. Minha preocupação não vai mudar o que outra pessoa já tenha feito. Estou vivo e tenho filhos para criar – é aí que tenho de centralizar minha atenção."

Na tarde da véspera do casamento, Angel manteve os meninos e os amigos deles, os Mukherjees, ocupados com o vídeo de *Nas montanhas dos gorilas* que ela pedira emprestado a Ken Akimoto. Benedict, que costuma ser quietinho, foi a estrela da tarde: ele era o que tinha visto os gorilas, o que reconhecera Ruhengeri na tela porque estivera lá, aquele ao qual os outros meninos dispensavam atenção.

As meninas e Titi foram despachadas para o quarto, a fim se fazerem penteados umas nas outras para o casamento. Elas queriam que Safiya descesse para ajudá-las, porém a menina precisava descansar, pois pela primeira vez jejuava no Ramadã.

Enquanto o vídeo passava, Angel se sentou à mesa de trabalho e repassou as tarefas que tinha a fazer, verificando e reverificando tudo que pudesse não ter sido confirmado e reconfirmado.

A cerimônia já fora organizada: um serviço católico curto e simples na igreja da Sagrada Família. Angel caminharia pela nave com Leocadie e a apresentaria a Modeste, que estaria esperando ao pé do altar com seu terno marrom, feito para ele por um alfaiate em Remera, e a gravata que as mulheres no centro de Biryogo tinham costurado para ele, do mesmo tecido que o vestido da noiva. Ao lado de Modeste, estaria seu melhor amigo e companheiro, o guarda de segurança Gaspard. As obrigações como guardas do complexo seriam desempenhadas no dia seguinte por dois guardas de segurança do KIST, que ficaram felizes em ganhar um dinheiro extra em seu dia de folga. Angel averiguou se tinha confirmado com eles, se tinha lhes explicado a situação com relação ao capitão Calixte, que não deveria, sob nenhum pretexto, ser admitido no prédio com sua arma.

Ken Akimoto oferecera a Pajero como carro do casamento: Bosco levaria o automóvel ao florista na manhã seguinte para que fosse enfeitado com flores e fitas e, à tarde, conduziria Leocadie e Angel até a igreja. Depois da cerimônia, ele as levaria, com Modeste e Gaspard, à recepção no pátio do complexo.

Cedo na manhã do dia seguinte, um pessoal amarraria uma enorme lona impermeável nos parapeitos dos balcões do primeiro andar do prédio, de um lado, e no topo do muro, do outro, para proteger o pátio de qualquer pancada de chuva. Patrice e Kalisa já tinham retirado o resto do entulho de construção do canto do pátio – eles o carregaram no pequeno carrinho de mão, todas as noites, para um canteiro de obras algumas ruas acima, onde o guarda noturno de lá indicara, depois de um acordo. O micro-ônibus dos Tungaraza fora guardado em segurança no quintal do doutor Binaisa. Amanhã, seriam entregues mesas e cadeiras de plástico para os convidados, além de uma longa mesa, a ser instalada embaixo das cordas de estender roupa, para a noiva e o noivo. Essas cordas seriam envolvidas em dobras frouxas de musselina branca, e os postes que as sustentavam seriam adornados com flores e fitas. Angel já confirmara todos esses arranjos.

Ela tivera também de confirmar a presença dos alunos do KIST que iriam ajudar: Idi-Amini, o sério jovem que retornara de Uganda e possuía um sistema de amplificador e alto-falantes, era o encarregado do som e da música; Pacifique, que usava sua câmera para pagar os estudos, seria o fotógrafo oficial durante o serviço religioso e a recepção; e a trupe de dançarinos tradicionais do instituto se apresentaria para entreter os convidados.

Cabritos já haviam sido sacrificados, e a carne deles seria cozida sobre fogueiras pelas mulheres do restaurante no centro de Biryogo, que também fariam enormes panelas de arroz e verduras. Cerveja e refrigerantes seriam fornecidos por Françoise, que os manteria gelados em enormes bacias de alumínio cheias de água e gelo que ficariam fora do caminho, na parte do prédio que um dia iria abrigar um gerador. Diversas das Meninas a Sério trabalhariam servindo bebidas e comida, e Thérèse, Miremba, Eugenia, Titi e Jeanne d'Arc lavariam as mãos dos convidados e ajudariam a servi-los. A refeição não seria servida antes de o sol se pôr, para que os muçulmanos e não-muçulmanos pudessem comer juntos.

Satisfeita de verificar que não havia nada mais que pudesse fazer nesse estágio, Angel ergueu os olhos da lista e observou os meninos assistindo ao vídeo. Moses tinha caído no sono e Kamal, o mais novo dos Mukherjees, lutava para não fazer o mesmo. Rajesh assistia com interesse, enquanto Daniel ficava lançando olhares a Benedict, tentando observar como deveria reagir à fita. Ao ver Dian Fossey descobrir o cadáver de um de seus amados gorilas, os olhos de Benedict se encheram de lágrimas. Aquele menino encontrara algo para amar no lugar do falecido pai, pensou Angel: ele certamente iria trabalhar com animais quando crescesse.

Na noite da véspera do casamento, Pius voltou para casa exausto depois do trabalho. Durante o jantar, explicou que ele e uma pequena equipe de colegas tinham acabado de fazer uma importante inscrição para um novo – e generoso – prêmio de prestígio para inovações em tecnologia de energia renovável. A inscrição que fizeram era para um forno de pão que a universidade desenvolvera e fabricara, capaz de assar trezentos e vinte pãezinhos a cada vinte minutos, usando apenas um quarto da lenha empregada por um forno convencional.

"Então isso vai preservar nossas florestas, Baba?", perguntou Benedict.

"Sem dúvida, vai ajudar."

"Então tenho certeza de que vai ganhar o prêmio." Benedict estava confiante.

Pius riu. "Como você pode ter tanta certeza?"

"Porque o forno fará pão para alimentar as pessoas, de modo que não morram, e também vai preservar as florestas, de modo que os gorilas não morram. É um forno muito importante, Baba."

"*Eh!* Você é muito esperto, Benedict", disse Angel, orgulhosa do menino.

"Espero que você esteja certo", continuou Pius. "Você sabe que minha tarefa aqui é ajudar a universidade a gerar recursos, ganhar o próprio dinheiro para que se mantenha em funcionamento. A publicidade do prêmio ajudaria muito. No entanto, o ganhador só será anunciado no ano que vem. O mais importante é que logo vamos saber se eles querem que eu fique aqui mais um ano."

"Quando vamos saber?", perguntou Angel.

"Prometeram nos contar no final da semana que vem. Você sabe que os expatriados só ficam aqui até os ruandeses se qualificarem para preencher os postos que agora ocupamos. Aparentemente, todos os anos, nesta época, a equipe de expatriados fica muito nervosa e começa a cochichar sobre quem terá o contrato renovado e quem voltará para casa."

"Você está nervoso, Baba?", perguntou Grace.

Pius riu. "Não, Grace, não estou nervoso. Porém gostaria de saber logo, para poder me organizar. Se tivermos de voltar para Dar es Salaam, então vamos ter de entrar em contato com sua escola lá. Agora, se formos mandados para outro lugar, então preciso começar a procurar esse outro lugar na internet."

"Podemos ir para outro lugar, tio?"

"Possivelmente, Titi. A Universidade de Dar es Salaam me deu licença prolongada, portanto ainda posso ficar fora cerca de dois anos, a partir de agora. Se eles não renovarem meu contrato aqui, não sou obrigado a voltar para lá imediatamente. Tenho certeza de que haverá outras opções."

"E nós, Baba?", perguntou Daniel. "Para onde iremos?"

"Vocês virão comigo para onde eu for", garantiu Pius. "Somos uma família. E, Titi, isso inclui você."

Titi sorriu radiante. Grace e Faith tinham penteado o cabelo dela desde a testa até o alto da cabeça com trancinhas regulares, deixando o cabelo atrás solto, alto e natural, com o efeito de um halo em torno da cabeça. O cabelo longo de Grace estava todo trançado, e o cabelo mais curto de Faith fora dividido em quadradinhos nítidos, cada chumaço amarrado com elástico.

"Rajesh e Kamal vão morar na Índia no próximo ano, com Mama-Rajesh", disse Daniel, "mesmo que Baba-Rajesh permaneça aqui."

"Isso não vai acontecer com nossa família, Daniel", assegurou Angel. "Vamos ficar juntos, seja lá onde estivermos."

* * *

ANGEL CHOROU NO CASAMENTO. Como o serviço fora em kinyarwanda, ela não entendeu tudo, embora já compreendesse muito mais do que no início do ano. Mas suas lágrimas nada tinham a ver com a frustração de não entender a língua – elas eram causadas em parte pelas lembranças do casamento da própria filha, Vinas, com um bolo não profissional, e em parte pelas obrigações de seu papel neste casamento. Esperava-se que a mãe da noiva derramasse lágrimas de alegria, especialmente quando a filha tinha uma aparência tão linda quanto a de Leocadie. Com o tecido amarelo-limão claro, com desenho dourado e laranja, Youssou fizera uma blusa e uma saia para ela. A saia se ajustava bem aos quadris de Leocadie, para então se abrir e deslizar suavemente em torno das sandálias douradas. A blusa sem mangas fora talhada com um decote arredondado, com pequenos botões dourados na parte da frente. O véu branco, feito pelas mulheres no centro em Biryogo, caía de um arco dourado em torno dos ombros e chegava até a cintura da noiva.

Durante a cerimônia, Beckham ficou no colo de Titi, no banco da frente, balançando as perninhas e chupando um pedaço da camisa que as mulheres de Biryogo tinham costurado para ele do restante do tecido amarelo-limão claro do vestido de Leocadie.

Mais tarde, depois que Pacifique os fizera posar na entrada da igreja para várias fotografias, um número alarmante de convidados abarrotou o micro-ônibus vermelho, onde já estavam Pius, Titi e as crianças. O grupo do casamento entrou na Pajero de Ken Akimoto, com Bosco na direção e Angel sentada a seu lado. Ela notou outra vez, como já tinha reparado na chegada à igreja, que era muito fácil subir num veículo grande com uma saia volumosa, e não numa saia reta e apertada. Talvez essa fosse a solução que ela procurava. Também observou que Bosco estava muito calado.

"Tudo bem, Bosco?"

"*Eh*, tia!"

Não dava para Angel perceber, com a visão lateral do rosto dele, exatamente que emoção ele sentia enquanto se concentrava na direção.

"O que houve, Bosco?"

"*Eh*, tia, o pai de Alice conseguiu uma bolsa de estudos para ela nos Estados Unidos."

"*Eh!*"

"Ele passou muito, muito tempo na internet procurando em universidades norte-americanas. Como ele é dono de um cybercafé na cidade, pôde procurar todos os dias, durante o trabalho. Agora encontrou uma universidade que aceitaria Alice e pagaria as mensalidades, livros e tudo. Essa universidade está bastante animada, porque eles nunca tiveram um aluno vindo de Ruanda."

"*Eh*, essas notícias são empolgantes para Alice, Bosco!"

"É, tia, para Alice. Mas agora eu tenho de arranjar outra pessoa para amar."

"Sinto muito, Bosco. Isso é muito triste."

"Muito, muito triste, tia", disse Bosco enquanto apertava a mão na buzina da Pajero para comunicar à vizinhança a alegre notícia de que dirigia para uma noiva e um noivo recém-casados.

A recepção de casamento no pátio do complexo foi uma ocasião animada. Prosper representou o papel de mestre-de-cerimônias com o zelo de um homem que clamava do púlpito, temperando seu discurso com citações da *Bíblia* e até conseguindo, muito de vez em quando, dizer algo jovial o suficiente para despertar o riso e uma onda de aplausos. Houve um aplauso estrondoso para Angel, no entanto, quando Prosper anunciou quanto dinheiro havia no envelope do dote. Claro que, na ausência dos pais de Leocadie, esse dinheiro pertencia aos noivos – e era o suficiente para eles comprarem uma casinha de dois cômodos. A casa não teria eletricidade nem água, mas seria deles. Não eram muitos os jovens casais que podiam começar a vida de casados tão abençoados e, durante toda a festa, os convidados continuavam a abordar Angel para lhe dar os parabéns.

"É um belo rebanho de vacas, Mama-Leocadie!"

"*Eh*, Angel! Essas vacas têm chifres longos."

"Senhora Tungaraza, quando nossas filhas forem se casar, a senhora que vai negociar o dote para nós!"

"Tantas vacas, tia!"

Só muito mais tarde, depois de todos os discursos e quando as mesas e cadeiras tinham sido afastadas para que a dança começasse, que Prosper sucumbiu a um abuso de Primus e deslizou discretamente de sua cadeira para o chão embaixo da mesa alta. Angel considerou a hipótese de simplesmente deixá-lo ali, mas, afinal, chamou Gaspard, que chamou Kalisa, e juntos carregaram Prosper para o retiro de seu escritório, onde estaria em segurança até a manhã seguinte.

Muito antes disso, logo depois do pôr do sol, quando chegaram os convidados que estavam jejuando e a comida pôde ser servida, o coração de Angel se apertou com a visão de Odile entrando no pátio com Dieudonné, que carregava um menininho nos ombros. Ela correu para cumprimentá-los.

"Olá, Angel", disse Odile. "Não se preocupe, não estamos trazendo outras bocas famintas para sua festa! Só viemos falar com Jeanne d'Arc."

"Há comida para muitas bocas famintas", garantiu Angel. "Vocês são muito bem-vindos. Mas, diga-me, Dieudonné, quem é esse lindo menino em seus ombros?"

"Este é Muto, o menino que Jeanne d'Arc criou. Muto, cumprimente a tia."

Agarrando-se à cabeça de Dieudonné com a mão esquerda, Muto se inclinou e apertou a mão de Angel.

"Bom menino", continuou Dieudonné. "Nós o levamos para nadar conosco no Cercle Sportif esta tarde. Agora queremos saber com Jeanne d'Arc se ele pode dormir esta noite na casa de Odile."

Odile sorriu para Angel. "Muto ficou amigo dos filhos de Emmanuel. Eles o ensinaram a nadar."

O coração de Angel estava prestes a explodir. Será que o bolo de casamento seguinte seria para este casal? Será que eles adotariam Muto? Ela apontou para a outra extremidade do pátio, onde Jeanne d'Arc derramava a água de uma jarra sobre as mãos de Omar, enquanto ele as lavava sobre a tigela segurada por Titi. "Lá está ela. Tenho certeza de que ficará muito contente por vocês ficarem com Muto."

Enquanto os observava avançar dando voltas em direção a Jeanne d'Arc, parando para cumprimentar os convidados que conheciam e apresentando Muto a eles, Angel foi abordada por Grace e Benedict, que pareciam agitados.

"Mama, por favor, diga a ele que a carne é de *cabrito*", implorou Grace. "Ele está dizendo que pode ser de *gorila*!"

"Benedict, de onde você tirou essa ideia?"

"Eles me disseram, na montanha Virunga, Mama", explicou Benedict. "Nosso guia disse que as pessoas matam gorilas e vendem a carne. Dizem que é carne do mato. Algumas vezes, a carne do mato é um veado, ou outro tipo de animal, mas algumas vezes é gorila ou macaco."

"*Eh!*", exclamou Angel. "Você acha que sou o tipo de pessoa que mata gorilas e serve a carne para os convidados?"

"Eu lhe *disse*, Benedict", retrucou Grace.

"Mas você tem *certeza* de que é cabrito, Mama? Você viu os cabritos sendo abatidos com seus próprios olhos?"

Assim como o avô, aquele menino precisava de provas, e não de meras garantias. "Não, Benedict, eu não vi com meus próprios olhos. Porém conheço uma pessoa que viu. Venha comigo e vamos perguntar a ela."

Angel levou Benedict para a entrada do complexo, cujo portão fora deixado aberto para que os convidados pudessem entrar e sair. Foram até perto da rua, onde as mulheres do restaurante do centro em que Odile trabalhava, em Biryogo, enchiam pratos com a carne saída das fogueiras, feitas à beira da estrada, e verduras que ferviam nas enormes panelas. As Meninas a Sério equilibravam os pratos cheios nas bandejas e depois os levavam caminho abaixo, para os convidados.

"Immaculée", disse Angel a uma das mulheres, "este é meu filho Benedict."

"Prazer em conhecê-lo, Benedict", cumprimentou-o Immaculée, sem sequer fazer uma pausa em sua tarefa. "Já conheci suas irmãs, Grace e Faith."

"Immaculée, Benedict está ansioso por saber que carne é essa que vocês cozinharam. Ele viu gorilas nas montanhas

Virunga e está com medo de que um gorila tenha sido morto para este casamento."

"*Eh*, Benedict!" Immaculée parou o que estava fazendo e se agachou para falar com o menino. "Você tem razão em ficar preocupado com a matança dos gorilas, porque são eles que trazem os turistas a nosso país, com seus dólares. No entanto, você está enganado em se preocupar com a carne que estamos servindo. Eu abati esses cabritos com minhas próprias mãos."

Benedict sorriu para ela, aliviado, e voltou a se juntar às outras crianças, à mesa.

"Obrigada, Immaculée", disse Angel. "Esse menino tem umas ideias estranhas. *Eh,* vocês, senhoras, estão fazendo um bom trabalho aqui. Não se esqueçam de guardar um pouco de comida para os *mayibobos* na caçamba."

Immaculée riu. "Eles foram os primeiros a comer, Angel! Você acha que conseguimos cozinhar na rua ao lado deles, que sentiram o cheiro da comida durante horas, sem lhes darmos um pouco?"

Depois que os pratos vazios foram levados embora, os dançarinos tradicionais se apresentaram outra vez para animar a festa e encorajaram Leocadie e Modeste a juntarem-se a eles. Beckham permaneceu amarrado às costas de Leocadie o tempo inteiro, protegido das picadas de mosquitos pelo inseticida do véu que o cobria.

Amina escorregou para a cadeira vazia de Leocadie, ao lado de Angel. "Nossas meninas estão crescendo", disse ela, indicando com um aceno Grace e Safiya. Sem dar atenção aos dançarinos, as duas meninas concentravam toda a atenção no rapaz que batia o tambor. Alto e com o peito nu, ele se mantinha afastado dos dançarinos, batendo o ritmo para eles num grande tambor que lhe ficava na altura dos quadris, pendurado no pescoço por uma alça. Sem tirar os olhos dele um segundo, Grace e Safiya trocavam comentários e davam risadinhas.

"*Eh!*", disse Angel, sacudindo a cabeça. "Teremos inquietação batendo a nossa porta muito, muito em breve!"

Mais tarde, quando os convidados tinham começado a dançar a música que Idi-Amini cuidadosamente selecionava e tocava em seu sistema de amplificação e alto-falantes, Angel observou duas outras meninas olharem para outro rapaz exatamente do mesmo jeito. Aproximou-se delas.

"Obrigada por se apresentarem aqui esta noite", começou ela, falando em swahili. "Sua dança tradicional é muito, muito linda."

As meninas a surpreenderam respondendo em inglês. "Oh, obrigada, senhora Tungaraza. Obrigada pelo trabalho. É uma pena que não recebamos grande parte de nosso cachê, depois que pagamos o aluguel das fantasias e dos tambores."

"*Eh?* Vocês não têm as próprias fantasias?" As garotas sacudiram a cabeça. "Isso não é bom", disse Angel, sacudindo a cabeça com elas. "Mas eu tenho uma ideia. Vocês vão conversar com meu marido, porque é ele quem está ajudando o KIST a levantar recursos. Talvez vocês consigam convencê-lo de que o KIST devia comprar as fantasias para vocês, já que vocês são a trupe oficial de dança da universidade. Então, quando se apresentarem em ocasiões como esta, o KIST poderá ficar com parte do dinheiro, e o restante vai para vocês."

"Essa é uma ótima ideia, senhora Tungaraza. O KIST vai logo recuperar o custo das fantasias e começar a tirar lucro. Sem termos de pagar pelo aluguel das fantasias, estaremos numa situação de ganho mútuo."

"*Eh*, você está falando como uma aluna de negócios!", observou Angel.

A jovem riu. "É, estou fazendo administração. Desculpe-nos, senhora Tungaraza, não nos apresentamos. Sou Véronique, e minha amiga é Marie."

Angel apertou as mãos das duas. "Você também está estudando administração, Marie?"

"Não, estou fazendo engenharia civil. Nós duas vamos nos formar no ano que vem, então irei para Johannesburgo, para fazer o mestrado."

"Bem, seu inglês é muito bom. Tenho certeza de que vai conseguir estudar lá com muita facilidade."

"Obrigada, senhora Tungaraza. No KIST, nós seguimos a política governamental do bilinguismo."

"Não se subestimem, meninas", começou a explicar Angel. "Na verdade, vocês são multilíngues, porque falam kinyarwanda e swahili, além de francês e inglês. Por favor, não vamos pensar como os africanos que acham que só o que for europeu é importante. Quando vocês duas se tornarem ministras de qualquer coisa no governo, têm de dar o exemplo, dizendo que são multilíngues."

"*Eh*, senhora Tungaraza!", falou Véronique, rindo. "Não vamos nos tornar ministras de qualquer coisa!"

"Alguém vai ter de se tornar ministro", garantiu Angel. "Alguém que tenha estudado no KIST ou na Universidade Nacional em Butare. Por que não vocês?"

Véronique e Marie trocaram olhares.

"Senhora Tungaraza, a senhora nos deu uma nova ideia", disse Véronique. "O máximo que eu chegara a pensar foi em me formar e arranjar um emprego em Kigali como contadora. Agora vou pensar em possibilidades maiores."

"Ótimo", disse Angel. "Mas não vim conversar com vocês para torná-las ministras do governo. Vim porque vi vocês olharem para aquele rapaz." Angel assinalou com a cabeça na direção de Elvis Khumalo, que conversava concentradamente com Kwame.

Mais uma vez, Véronique e Marie se entreolharam, desta vez pareciam envergonhadas.

"Ele parece legal", falou Marie, timidamente.

"Oh, ele é um rapaz muito, muito legal", garantiu Angel, "e eu vou apresentá-los a vocês num momento. Porém primeiro devo dizer que ele é um homem que não gosta de mulheres."

"Senhora Tungaraza?"

"Ele é da África do Sul", explicou Angel. "Fui apresentada ao namorado dele."

"*Eh!* Ele tem um namorado?", perguntou Véronique. Ela mirou Angel com os olhos arregalados.

"Isso é moda nos Estados Unidos", disse Marie, desapontada. "Eu não sabia que já tinha chegado à África do Sul."

"A África do Sul está muito moderna", explicou Angel. "Contudo deixe-me apresentá-lo a você, Marie. Ele mora em Johannesburgo e pode contar a você tudo sobre estudar lá."

Angel levou as meninas até Elvis, fez as apresentações e depois os deixou conversar. Mais cedo, o jornalista tinha fotografado o bolo de casamento de muitos ângulos diferentes, inclusive do balcão do primeiro andar, onde ele se deitara no chão e ajustara a câmara através das grades, sob as cordas da imensa lona que cobria o pátio. De cima, o bolo parecia um girassol gigante. Elvis tirara outras fotografias durante o casamento, claro: fotos dos noivos, das dançarinas, das mulheres cozinhando na rua, fora do complexo, de Angel e Leocadie em seus lindos vestidos – mas havia se concentrado especialmente no bolo porque essa fora a parte do casamento patrocinada pela *True Love*.

Angel mal podia esperar para receber um exemplar da revista com seu bolo estampado. Ela não deixaria de mostrar à senhora Margaret Wanyika, para que o embaixador da Tanzânia em Ruanda soubesse que uma tanzaniana que morava em Kigali era famosa na África do Sul – e também, para dizer a verdade, a fim de que a senhora Wanyika pudesse ver como um bolo de casamento podia ser lindo se não fosse branco. No entanto, Angel não mencionaria à embaixatriz que o homem que havia tirado as fotos e escrito o artigo tinha um namorado.

"Muito obrigado por me convidar, Angel", disse Kwame, cuja conversa com Elvis fora interrompida pela apresentação das moças.

"O prazer é meu, Kwame. Espero que este casamento o tenha ajudado a acreditar em reconciliação."

"Ah, será preciso muito mais que isso para que eu acredite, Angel." Ele deu um amplo sorriso. "Mas estou fingindo que acredito, só esta noite."

Angel sorriu de volta para ele. "E como é fingir que acredita?"

Kwame pensou na resposta antes de falar. "É bom. Faz eu me sentir em paz. Talvez seja assim que as pessoas aqui consigam chegar ao fim de cada dia."

"*Eh*, Kwame! Você só se concentrou em se sentir bem e em paz. Hoje você não precisa se preocupar se as pessoas acreditam sinceramente em reconciliação ou se simplesmente fingem acreditar nela. Esta noite você vai ficar feliz! Aliás, você viu o que Leocadie e eu fizemos com o tecido de Akosua?" Angel apontou para o próprio vestido.

"É lindo. Elvis prometeu enviar cópias das fotos para que eu possa mandá-las a Akosua. Ela mostrará as fotos às senhoras que estamparam o tecido, e tenho certeza de que elas ficarão muito empolgadas."

"Certifique-se de que Elvis escreva no caderno de anotações dele o nome desse grupo de senhoras. Isso tem de sair no artigo dele para a revista. *Eh!* Esta é verdadeiramente uma comemoração pan-africana! Um casamento na África Central, organizado por uma pessoa da África Oriental, com roupas da África Ocidental, que sairá numa revista da África do Sul. *Eh!*"

"Ah, pan-africanismo!", disse o CIA, que tinha aparecido silenciosamente perto do cotovelo de Angel. "Esta parece uma conversa interessante."

Angel apresentou Kwame ao CIA e os deixou conversando enquanto conduzia Véronique para longe de Elvis e Marie, que estavam discutindo a vida noturna em Johannesburgo.

"Eu gostaria de apresentá-la a um rapaz muito legal, Véronique. Ele é como um filho para mim."

"Ele gosta de moças?", perguntou a jovem.

Angel riu. "Muito! Agora, onde ele está? Eu o vi dançando um minuto atrás." Angel esquadrinhou os dançarinos. Lá estava Modeste dançando com Leocadie, e o namorado de Catherine dançando com Sophie. Gaspard estava com uma das Meninas a Sério, e Ken Akimoto com outra. O percussionista da trupe de dança estava com Linda, que trajava algo muito pequeno e apertado. Omar dançava com Jenna, e Pius se esforçava ao máximo com Grace. Por fim, Angel avistou o rapaz que estava procurando e, assim que a música terminou, levou-o para longe de Catherine.

"Bosco, quero apresentá-lo a Véronique. Véronique, este é meu querido amigo Bosco."

Os dois apertaram-se as mãos, avaliando um ao outro timidamente, com olhares de relance, vindos de olhos baixos.

"Véronique vai se formar no KIST no ano que vem", disse Angel. "Ela não é dessas moças que quer estudar no exterior. Quer trabalhar em Kigali como contadora."

"Isso é muito, muito bom", falou Bosco.

"Bosco trabalha para as Nações Unidas", continuou Angel. "Ele tem um emprego muito bom como motorista."

"*Eh*, as Nações Unidas?" Véronique parecia impressionada: sabia-se bem que um motorista das Nações Unidas ganhava mais do que ela esperaria ganhar como contadora em qualquer firma ruandesa.

Angel deixou os dois sozinhos e foi ao encontro de dois homens que estavam de pé, à margem da festa, bebericando refrigerantes.

"Senhor Mukherjee, doutor Manavendra! Bem-vindos! Suas esposas não estão com vocês?"

"Olá, senhora Tungaraza", cumprimentou-a o senhor Mukherjee. "Não, minha mulher está em casa com Rajesh e Kamal. Não havia com quem deixá-los."

"Ah, sim", falou Angel. "Miremba está trabalhando aqui esta noite. E onde está a senhora Manavendra?"

"Em casa também", respondeu o doutor Manavendra. "Ela está com medo de micróbios."

"Micróbios demais com os apertos de mão", explicou o senhor Mukherjee. "Costume muito perigoso em Ruanda."

"Hábito muito perigoso", concordou o doutor Manavendra. "Mas viemos cumprimentar o casal. Eles parecem muito felizes."

"Muito felizes", repetiu o senhor Mukherjee. "É uma festa linda, senhora Tungaraza."

"Adorável", concordou o doutor Manavendra.

Enquanto Angel escutava os dois homens ecoando um ao outro, uma voz atrás dela chamou-lhe a atenção. As palavras despejaram um balde de água gelada pela sua espinha.

"Acho que é hora de termos uma conversa. Estamos partilhando a atenção do mesmo homem, e todo mundo sabe disso."

A voz era de Linda.

Angel quis virar-se, porém sabia que não aguentaria ver a dor no rosto de Jenna quando ela soubesse da infidelidade do marido. Mesmo assim, tinha de se virar, para dar apoio à amiga. *Eh!* Por que isso tinha de acontecer agora? Ia estragar o casamento de Leocadie!

Virou-se. Em frente a Linda não estava Jenna, mas Sophie.

"Ah, sim", disse Sophie. "Porém todo mundo sabe que o capitão Calixte só se aproximou de você porque *eu* não o quis. Mas era a mim que ele realmente queria!"

"É mentira", declarou Linda. "Ele só a pediu em casamento porque eu já era casada! No minuto em que saiu meu divórcio, ele já estava batendo a minha porta."

Linda e Sophie tiveram um ataque de riso.

Aliviada, Angel se desculpou com os dois indianos e foi procurar Jenna. Encontrou-a conversando com Ken, que estava um tanto alterado pela quantidade de Primus que bebera.

"Quando esta festa tiver terminado, você tem de vir a meu apartamento para o karaoke", disse ele a Angel, com a voz um tanto mais alta que o necessário.

"Obrigada, Ken, porém acho que estarei muito cansada. Foi um longo dia para mim!"

"Esteve tudo lindo, Angel", garantiu Jenna. "Ken, espero que você convide para o karaoke aquele rapaz que está cuidando da música. Ele está cantando, e a voz dele é ótima."

"Boa ideia", declarou Ken. "Talvez possamos usar seus microfones, assim mais gente poderá cantar." Ele saiu cambaleante na direção de Idi-Amini.

"Que bom que tenho um minuto sozinha com você, Angel", disse Jenna. "Quero dizer que tomei uma grande decisão." Olhou em torno antes de se inclinar mais para perto de Angel. "Vou deixar meu marido."

Angel ficou surpresa – e também confusa com a própria reação: o final de um casamento era triste, contudo essa notícia a deixou muito feliz.

"Quando formos para nosso país, para as festas de fim de ano, não vou voltar para cá."

"*Eh*, Jenna, sentirei sua falta! E suas alunas?"

"Elas já sabem ler, pelo menos o suficiente para continuarem sem mim. Tenho me mantido em contato com Akosua por e-mail e ela me encorajou a voltar para a faculdade e treinar alfabetização de adultos. Quando eu tiver terminado, não tenho dúvida de que voltarei para a África – mas voltarei sozinha. Não diga a ninguém, Angel. Não vou contar nada a Rob até viajarmos aos Estados Unidos."

"Claro que não vou contar."

"Ah, olhe", disse Jenna, apontando na direção da mesa alta. "Parece que Leocadie e Modeste estão se preparando para ir embora."

Angel caminhou até eles.

"Muitíssimo obrigada, Mama-Grace", exclamou Leocadie, com lágrimas se acumulando nos olhos. "Nunca acreditei que uma pessoa como eu teria um casamento tão lindo."

Modeste apertou a mão de Angel vigorosamente. "*Eh, madame!*", disse ele. "*Muracoze cyane! Asante sana! Merci beaucoup!*"

Angel foi chamar Bosco – que já não estava mais conversando com Véronique, mas garantiu a Angel que tinha anotado o número do celular da moça – e organizou os convidados numa fila para que os recém-casados os cumprimentassem a caminho da Pajero. Bosco os esperava para levá-los até Remera, onde Modeste alugara um quarto.

A maior parte dos convidados saiu pouco depois, e os desgarrados aceitaram o convite de Ken Akimoto para terminar a festa em seu apartamento, com o aparelho de karaoke. Angel nem pensou em arrumar o pátio – teria o domingo inteiro para fazer isso e diversas mulheres tinham se oferecido para ajudar. O portão do complexo seria fechado e Patrice e Kalisa estariam de plantão na rua – Prosper ainda dormia em seu escritório –, assim tudo ainda estaria lá pela manhã.

Ela foi ver as crianças e Titi no quarto delas, depois se despiu de suas elegantes roupas de casamento, enrolou uma *kanga* em torno da cintura e enfiou uma camiseta pela cabeça. Na cozinha, fez duas canecas de chá adoçado e com leite. Cobrindo uma delas com um prato, passou pela entrada do prédio e se sentou em uma das grandes pedras ao lado do arbusto que florescia no escuro, enchendo a noite com seu perfume. Pôs a caneca com o prato no chão e deu alguns goles na outra.

Um grupo de vozes femininas trombeteava das janelas de Ken. Angel pescou algumas das palavras: *for sure... that's what friends are for...*

Na semana seguinte, ela seguiria com Pius e um grupo de alunos numa excursão ao Akagera National Park, uma reserva de caça na parte oriental de Ruanda, na fronteira com a Tanzânia. No final da semana seguinte, a família toda iria para Bukoba no micro-ônibus vermelho, onde passariam o Natal com diversos membros das famílias de Angel e de Pius. Dali, Titi atravessaria o lago Vitória de barco para Mwanza, para visitar uma prima e alguns amigos. Depois disso, no ano-novo, quem sabia para onde iriam? Angel achou que poderia se sentir em casa em qualquer lugar para onde fossem.

Passados alguns minutos, as luzes de um veículo brilharam nos olhos de Angel, e o micro-ônibus vermelho estacionou do lado de fora do prédio. Pius voltara depois de dar uma carona a alguns dos convidados. Quando o som do motor parou, ela escutou uma nova canção no ar: *ah, ah, ah, ah, staying alive, staying alive...*

Ela deslizou para uma ponta da pedra e bateu com a mão no espaço a seu lado. "Sente-se comigo aqui", disse ela para o marido. "Fiz um pouco de chá para você."

"Ah, era exatamente o que eu precisava", falou Pius, instalando-se na pedra ao lado de Angel e pegando a caneca de chá que se mantivera quente por causa do prato sobre ela.

Sentados na fresca noite ruandesa, com o silêncio da cidade interrompido por canções e risos, eles bebericaram juntos o chá.

Este livro foi impresso em papel
Pólen Soft 80, na Prol Editora Gráfica.
São Paulo, Brasil, inverno de 2009.